王建《宫词》研究五稿

吴企明 / 著

苏州大学出版社
Soochow University Press

图书在版编目(CIP)数据

王建《宫词》研究五稿 / 吴企明著. —苏州：苏州大学出版社，2018.1
ISBN 978-7-5672-1640-2

Ⅰ.①王… Ⅱ.①吴… Ⅲ.①唐诗－诗歌研究 Ⅳ.①I207.22

中国版本图书馆 CIP 数据核字(2017)第 250862 号

王建《宫词》研究五稿

吴企明　著

责任编辑　史创新

苏州大学出版社出版发行
(地址：苏州市十梓街1号　邮编：215006)
虎彩印艺股份有限公司印装
(地址：东莞市虎门镇北栅陈村工业区　邮编：523898)

开本 700 mm×1 000 mm　1/16　印张 16.5　字数 236 千
2018 年 1 月第 1 版　2018 年 1 月第 1 次印刷
ISBN 978-7-5672-1640-2　定价：55.00 元

苏州大学版图书若有印装错误，本社负责调换
苏州大学出版社营销部　电话：0512-65225020
苏州大学出版社网址　http://www.sudapress.com

目 录

导言 / 001

甲稿　王建《宫词》辨证稿 / 001
　　一、杂入篇辨 / 003
　　二、补入篇证 / 009

乙稿　王建《宫词》校识稿 / 013

丙稿　王建《宫词》札迻稿 / 045
　　第一首　蓬莱　压金鳌　五门 / 051
　　第二首　八诏蛮　青花龙尾道　侧身偷觑　正南山 / 052
　　第三首　龙烟　宣政门　玉仗 / 054
　　第四首　起草臣　樱桃初赤赐尝新　金阶　圣人 / 057
　　第五首　内人　阁门 / 057
　　第六首　千牛仗　起居　进　无事不教书 / 058
　　第七首　延英　江砚　宣毫　床　天子下帘亲考试　宫人手里过茶汤 / 060
　　第八首　九重关　银台　三殿 / 063
　　第九首　凌烟画阁　长将殿里作屏风 / 064
　　第十首　丹凤楼门　五云金辂　天子南郊一宿回 / 066
　　第十一首　金鸡 / 067
　　第十二首　集贤殿　点勘　玉函 / 068
　　第十三首　紫微宫　公卿拜陵　卤簿　太常 / 069

第十四首　新调白马　侵早　打毬 / 071

第十五首　第一筹　背身毬　内人唱好龟兹急 / 073

第十六首　新衫　银带排方獭尾长 / 074

第十七首　绣重重　金凤银鹅　遍　舞头　太平万岁字 / 075

第十八首　鱼藻宫　铺锦　鸡头 / 077

第十九首　中和节　琼林　监开金锁放人归 / 078

第二十首　立仗马　内园家 / 080

第二十一首　城东北面望云楼　珠帘 / 081

第二十二首　射生　男儿跪拜谢君王 / 082

第二十三首　趁 / 083

第二十四首　戴胜 / 083

第二十五首　竞渡　掉 / 084

第二十六首　中元　绣真容 / 085

第二十七首　隐花裙　抬起 / 086

第二十八首　著却　第三声 / 086

第二十九首　六么　小管丁宁　侧调愁　凤凰楼 / 087

第三十首　剑南新样锦　东宫 / 089

第三十一首　十三初学　擘箜篌　弟子　教坊 / 090

第三十二首　红蛮捍拨　移坐当头近御筵　凤凰 / 091

第三十四首　旋 / 093

第三十五首　云驳　花骢　殿前来往重骑过 / 093

第三十六首　停灯　熏笼　上直 / 094

第三十七首　内中　贵妃 / 095

第三十八首　五弦 / 095

第三十九首　宣徽　六宫 / 096

第四十首　出内　地衣　帘额 / 096

第四十一首　山丹　麝香　旋下金阶旋忆妆 / 098

第四十二首　蝉鬓　搔头　金条 / 099

第四十三首　月过金阶白露多 / 099

第四十四首　女医人 / 100

第四十五首　红巾／100

第四十六首　御池水、白玉渠　密奏君王知入月，唤人相伴洗裙裾／100

第四十七首　花檀大五弦　缠／101

第四十八首　绿温暾　沪水　踏青　望春门／102

第四十九首　中尉　内家／103

第五十首　尽送春毬　记巡传把一枝花／104

第五十一首　忽地下阶裙带解／105

第五十二首　博士　索／105

第五十三首　行中第一　破拍／106

第五十四首　黄帔　金仙观／106

第五十五首　浴堂门　面脂／107

第五十六首　侧商调　伊州／110

第五十七首　泼火　犊车　汉阳公主　鸡毬／110

第五十八首　钩栏／111

第五十九首　内监　金花红榜子／112

第六十首　昭仪　掷卢　搨　滕王蛱蝶图／113

第六十一首　中宫　音声／115

第六十二首　玉蝉金雀　绿鬓　舞处春风吹落地／115

第六十三首　么／116

第六十四首　贵妃姊妹　街西　索牡丹／116

第六十五首　宜春院　五弦琴／117

第六十六首　梨花园　内家歌／118

第六十七首　黄金合　红雪　香罗／119

第六十八首　东上阁门　阿监／120

第六十九首　乞与　外头还似此间无／120

第七十首　笙　黄金殿／121

第七十一首　洗儿钱／122

第七十二首　樱桃园／123

第七十三首　步打毬／123

第七十四首　太仪　暖房　红踯躅 / 124
第七十五首　软舆　宫局　内尚书 / 125
第七十六首　鹦鹉　陇山 / 125
第七十七首　投壶　双陆　阿谁 / 126
第七十八首　禁寺红楼内里通　红楼　夹城　裹头宫监 / 127
第七十九首　金锁生衣　画图 / 129
第八十首　楼上人扶下玉梯 / 129
第八十一首　白打 / 130
第八十二首　书破　隔子 / 130
第八十三首　教遍宫娥唱尽词 / 131
第八十四首　青楼小妇　砑裙 / 131
第八十五首　水中芹叶　郁金芽 / 132
第八十六首　红罗绣舞筵　移柱　未戴柘枝花帽子 / 133
第八十七首　玳瑁　衙香 / 134
第八十九首　傩　沉香火底 / 135
第九十一首　金殿　紫阁　仙人掌　玉芙蓉　朝元日　五云车　六龙 / 137
第九十二首　月陂　龙武军 / 139
第九十三首　穿针夜　乞巧楼 / 140
第九十四首　簸钱 / 141
第九十五首　弹棋　红子 / 142
第九十六首　黄金白柄 / 144
第九十七首　供御香方 / 144
第九十八首　药童　云浆　衩衣 / 145
第九十九首　送出　长门　乞求自在 / 146
第一〇〇首　轻容　退红 / 146

丁稿　王建《宫词》传承稿 / 149
　　一、从宫怨到宫词 / 151
　　二、《宫词》一百首 / 170

三、百首绝句组诗 / 198

戊稿　王建《宫词》评论稿 / 203
　　一、王建写作《宫词》的主客观条件 / 205
　　二、王建其他"宫词"作品 / 210
　　三、王建《宫词》的文学价值 / 217
　　四、王建《宫词》的历史文化价值 / 224
　　五、综论 / 247

导　言

　　文学研究,崇尚博涉而专精,切忌浮泛又浅近。那种浅近的言论,在文学研究学术领域的一些论著中常常能见到,"人云亦云""大而化之""浮光掠影""见木不见林",严重地阻碍研究的深度展开,难以取得具有真知灼见的学术成果。

　　多年来,我有个心愿,希望能找一个研究命题,运用多种研究手段,对某种文学现象进行切实的探索,认真进行深度研究,能从现象到本质,从单个论述到主体观照,从个体研究到宏观考察,然后科学地解释这种文化现象出现的契机和发展的轨迹,并对它们的学术价值做出恰当的评判。

　　我终于找到了这个命题,那就是唐代著名诗人王建创作的百首《宫词》。王建的《宫词》创作,曾经受到过不公正的待遇,出现一些失当的价值评判,其中也不免受到"左"的文学思想的干扰和影响。我决心为他翻案。

　　我对王建《宫词》产生浓厚的研究兴趣,还得从30多年前的一件往事谈起。1978年,我去扬州开会,在熟人带领下,和朋友们一起到扬州新华书店的内部仓库去挑书,无意中发现了浦江清先生的《浦江清文录》。浦先生此书出版已历20年(1958年由人民文学出版社出版),平时很难见到,于是我立即购买了下来。浦先生书中有一篇题名为《花蕊夫人宫词考证》的考证文章,是他1941年写于上海的旧稿,1943年改订于昆明龙泉镇清华大学文科研究所,直到1947年才收录在《开明书店二十周年纪念文集》中,正式发表。江清先生素擅考据之学,考订论断极为精到,即便是专论文章,如《屈原》《逍遥游之话》《评江著〈中国古代旅行之研究〉》,也无不贯穿考辨精审的精神。而《花蕊夫人宫词考证》的考订,尤其能见到江清先生学术研究的科学态度和精神思辨。花蕊夫人《宫词》本来存在纷繁的问题,有许多"缠夹"的记述,江清先生通过六个问题:一,前人的旧说;二,中元节的问题;三,宫词与宣华苑;四,所谓"逸诗";五,前蜀之花蕊夫人;六,余论及结论的疏证论断,逐一予以解决。他认真探索、致力求实的可贵精神,深深地感动了我。谈花蕊夫人的《宫词》,必然会谈到王建的《宫词》。江清先生对王建《宫词》的评价很高:

> 余读王建《宫词》,始悟中国诗人,原可以小诗之体制,发挥长诗之作用。《宫词》虽不创始于王建,但连用七绝百首之例,则自彼开之,观其描绘之细腻,遣词之新俊,用乐府通行之体制,寓史家纪实之笔墨,真一代之作家也。(《浦江清文录·花蕊夫人宫词考证》)

这一议论,与过去一些论家的说法截然不同。江清先生还表达出自己"余于王建《宫词》,旧思作注"的意愿,并发出"久而未成"的感叹。于是,我遂兴起"接前人未了之绪"(薛雪《一瓢诗话》语)的念头,动手做起王建《宫词》的研究工作来。

可以说,江清先生是我研究王建《宫词》的导引者和领路人。

1985年出版的拙著《唐音质疑录》,收录了我研究王建《宫词》的三篇文章:《王建〈宫词〉辨证》《王建〈宫词〉校识》《王建〈宫词〉札迻》,便是我从事王建《宫词》研究的初始成果。后来,我的研究方向稍有调整,逐渐向"诗画融通"方面转移,但是这并不妨碍我对王建《宫词》研究的深切关注和深入探讨。在较长一段时间内,我"身在曹营心在汉",在探求诗画融通的过程中,依然对王建《宫词》方面的信息和资料十分留意。比如我在阅读画学著作周密《云烟过眼录·续录》的时候,发现一条材料,说宋代杨元诚家收藏有王建的手迹:

> 唐王建亲书宫体小诗一百二十首,盖《宫词》也,极其宛转娇

丽,今人罕能及,后有钱武肃王印(赤心三九一)押。

王建手迹是周密亲见的,比较可信,可惜这份手稿早已散佚,没能留传下来。周密的记载,启发我日后研究王建《宫词》,常常观照其他相关作品。2011年,当我重新做起王建《宫词》的注释工作时,其中关于唐代名物制度、宫廷礼仪、宫廷建筑、风俗习尚的不少材料,都是我平日读书时随手札录而写的小签条,涓涓细流,汇成江河。这些零星的资料,十分有助于我的研究。前几年,我又重新做王建《宫词》的研究,从以往的辨证、校勘、札迻三方面,拓展开去,进一步寻绎它们对后代的影响,探讨它们和后代诗歌创作的传承轨迹,并进入全面评价的阶段。这样,便形成了本书"五稿"的规模。

《王建〈宫词〉研究五稿》一书,既体现出我的学术追求,也完成了我的夙愿。我是这样设想的:王建《宫词》辨证稿,首先搞清王建《宫词》一百首的原貌,去伪存真,"正其篇";王建《宫词》校识稿,重在校勘文字,"定其字";王建《宫词》札迻稿,重在诠解诗中的名物典章、宫廷礼仪、风俗习尚,"明其义"。此三稿是基础研究,为深度研究打下坚实的基础。在做好基础研究的条件下,再展开深入探讨,这便是王建《宫词》"传承稿"和"评论稿"的研究任务。"传承稿"专门考察王建《宫词》对后代诗歌创作特别是宫词创作的深远影响,探索宫词一体的历史流变;"评论稿"则专门论说王建《宫词》的文学、历史文化价值,它们在我国文学发展史上的地位,纠正那些忽视、低估王建《宫词》价值观念的旧说。"评论稿"正好是前面四稿研究的升华,也是最后的结论。本书涵盖了学术研究的三大环节,融校、考、论于一体,运用版本、校勘、辨伪、补遗、考证等多种研究手段,综合进行纵向研究和专题研究,通过归纳、推演、排比、论断,对王建《宫词》以及唐五代以后的《宫词》创作进行史的考察,做出全面评判。

愿《王建〈宫词〉研究五稿》能对读者和学界朋友们有些许帮助和启发!

甲稿

王建《宫词》辨证稿

王建《宫词》用百首绝句的组诗形式，反映宫廷内部多方面的生活，这是诗人在艺术上的一种创新，对我国古典诗歌的发展有很深远的影响。后代效学王建，写作百首《宫词》的人很多，如蜀之花蕊夫人、宋之王珪等。

王建《宫词》有一百首，最早见于宋人的记载。欧阳修《六一诗话》："王建《宫词》一百首，多言宫禁中事。"司马光《温公续诗话》、李颀《古今诗话》、阮阅《诗话总龟》前集并云："元丰初，王绅效王建作《宫词》一百首。"胡仔《苕溪渔隐丛话》前集卷六十引《后山诗话》云："曹氏，蜀之青城人，以才色入蜀事后主，嬖之，号花蕊夫人，效王建作《宫词》百首。"魏庆之《诗人玉屑》卷十六引《唐王建宫词旧跋》："宫词凡百绝，天下传播，效此者虽有数家，而建为之祖耳！"

可是，王建《宫词》在流传过程中，出于多种原因，散失了其中的部分诗篇。后人为了补百首之不足，谬以他人的作品抄录入内，造成了王建《宫词》真伪杂陈的混乱现象，很有必要加以甄辨。

中华书局上海编辑所排印本《王建诗集》卷十《宫词》（以下简称中华本王建《宫词》），编者于七首诗下附注"胡本注一作某某"，于一首诗下附注"《全唐诗》一作某某"，其说未为完备。笔者因酌加考订，作《王建〈宫词〉辨证稿》，具体说明哪些诗是杂入王建《宫词》中的他人作品，哪些诗是应该补入百首《宫词》中的王建诗。

一、杂入篇辨

（一）

最先提出王建《宫词》中杂入他人作品的，是宋人胡仔，他在《苕溪渔隐丛话》后集卷十四中说：

> 予阅王建《宫词》，选其佳者，亦自少得，只世所脍炙者数词而已。其间杂入他人之词，如："闲吹玉殿昭华管，醉折梨园缥蒂花。十年一梦归人世，绛楼犹封系臂纱。"又如："银烛秋光冷画屏，轻罗小扇扑流萤。天街夜色凉如水，卧看牵牛织女星。"此并杜牧之作也。"泪满罗巾梦不成，夜深前殿按歌声。红颜未老恩先断，斜

倚熏笼坐到明。"此白乐天诗也。"宝仗平明金殿开,暂将纨扇共徘徊。玉颜不及寒鸦色,犹带昭阳日影来。"此王昌龄诗也。

胡氏指出的这些诗,在中华本王建《宫词》中,分别为第一百首、第八十八首、第九十五首、第九十九首。编者分别加上如下校语:"胡本注一作杜牧"、"胡本注一作杜牧"、"胡本注一作白居易"、"胡本注一作王昌龄"。

这些重出诗,确是杜牧、白居易、王昌龄诗被误录入王建百首《宫词》中的。

"闲吹玉殿昭华管"一首,是杜牧《出宫人二首》中的第一首,见于《樊川诗集》卷二。《樊川诗集》四卷,是杜牧外甥裴延翰亲自编集的。王建生活的时代,比杜、裴两位要早得多,他的百首《宫词》早在社会上流传。因此,裴延翰还不至于把王建《宫词》中的诗,误收入舅父的诗集中。相反,恰恰是后人不明真假,误把杜牧诗录入王建百首《宫词》中;何况,这首诗又正好排列在南宋陈解元书籍铺刻本王建《宫词》一百首的最后一首,补缀的痕迹更为明显。

和胡仔的看法一样,宋赵与时《宾退录》卷一、明朱承爵《存余堂诗话》都指出"闲吹玉殿昭华管"一诗是杜牧的作品。毛晋《三家宫词》的跋语,也说这首诗是"杜牧之《出宫人》之一也"。洪迈《万首唐人绝句》嘉靖本、万历本,也都把这首诗收入王建百首《宫词》中。《全唐诗》编者吸取了诸家的意见,把这首诗摒于王建《宫词》之外,这样处理是正确的。

"银烛秋光冷画屏"一诗,见于《樊川外集》,题为《秋夕》。周紫芝《竹坡诗话》云:"此一诗,杜牧之、王建集中皆有之,不知其谁之作?以余观之,当是建诗耳。盖二子之诗,其清婉大略相似,而牧多险侧,建多平丽,此诗盖清而平者也。"周氏仅从风格而言,认为"银烛秋光冷画屏"一诗是王建所作,似乎还缺乏说服力。

其实,古往今来,有许多人明确指出这首诗是杜牧的作品。宋洪迈《万首唐人绝句》于王建《宫词》中未载此诗,却系之于杜牧名下。宋赵与时《宾退录》卷一辨王建《宫词》杂有他人诗时,就提到这首诗。明朱承爵《存余堂诗话》说:"王建《宫词》一百首,蜀本所刻者得九十二,遗其八。近世所传者百首俱备,盖好事者妄以他人诗补入,殊以乱真。中有'银烛秋光冷画屏(下略)',此牧之《七夕》诗也。"毛晋也说:"余阅王建《宫词》,辄杂以他人诗句,如'银烛秋光冷画屏(略)',此牧之《秋夕》诗也。宋南渡后,逸其真作,好事者撮拾以补之。"(毛晋《三家宫词》跋语)陆鏊《问花楼诗话》卷一:"'银烛秋光',杜牧之诗。"近人浦江清先生也说:"杜牧《秋夕》诗,南宋时曾阑入王建《宫词》中。"(《浦江清文录·花蕊夫人宫词考证》)这首诗,确实应该把它排除在王建百首《宫词》之外的。

"泪满罗巾梦不成"一首,原载《白氏长庆集》第十八卷,题名为《后宫词》。按,白居易《白氏文集自记》,"白氏前著《长庆集》五十卷,元微之为之序"。朱彝尊《白香山诗集序》:"诗家好名未有过于唐白傅者,既属其友元微之排缵《长庆集》矣,而又自编后集,为之序,复为之记。"则《白氏长庆集》五十卷,在白居易生前就由他的好友元微之编序,《后宫词》一诗,早已被编纂入集,自然不会有差错。再则,这首诗被宋人洪迈收入《万首唐人绝句》的白居易名下,题名为《宫词》,却并未收入王建百首《宫词》中。陆鏊《问花楼诗话》卷一:"余次第考之:'泪尽罗巾',花蕊夫人诗。"(陆鏊误记,此诗当为白居易诗。)《全唐诗》收录白居易的《后宫词》,并没有将这首诗收入王建《宫词》中。除以上数证外,尚有赵与时、朱承爵、毛晋等人,分别在《宾退录》卷一、《存余堂诗话》、《三家宫词》跋语中,指出"泪满罗巾梦不成"一诗为白居易诗,误入王建《宫词》中。

"宝仗平明金殿开"一首,本是王昌龄的作品,早已见于唐人所选唐诗中,不过诗题和文字略有不同罢了。殷璠《河岳英灵集》卷中收录王昌龄这首诗,题名为《长信宫》,前半首作:"奉帚平明秋殿开,暂将团扇共徘徊",后半首全同。韦庄《又玄集》卷上亦录王昌龄《长信宫秋词》,文字与殷璠《河岳英灵集》除"秋殿"作"金殿"外基本相同。韦縠《才调集》卷八也收录王昌龄《长信愁》,文字大体同《河岳英灵集》(唯"秋殿"作"金殿","暂将"作"且将")。此外,宋以后人(如赵与时、朱承爵、毛晋等),不断指出这首诗是王昌龄的作品。陆鏊《问花楼诗话》卷一:"'宝帐平明',王少伯诗。"误把这首诗编入王建《宫词》中者,乃

"不读诗"!

总之，胡仔是有鉴别力的，他指出的四首，确实应该把它们从王建《宫词》中剔除出去，洪迈、《全唐诗》编者的做法，尊重客观事实，很好。

（二）

除了上述四首外，宋赵与时还指出另外四首杂入王建《宫词》中的他人诗，《宾退录》卷一云：

> 王建以《宫词》著名，然好事者多以他人之诗杂入，今世所传百篇，不皆建作也。余观诗不多，所知者如"新鹰初放兔犹肥，白日君王在内稀。薄暮千门临欲锁，红妆飞骑向前归。""黄金捍拨紫檀槽，弦索初张调更高。尽理昨来新上曲，内官帘外送樱桃。"张籍《宫词》二首也……"日晚长秋帘外报，望陵歌舞在明朝，添炉欲爇薰衣麝，忆得分时不忍烧。""日映西陵松柏枝，下台相顾一相悲。朝来乐府歌新曲，唱尽君王自作词。"刘梦得《魏宫词》二首也。或全录，或改一二字而已！

赵与时所指出的这四首诗，中华本王建《宫词》分别为第九十六首、第九十七首、第九十三首、第九十四首。第九十六、九十七两首，诗下无注，可见南宋陈解元书籍铺刻本、席氏《唐百家诗》本、胡氏本《王建诗集》都以为这两首诗是王建所作。中华本王建《宫词》仅于第九十三首诗下附注"胡本注一作乐府《铜雀台歌》"，第九十四首诗下附注"同上"。

这四首诗，确系张籍、刘禹锡诗误入王建《宫词》中。

赵与时的世次后于洪迈，《宾退录》所述，或即自洪迈《万首唐人绝句》中来。因为洪迈没有把这四首诗收入王建《宫词》中，却分别录入张籍、刘禹锡名下，传世的嘉靖本、万历本《万首唐人绝句》可以证明这一点。

"新鹰初放兔犹肥"、"黄金捍拨紫檀槽"两诗，《续古逸丛书》影宋本《张文昌文集》卷三载，题为《宫词》二首，文字与中华本王建《宫词》全同。四部丛刊影印明刻本《张司业诗集》卷六，亦载《宫词》二首，然仅存"新鹰初放兔犹肥"一首,漏刻一首。毛晋《三家宫词》删去这两首诗,并在跋语中云:"此皆张文昌《宫词》也。"朱承爵《存余堂诗话》同此。《全唐诗》卷三百八十六张籍名下,收录《宫词》两首,与此同。诗下,编者并未注明"一作某某"。同书卷三〇二王建百首《宫词》中,并没有收录这两首诗。可见,《全唐诗》编者曾根据旧籍对这两首诗做过鉴别。

"日晚长秋帘外报"、"日映西陵松柏枝"两诗,《四部丛刊》影印董氏影宋本(即日本崇兰馆藏宋刻本)《刘梦得文集》卷八"乐府"诗栏收录之,题为《魏宫词二首》。从诗意看,"望陵歌舞"、"忆得分时"、"日映西陵"、"下台相顾",确实都是咏魏铜雀台事,这与王建百首《宫词》"专言唐宫禁中事"的主题相悖,显然这是刘禹锡诗混入王建《宫词》中去的。陆鏊《问花楼诗话》卷一也指出:"'日晚长秋',乐府《铜雀台》诗。"

这两首误入诗,明朱承爵也曾指出过,毛晋《三家宫词》也没有收它们,并指出这是刘禹锡诗。《全唐诗》也把它们剔除在外。计有功的《唐诗纪事》已把这两首诗收入王建《宫词》中。可见它们被混入的时间应早在北宋时代。

《四库全书总目·总集类·三家宫词》:"建诗集,别著录。其《宫词》百首,旧刻杂入王昌龄《长信秋词》一首,刘禹锡《魏宫词》二首,白居易《后宫词》一首,张籍《宫词》二首,杜牧《秋夕作》一首、《出宫人》一首,晋并考旧本厘正。"馆臣就诸家辨析,总括言之,一目了然。

(三)

王建《宫词》第九十八首:"鸳鸯瓦上瞥然声,昼寝宫娥梦里惊。元是我皇金弹子,海棠花下打流莺。"中华本于诗下附注:"胡本注一作花蕊夫人。"

这首诗,早已混入王建《宫词》中,计有功《唐诗纪事》列此诗于王建《宫词》第九十八首,《全唐诗话》亦收录这首诗于王建名下。清胡谷园刊本《王建诗集》的附注,是根据毛晋辑花蕊夫人《宫词》第九十五首的附注:"此首或见王建集中。"然而,他本均无此诗。奇怪的是,毛晋

《三家宫词》中的王建《宫词》里,却并没有这一首。嘉靖本洪迈《万首唐人绝句》原无此诗,而黄习远补葺的万历本《万首唐人绝句》,于王建百首《宫词》中,却删去"画作天河"一诗,补上"鸳鸯瓦上"一诗,则已非洪迈的旧观。由此可见,前人对这一首诗是不是王建诗有不同看法。

杨慎《词品》卷二"李珣"条:"其妹事王衍为昭仪,亦有词藻,有'鸳鸯瓦上忽然声'词一首,误入花蕊夫人集。"他又在《升庵全集》卷五十七中说:"好事者妄取唐人绝句补入之,'鸳鸯瓦上忽然声',花蕊夫人诗也。"

浦江清先生对这首诗有过详细的考证,云:"按:赵与时《宾退录》谓当时人刻王建《宫词》者,往往得九十首,而以他诗十首足之,内八首可辨明作者,余二不明来历,其一即'鸳鸯瓦上忽然声'也。可知此首之入王建《宫词》自南宋已然。杨慎《词品》以为蜀昭仪李舜弦作,不知何据?洪迈《万首绝句》录李舜弦诗,无此首。《全唐诗》又以之属于李玉箫,亦不知何所据。李调元《全五代词》从之。若是舜弦、玉箫,则皆前蜀时人,虽以之入宣华宫词,亦无不可。"(《浦江清文录·花蕊夫人宫词考证》)又云:"宣华苑内,如李舜弦、李玉箫皆通文墨,今九十八首之外,尚有'鸳鸯瓦上忽然声'一首,相传为李玉箫或李舜弦作,不知何据?倘真是李作,则竟入之花蕊《宫词》中可矣,前人所以除外者,以李为前蜀,花蕊在孟蜀耳。"(同上)

据此数说,可知"鸳鸯瓦上"一诗,既不是王建的,也不是花蕊夫人的,为宣华宫内李舜弦或李玉箫作。

(四)

王建《宫词》第七首:"延英引对碧衣郎,江砚宣毫各别床。天子下帘亲考试,宫人手里过茶汤。"中华本于诗下附注:"《全唐诗》注:一作元稹诗。"计有功《唐诗纪事》于此诗下附注:"此诗亦云元稹作。"则《全唐诗》注,即据《唐诗纪事》注。按《全唐诗》卷四百二十三元稹名下确实收录这首诗,题为《自述》,题下注:"一作王建《宫词》。"

这首诗当是王建百首《宫词》中的一首,后人误以为元稹诗。

大量的前人记载,都证明这首诗是王建作品。姚宽《西溪丛语》卷下载王建这首诗,并云"恐是用红丝砚,江南李氏时犹重之"。洪迈《万首唐人绝句》亦列此诗于王建《宫词》第七首。胡仔《苕溪渔隐丛话》后集卷十四云:"或云元微之亦有词杂于其间,予以《元氏长庆集》检寻,却无之,或者之言误也。"胡仔这段话,很值得注意,说明宋代的《元氏长庆集》中并没有《自述》一诗,他用实证驳斥了"或者之言"。

"亦云元稹作"一说,源于范摅《云溪友议》卷十,但《云溪友议》这一段记载,纰漏百出,纠葛不清,兹摘其有关部分于下:

> 王建校书为渭南尉,作《宫词》。元丞相亦有此句,河南、渭南,合成二首。

> 元公秀明经,制策入仕(双行夹注:秀字紫芝,为鲁山令,政有能明,颜真卿为碑文,号曰元鲁山也。),其一篇《自述》云:"延英引对绿衣郎,红砚宣毫各别床。天子下帘亲自问,宫人手里过茶汤。"是时贵族竞应制科,用为男子荣进,莫若兹矣,乃出自河南之咏也。

这一段话文意不明。"河南、渭南,合成二首",不知所云。下叙"元公",不知何人,是元稹抑是元秀(元德秀)?元稹,字微之,河南人,明经擢第,元和元年(806)举制科对策第一,拜左拾遗。则这段文字,似乎是说元稹。但是,元稹没有别名曰"秀",制策之前,已仕校书郎,怎说是"制策入仕"?元稹无别字"紫芝",也未做过"鲁山令"。相反,这段文字与元德秀的名号、籍贯、官职相合,《颜鲁公集》卷三十有《元德秀碑》:"唐元鲁山墓碣,监察御史李华撰,太子太师颜真卿书,院(四部备要本注'缺二字',疑在'院'上为'翰林'二字)学士李阳冰篆额。鲁山名德秀,字紫芝,河南人,尝为鲁山令。"范摅把元稹、元德秀混为一谈,又把王建《宫词》误以为元稹作,证之宋人的载述,可知这种小说家言,不足征信。

二、补入篇证

综上所述,中华本王建百首《宫词》中,有九首是他人诗混入的,即第八十八首本为杜牧《秋夕》,第九十三首、第九十四首本为刘禹锡《魏宫词》,第九十五首本为白居易《后宫词》,第九十六首、第九十七首本为张籍《宫词》,第九十八首本为李舜弦或李玉箫《宫词》,第九十九首本为王昌龄《长信秋词》,第一百首本为杜牧《出宫人二首》之一。

既然王建《宫词》历来以百首传诵,那么缺佚的九首,是否还传世?关于这个问题,前人是做过努力的,现在把他们的说法和做法摆出来,再做综合分析。

洪迈《万首唐人绝句》(嘉靖本)补入十首:"忽地金舆"、"画作天河"、"春来睡困"、"弹棋玉指"、"宛转黄金"、"供御香方"、"药童食后"、"步行送入"、"缣罗不著"、"后宫宫女"。万历本删去"画作天河"、"后宫宫女"。

赵与时《宾退录》卷八云:

余首卷辨王建《宫词》,多杂以他人所作,今乃知所知不广,盖建自有《宫词》百篇……所逸十篇,今见于洪文敏所录《唐人绝句》中,然不知其所自得。其词云:"忽地金舆"、"画作天河"、"春来睡困"、"红灯睡里"、"蜂须蝉翅"、"教遍宫娥"(企按:这三首当是王建作。朱承爵《存余堂词话》云:"近读赵与时《宾退录》,其所述建遗诗七首。"朱氏已把这三首剔除在外。)、"弹棋玉指"、"宛转黄金"、"供御香方"、"药童食后"。

杨慎《升庵全集》卷五十七云:

王建《宫词》一百首,至宋南渡后,失其七首,好事者妄取《唐人绝句》补入之……余在滇南见一古本,七首特全,今录于左:"忽地金舆向月坡"、"画作天河刻作牛"、"春来睡困不梳头"、"弹棋玉指两参差"、"宛转黄金白柄长"、"供御香方加减频"、"药童食后进云浆。"(企按:杨氏录出全部诗作,为节省篇幅,这里仅引首句。)

毛晋《三家宫词》跋语:

宋南渡后,逸其真作,好事者撮拾以补之,今余历参古本,百篇俱在，他作一一删去。

毛晋在王建《宫词》中补入的篇目是："忽地金舆"、"春来睡困"、"步行送入"、"缣罗不著"、"弹棋玉指"、"宛转黄金"、"画作天河"、"供御香方"、"药童食后"。

《全唐诗》补入十篇：

"忽地金舆"、"画作天河"、"春来睡困"、"步行送入"、"缣罗不著"、"弹棋玉指"、"后宫宫女"、"宛转黄金"、"供御香方"、"药童食后"。

以洪迈、赵与时、朱承爵、杨升庵、毛晋、《全唐诗》六家之说统计，补入篇目被录用的次数是："忽地金舆"六次，"画作天河"六次，"春来睡困"六次，"弹棋玉指"六次，"宛转黄金"六次，"供御香方"六次，"药童食后"六次，"步行送入"三次，"缣罗不著"三次，"后宫宫女"两次。

综观宋代流传的王建《宫词》各种版本，显然有两大类：一个是已经混入他人作品的系统（简称纪事本系统），计有功《唐诗纪事》和南宋陈解元书籍铺刊《王建诗集》卷十所收的王建《宫词》，代表了这个系统的面貌。另一个是保留着原貌的系统（简称洪迈本系统），洪迈曾见到过这个系统的版本，因而据以录入《万首唐人绝句》，同时人吴曾也见到过，《能改斋漫录》大量征引王建《宫词》，就是根据这个系统的本子。

笔者认为洪迈本系统的王建《宫词》是比较接近原貌的，理由有以下三点：

一，纪事本系统内混入的九首诗，都能在他人集子中找到，朱承爵在《存余堂诗话》中说："前所赝足者，每每见于诸人集。"所见极是。本文前面已做辨证。而洪迈本系统补入的诗篇，只有"后宫宫女无多少，尽向园中哭一团。舞蝶落花相觅著，春风共语亦应难。"一首，见于毛晋《三家宫词》中的徽宗《宫词》内，当是宋徽宗赵佶的作品。其余九首，均未见与他人诗重出。

二，洪迈本系统的补入诗，在宋元人的笔记中曾经被征引过，如吴曾《能改斋漫录》卷六"教坊内人"条云："'忽看金舆向月陂，宫人接着便相随。恰从中尉门前过，当处教看卧鸭池。'王建《宫词》也。"文字与《万首唐人绝句》略有异同。又，同书卷六"双陆"条云："王建《宫词》

'分明同坐赌樱桃,攸(证之别本,当是'收'字)却投壶玉腕劳。各把沉香双陆子,局中斗叠阿谁高。'"周密《齐东野语》:"纱之至轻者,有所谓轻容,出《唐类苑》,云:'轻容,无花薄纱也。'王建《宫词》云:'缣罗不著爱轻容。'"元陶宗仪《南村辍耕录》卷十二:"世之曰乞求,盖谓正欲若是也,然唐时已有此言。王建《宫词》:'只恐他时身到此,乞求恩赦得还家。'"吴、周、陶三人确是根据当时他们所能看到的王建《宫词》征引的。尤可注意的是,吴曾《能改斋漫录》成书时间在宋高宗绍兴二十四年到二十七年之间(1154—1157),而洪迈的《万首唐人绝句》成书时间在宋光宗绍熙元年(1190),吴书早于洪书三十多年,绝不会抄录洪迈的《万首唐人绝句》。恰恰相反,这个事实正好证明在洪迈以前就有比较接近原貌的王建《宫词》的版本传世,吴曾是见到的,洪迈也是见到的。朱承爵说:"文敏所得,又不知其何所自也。"(《存余堂诗话》)他还不明白其中的奥妙。因此,把这些诗补入王建百首《宫词》中,是符合实际情况的。

　　三,从诗歌的艺术风格、反映唐代宫廷生活的主题等角度看,洪迈本系统的补入诗,是比较接近王建原作的。王建《宫词》常常写到唐宫廷内具体的殿名、地名,各类游戏和宫女的生活,补入诗也写到"月陂"、"卧鸭池"、"乞巧楼"、"簸钱"、"弹棋"、"染退红"、调配"香方"等,和其他诗作比较一致。王建《宫词》描写细腻,常以人物的生活细节深细地反映他们的心理活动,运用灵动巧妙的诗思、明白新俊的语言表现宫廷生活,洪迈系统的补入诗也是如此,诗风比较一致。

　　《王建〈宫词〉辨证稿》即将完篇的时候,我重复一遍:纪事本、陈解元书籍铺刻本、中华本等《王建〈宫词〉一百首》,其中九首是他人诗混入的,理当剔除;洪迈《万首唐人绝句》、毛晋《三家宫词》等补入的九首诗,比较接近原貌,可以抵上被剔除的九首,仍合王建《宫词》一百首之数。

乙稿

王建《宫词》校识稿

近人据南宋陈解元书籍铺刻本《王建诗集》为工作本，参校汲古阁本、席氏《唐百家诗》本、《全唐诗》本、清代中叶胡氏谷园刊本诸本，并于1959年由中华书局上海编辑所排印出版。这是我国目前一个比较完备的《王建诗集》印本。

王建《宫词》一百首，收录于《王建诗集》第十卷。由于校者所据参校的本子时代较后，没有把宋代收录王建《宫词》的其他典籍，如洪迈《万首唐人绝句》、计有功《唐诗纪事》，也没有把宋、元时代学术笔记中征引王建《宫词》的文字，如吴曾《能改斋漫录》、陶宗仪《南村辍耕录》等，同时加以参校，所以排印本《王建诗集》第十卷《宫词》校语还未为尽善，有许多很有参考价值的异文没有列入校语中，有一些显然错讹的文字也未予校正。笔者因取中华书局1965年出版之计有功《唐诗纪事》中的王建《宫词》（简称纪事本）、嘉靖本洪迈《万首唐人绝句》中的王建《宫词》（简称万绝嘉本）、万历黄习远补窜本《万首唐人绝句》中的王建《宫词》（简称万绝万本）、古松堂本毛晋辑《三家宫词》中的王建《宫词》（简称毛三宫本）、朱彝尊《十家宫词》中的王建《宫词》（简称朱十宫本）、中华书局1960年出版之《全唐诗》（简称《全唐诗》），并取宋、明时代著名的学术笔记、诗话等书中所征引的文字，同时参校，写成本文。为慎重计，本文不轻易改动排印本《王建诗集》中王建《宫词》的文字和序次，仅录出校语供参考。为免累赘，无参考价值的异文，不取，亦不一一标明。

第一首　蓬莱正殿压金鳌

［金鳌］　万绝嘉本、万绝万本作"云鳌"。金，全诗校："一作云"。

［闲］　全诗校："一作开"。

［柘黄］　毛三宫本作"赭黄"。柘，全诗校："一作赭"。

［新筦］　万绝嘉本作"新筦"。宋长白《柳亭诗话》卷二六："王建《宫词》'柘黄新筦御床高'。《韵汇》云：'筦，去声，晒衣竿也。'别本作帕，俗甚。"帕，全诗校："一作筦。"

第二首　殿前传点各依班

[八诏蛮]　胡本作"六诏蛮"。八,全诗校:"一作六"。

第三首　龙烟日暖紫瞳瞳

[龙烟]　万绝嘉本作"笼烟"。龙,全诗校:"一作笼"。

[日暖]　中华本附注:"一作气",纪事本作"日气"。"日暖紫瞳瞳",万绝嘉本作"紫气日瞳瞳"。全诗校:"一作紫气日"。

[玉仗风]　中华本附注:"一作玉殿风"。胡本、纪事本、万绝嘉本、万绝万本、毛三宫本、朱十宫本、《全唐诗》均作"玉殿风"。全诗校:"当,一作开;殿,一作仗"。

第四首　白玉窗中起草臣

[窗中]　毛三宫本、《全唐诗》作"窗前"。前,全诗校:"一作中"。

[初赤]　纪事本、万绝嘉本作"初出"。赤,全诗校:"一作出"。

[因]　中华本附注:"一作只"。万绝嘉本、万绝万本、《全唐诗》并作"只"。

第五首　内人对御叠花笺

[红蜡光中]　纪事本作"红蠟烛前",万绝万本、朱十宫本、《全唐诗》均作"红蜡烛前"。

［异］　全诗校："一作御"。

第六首　千牛仗下放朝初

［进来］　纪事本、《全唐诗话》引此诗、万绝嘉本、万绝万本、毛三宫本、朱十宫本均作"请来"。进,全诗校："一作请"。

［不教书］　《全唐诗》作"不多书"。多,全诗校："一作教"。

第七首　延英引对碧衣郎

《唐诗纪事》卷四四录此诗,注："此诗亦云元稹作。"《全唐诗》卷四二三元稹名下收此诗,题云《自述》,注："一作王建《宫词》。"此误实出范摅《云溪友议》卷十。胡仔《苕溪渔隐丛话》后集卷十四："或云元微之亦有词杂于其间,予以《元氏长庆集》检寻,却无之,或者之言误也。"姚宽《西溪丛语》卷下、洪迈《万首唐人绝句》卷二四、胡仔《苕溪渔隐丛话》后集,皆以此诗为王建作,当从之。

［江砚］　范摅《云溪友议》卷十、姚宽《西溪丛语》引此诗并作"红砚"。

第八首　未明开着九重关

［未明］　万绝嘉本作"平明",朱十宫本作"朱门"。未,全诗校："一作永,一作平"。

［直到］　万绝嘉本、万绝万本并作"宣至"。全诗校："一作宣至"。

［对西蕃］　万绝嘉本、万绝万本并作"册西蕃"。对,全诗校："一作册"。

第九首　少年天子重边功

[重边功]　纪事本、《全唐诗话》引此诗、万绝嘉本均作"爱边功"。重,全诗校:"一作爱"。

[教觅]　《全唐诗话》引此诗作"为见"。

[图本]　全诗校:"一作真样"。

[长将殿里]　胡本、万绝嘉本作"长生殿里"。

第十首　丹凤楼门把火开

[楼门]　万绝嘉本、万绝万本作"楼前"。门,全诗校:"一作前"。

[五云金辂下天来]　胡本、纪事本、万绝嘉本、朱十宫本、全诗校均作"先排法驾出蓬莱"。

[砌前走马人宣慰]　万绝万本、毛三宫本、《全唐诗》并作"阶前走马人宣慰"。胡本、纪事本、朱十宫本作"棚前走马人传语"。万绝嘉本作"棚前走马人宣慰"。

[天子南郊一宿回]　万绝嘉本作"只拜南郊当日回"。一宿,全诗校:"一作当日"。

第十一首　楼前立仗看宣赦

[再拜齐]　万绝嘉本、《全唐诗》作"拜舞齐"。

第十二首　集贤殿里图书满

［依］　万绝嘉本、万绝万本作"知"，全诗校："一作知"。
［字数］　胡本作"数位"，《全唐诗》作"数字"，全诗校："一作字数"。尹占华校本诗云："数位，原作数字，据胡本改。"按，此两字不宜轻改，因诸本均作"字数"。

第十三首　秋殿清斋刻漏长

［秋殿］　胡本、万绝嘉本、万绝万本、毛三宫本、《全唐诗》均作"秘殿"。秘，全诗校："一作秋"。
［烧香］　纪事本、毛三宫本、朱十宫本、《全唐诗》均作"焚香"。焚，全诗校："一作烧"。
［出］　中华本附注："原作入，据《全唐诗》、胡本改。"毛三宫本亦作"出"。尹占华校本诗云："末句出，原作入，据《纪事》、胡本改。"按，《纪事》作"入"，不能据改，尹氏误。

第十四首　新调白马怕鞭声

［调］　中华本附注："原作骑，据《全唐诗》、胡本改。"纪事本、《全唐诗话》引此诗、毛三宫本、朱十宫本均作"调"。
［为报］　万绝嘉本、万绝万本并作"先报"。为，全诗校："一作先"。
［侵早起］　万绝万本、毛三宫本、朱十宫本、《全唐诗》均作"侵早入"。入，全诗校："一作起"。

第十五首　对御难争第一筹

［鞘回］　胡本、纪事本、吴曾《能改斋漫录》引此诗、毛三宫本、朱十宫本均作"龙舆"。

第十六首　新衫一样殿头黄

［獭尾］　万绝嘉本、万绝万本作"鞑尾"。
［金鞭］　万绝嘉本、万绝万本"玉鞭"。玉，全诗校："一作金"。
［绿鬃］　纪事本、毛三宫本作"绿骎"。朱十宫本作"绿骢"。
［麝香］　纪事本、朱十宫本作"麝烟"。毛三宫本作"麝兰"。香，全诗校："一作烟"。

第十七首　罗衫叶叶绣重重

［每遍］　吴曾《能改斋漫录》引此诗作"每遇"。
［舞头］　原作"舞时"，据纪事本、《全唐诗话》、吴曾《能改斋漫录》引此诗、毛三宫本、朱十宫本改。

第十八首　鱼藻宫中锁翠娥

［宫］　万绝嘉本作"池"。全诗校："一作池"。

第十九首　殿前明日中和节

［供］　汲本、胡本、万绝嘉本、纪事本作"分"。

［监开］　纪事本、朱十宫本作"监门"。监开金锁,万绝嘉本作"监宫开锁"。全诗校:"开,一作门;金,一作宫"。

第二十首　五更五点索金车

［五点］　汲本、胡本、万绝嘉本、《全唐诗》均作"三点"。三,全诗校:"一作五"。

［一时］　万绝嘉本作"一边"。时,全诗校:"一作边"。

第二十一首　城东北面望云楼

［北面］　纪事本作"南北"。全诗校:"一作南北"。

［长远过］　万绝嘉本、万绝万本、毛三宫本、朱十宫本均作"长速过"。远,全诗校:"一作速"。

［恐防］　纪事本、万绝嘉本、万绝万本、朱十宫本均作"忽防"。恐,全诗校:"一作忽"。

第二十二首　射生宫女宿红妆

［请得］　万绝嘉本、《全唐诗》并作"把得"。把,全诗校:"一作请"。

［弓］　中华本附注:"原作宫,据各本改。"汲本、胡本、万绝嘉本、

纪事本、《全唐诗话》引此诗、吴曾《能改斋漫录》引此诗、毛三宫本均作"弓"。

第二十三首　新秋白兔大于拳

[趁草]　朱十宫本作"赴草"。

第二十四首　内人笼脱解红绦

[内人]　原作"内鹰",今据纪事本、朱十宫本改,全诗校:"一作内人"。

[戴胜]　原作"斗胜",据纪事本、朱十宫本改。

[直上]　纪事本作"直到"。上,全诗校:"一作到"。

[碧云]　万绝嘉本、万绝万本、毛三宫本均作"青云"。碧云,全诗校:"一作青"。

[菊]　原作"掬",今据纪事本、万绝嘉本、万绝万本、毛三宫本、朱十宫本改。掬,全诗校:"一作菊"。

第二十五首　竞渡船头掉彩旗

[掉]　中华本附注:"原作棹,据各本改。"汲本、纪事本、万绝嘉本、万绝万本、朱十宫本亦均作"掉"。胡本作"插",毛三宫本注:"掉,一作插"。

[溅水]　纪事本、朱十宫本作"泥水"。溅,全诗校:"一作泥"。

[岸]　全诗校:"一作去"。

第二十六首　灯前飞入玉阶虫

［入］　万绝嘉本作"出"，全诗校："一作出"。

第二十七首　红灯睡里唤春云

［唤］　赵与时《宾退录》卷一、杨慎《升庵集》卷五四引本诗作"看"。

［云上］　万绝万本作"月上"。云，全诗校："一作月"。

第二十八首　一时起立吹箫管

［著却］　纪事本、朱十宫本作"著节"。却，全诗校："一作节"。

第二十九首　琵琶先抹六么头

［双唱起］　纪事本、万绝嘉本、万绝万本、朱十宫本均作"双起唱"。唱起，全诗校："一作起唱"。

第三十首　春池日暖少风波

［钓］　全诗校："一作报"。

第三十一首　十三初学擘箜篌

第三十二首　红蛮捍拨贴胸前

[捍拨]　原作"杆拨",今据唐诗纪事、万绝万本、朱十宫本改。
[飞出]　原作"飞下",今据《唐诗纪事》、万绝万本、朱十宫本改。

第三十三首　春风吹雨洒旗竿

[春风吹雨洒旗竿]　纪事本、朱十宫本并作"春风吹曲信旗竿"。万绝嘉本、万绝万本作"春风吹展曲旗竿"。全诗校:"春风吹展曲旗竿"。
[得出]　纪事本、朱十宫本作"自得"。毛三宫本附注:"出,一作在"。全诗校:"一作自得"。
[能]　纪事本、朱十宫本作"先"。
[走马]　纪事本、朱十宫本作"上马"。走,全诗校:"一作上"。
[园中]　纪事本、朱十宫本、《全唐诗》作"团中"。团,全诗校:"一作园"。万绝嘉本、万绝万本作"围"。

第三十四首　粟金腰带象牙锥

[腰带]　万绝万本作"犀带"。腰,全诗校:"一作犀"。
[象牙]　万绝嘉本、万绝万本作"碧牙"。象,全诗校:"一作碧"。
[鸡兔]　纪事本、朱十宫本作"花鸭"。全诗校:"一作花鸭"。

第三十五首　云驳花骢各试行

［花骢］　万绝嘉本、万绝万本并作"花骏"。
［君王］　纪事本、朱十宫本并作"天恩"。

第三十六首　每夜停灯熨御衣

［霏霏］　万绝嘉本、万绝万本、毛三宫本、朱十宫本均作"微微"。全诗校："一作微微"。
［上直钟声］　全诗校："一作上番声钟"。上直,万绝嘉本、万绝万本并作"上番"。

第三十七首　因吃樱桃病放归

［破］　中华本附注："一作尽"。全诗校："一作尽"。
［内中人识从来去］　纪事本、万绝嘉本、万绝万本、毛三宫本、朱十宫本均作"内中侍从来还去"。全诗校："一作内中侍从来还去"。
［头花］　中华本附注："一作金"。纪事本、万绝嘉本、万绝万本、毛三宫本、朱十宫本均作"金花"。《全唐诗》亦作"金花",于"金"下注："一作头"。

第三十八首　欲迎天子看花去

［回来］　万绝嘉本作"回头"。来,全诗校："一作头"。
［冲］　中华本附注："一作忆"。纪事本、万绝嘉本、万绝万本、毛

三宫本、朱十宫本、《全唐诗》均作"忆"。

第三十九首　往来旧院不堪修

［往］　纪事本作"住"。
［教近］　纪事本作"近敕"，朱十宫本作"近教"。
［宣徽］　万绝嘉本作"金銮"。全诗校："一作金銮"。
［新进入］　纪事本、万绝嘉本、朱十宫本并作"新入内"。
［六宫未见一时愁］　胡本、纪事本、万绝嘉本、朱十宫本均作"宫中未识大家愁"。毛三宫本同中华本，句下注："宫中谁识大家愁"。全诗校："一作宫中未识大家愁"。

第四十首　自夸歌舞胜诸人

［自夸］　万绝嘉本、万绝万本并作"自知"。夸，全诗校："一作知"。
［恨未承恩］　万绝嘉本、万绝万本、毛三宫本均作"邀勒君王"。全诗校："一作邀勒君王"。
［修别院］　纪事本、万绝嘉本、万绝万本、朱十宫本均作"修理院"。别，全诗校："一作理"。

第四十一首　闷来无处可思量

［旋忆妆］　原作"旋下床"，万绝嘉本、毛三宫本并作"旋忆床"。万绝万本作"旋忆妆"。《全唐诗》亦作"旋忆床"，"忆"下注："一作下"。已下金阶，再下床，再忆床，于理不合，今据万绝万本改为"忆妆"。

［镜前］　原作"窗中"，今据万绝万本、毛三宫本改。《全唐诗》作"镜前"，附注："一作窗中"。

第四十二首　蜂须蝉翅薄松松

第四十三首　合暗报来门锁了

［房房］　纪事本、朱十宫本作"房中"。
［白露］　万绝嘉本作"冷露"。《全唐诗》于"白"下注："一作冷"。

第四十四首　御厨不食索时新

［不食］　吴曾《能改斋漫录》引此诗作"进食"。
［每见］　吴曾《能改斋漫录》引此诗作"每到"。
［卧］　万绝万本、毛三宫本并作"睡"。

第四十五首　丛丛洗手绕金盆

［新橘］　纪事本、万绝嘉本、毛三宫本均作"金橘"。

第四十六首　御池水色春来好

［池］　纪事本作"波"。全诗校："一作波"。

第四十七首　移来女乐部头边

[大五弦]　万绝嘉本、万绝万本、《全唐诗》并作"木五弦"。木，全诗校："一作大"。

[纵]　汲本、《全唐诗》、万绝万本作"缠"。

[中心细画]　中华本附注："中，原作当，据各本改。"纪事本、朱十宫本并作"当心香画"；万绝嘉本、万绝万本并作"当中更画"；王楙《野客丛书》引此诗作"当心画出"。细，全诗校："一作香，一作更"。

第四十八首　新晴草色绿温暾

[绿温暾]　纪事本、万绝嘉本、陶宗仪《南村辍耕录》卷八、田汝成《西湖游览志馀》卷二十五引此诗、朱十宫本均作"暖温暾"。《全唐诗》于"绿"下注："一作暖"。

[山雪]　万绝嘉本作"岸雪"。

[沪水]　原作"渐出"，今据纪事本、胡本、万绝万本改。全诗校："一作沪水"。

[留着望春门]　纪事本、朱十宫本作"开着苑东门。"

第四十九首　两楼新换珠帘额

[两楼]　毛三宫本作"西楼"，纪事本、朱十宫本作"两檐"。《全唐诗》于"楼"下注："一作檐"。

[五十面]　原作"五千面"，今据万绝嘉本、万绝万本、毛三宫本改。纪事本、朱十宫本作"五千个"。

第五十首　尽送春毬出内家

[尽送春毬]　汲本、纪事本、朱十宫本作"舞送香毬"。纪事本、朱十宫本"毬"字误作"迷"字,据汲本改正。

[相逐]　原作"相遂",据胡本、纪事本、万绝万本、朱十宫本改。

第五十一首　家常爱著旧衣裳

[插]　纪事本、朱十宫本作"戴"。

[裙带]　纪事本、朱十宫本作"衣带"。

第五十二首　别敕教歌不出房

[别敕]　纪事本、朱十宫本作"宣敕"。《全唐诗》于"别"下注:"一作宣"。

[奏]　纪事本、朱十宫本作"报"。《全唐诗》于"奏"下注:"一作报"。

第五十三首　行中第一争先舞

[争]　纪事本、朱十宫本作"头"。

[偷破拍]　万绝嘉本、万绝万本并作"先破拍"。纪事本、朱十宫本作"偷急遍"。全诗校:"一作先破拍,一作偷急遍"。

[急翻]　纪事本、朱十宫本作"翻翻"。全诗校:"一作翻翻"。

第五十四首　私缝黄帔舍钗梳

[君王]　纪事本、朱十宫本作"天恩"。

第五十五首　月冷江清近腊时

[月冷江清]　万绝嘉本、万绝万本作"日冷天晴"。宫中无江,万绝作"天晴",近是。

[渐渐]　吴曾《能改斋漫录》卷六引此诗作"漓漓"。万绝嘉本、万绝万本并作"离离"。

[面脂]　吴曾《能改斋漫录》卷六引此诗作"口脂"。

第五十六首　未承恩泽一家愁

[求守管弦声款逐]　求,原作"来",据万绝万本改。全诗校:"一作新学管弦声尚涩"。

第五十七首　东风泼火雨新休

[泼火]　纪事本、万绝万本、毛三宫本均作"泼泼"。

[弄]　纪事本、朱十宫本、《全唐诗》作"弄"。

[泥]　纪事本、朱十宫本作"风"。

[扫雪沟]　纪事本、朱十宫本并作"荡雪沟"。

此诗《全唐诗》亦收录于熊孺登名下。佟培基《全唐诗重出误收考》"王建"条云:"'东风泼火雨新休',又作熊孺登,题作《寒食》。

《绝句》三一、《纪事》四四作王建。"同书"熊孺登"条云:"《寒食》,又作王建。"按,《王建诗集》各本、万绝万本、纪事本、毛三宫本、朱十宫本均作王建诗,作熊孺登诗,不足据。

第五十八首　风帘水阁压芙蓉

〔夜妆红〕　纪事本、朱十宫本并作"夜灯红"。

第五十九首　圣人生日是明朝

〔先须〕　万绝嘉本、万绝万本、毛三宫本均作"教人"。《全唐诗》亦作"教人"。
〔前头先进〕　万绝嘉本作"在前进上"。《全唐诗》于"前头先进"下注:"一作在前进上"。

第六十首　避暑昭仪不掷卢

〔避暑昭仪〕　原作"避暑昭阳",据纪事本、朱十宫本改。
〔搦〕　纪事本、朱十宫本作"写"。

第六十一首　内宴初秋入二更

〔初秋〕　万绝嘉本、万绝万本、毛三宫本均作"初休"。《全唐诗》于"秋"下注:"一作休"。
〔一天〕　万绝嘉本、万绝万本并作"一时"。天,全诗校:"一作时"。

[中宫传旨音声散] 纪事本作"宫官分半音声住"。《全唐诗》于此句下亦注："一作宫官分半音声住。""中宫",胡本作"中官"。

第六十二首　玉蝉金雀三层插

[金雀]　纪事本、万绝嘉本、朱十宫本均作"金掌"。雀,全诗校:"一作掌"。

[归来]　全诗校:"一作当时"。

第六十三首　树叶初成鸟护窠

[护]　纪事本、朱十宫本作"出"。全诗校:"一作出"。

[众]　纪事本、朱十宫本作"舞"。全诗校:"一作舞"。

[要赎么]　纪事本、朱十宫本作"要赏罗"。万绝万本作"购赎罗"。

《全唐诗》注:"以下五首,一作花蕊夫人诗。""以下五首",指本诗及"小殿初成粉未干"、"内人相续报花开"、"巡吹慢遍不相和"、"黄金合里盛红雪"。浦江清认定此五首乃王建诗(见《浦江清文录·花蕊夫人宫词考证》)。

第六十四首　小殿初成粉未干

[初成粉未干]　纪事本、朱十宫本作"新装粉欲干"。全诗校:"初成,一作新装;未,一作欲"。

[自]　纪事本作"尽"。

本诗一作花蕊夫人诗,按纪事本、万绝本、《王建诗集》俱以此为王建诗,浦江清已作辨证。

第六十五首　内人相续报花开

［缝］　原作"逢",据纪事本、朱十宫本改。

［琴绣袋］　万绝嘉本、万绝万本并作"红绣袋"。琴,全诗校:"一作红"。

本诗一作花蕊夫人诗,按纪事本、万绝本、《王建诗集》俱以此诗为王建诗,浦江清已作辨证。吴曾《能改斋漫录》卷六曾引作王建《宫词》。

第六十六首　巡吹慢遍不相和

［暗数看谁］　纪事本、朱十宫本作"暗看谁人"。《全唐诗》于四字下亦注:"一作暗看谁人"。

［梨花园里见］　万绝嘉本、万绝万本并作"梨园花里设"。《全唐诗》于"花园"下注:"一作园花"。

本诗一作花蕊夫人诗,按纪事本、万绝本、《王建诗集》俱以此诗为王建作,浦江清已作辨证。

第六十七首　黄金合里盛红雪

［中官］　纪事本、朱十宫本作"分明"。

本诗一作花蕊夫人诗,按纪事本、万绝本、《王建诗集》俱以此诗为王建作,浦江清已作辨证。

第六十八首　未明东上阁门开

［未明］　原作"朱明",据汲本、胡本、纪事本、朱十宫本改。万绝万本作"天明"。

［后殿］　万绝嘉本、万绝万本作"殿里"。全诗校："一作殿里"。

第六十九首　宫人早起笑相呼

［早起］　万绝嘉本、万绝万本、毛三宫本均作"拍手"。全诗校："一作拍手"。

［阶前］　万绝万本作"庭前"。阶,全诗校："一作庭"。

《全唐诗》于此诗下注曰："以下十首,一作花蕊夫人诗。""以下十首",指本诗及"小随阿姊学吹笙"、"日高殿里有香烟"、"宫花不共外花同"、"殿前铺设两边楼"、"太仪前日暖房来"、"御前新赐紫罗襦"、"鹦鹉谁教转舌关"、"分朋闲坐赌樱桃"、"禁寺红楼内里通"。浦江清认定此十首乃王建诗(见《浦江清文录·花蕊夫人宫词考证》)。

第七十首　小随阿姊学吹笙

［见好］　纪事本、毛三宫本、朱十宫本并作"好见"。《全唐诗》于"见好"下亦注："一作好见"。

［赐］　记事本、朱十宫本作"乞"。全诗校"一作乞"。

［殿下］　胡本、万绝嘉本、万绝万本、毛三宫本、《全唐诗》均作"殿外"。纪事本作"阶下"。全诗校："一作阶下"。

本诗一作花蕊夫人诗。按纪事本、万绝本、《王建诗集》俱以此诗为王建作。浦江清已作辨证。

第七十一首　日高殿里有香烟

［声来］　胡本、万绝嘉本、万绝万本、毛三宫本、《全唐诗》均作"声长"。

［初］　万绝万本作"新"。全诗校："一作新"。

［内人争乞洗儿钱］　万绝万本作"内家分得洒儿钱"。

本诗一作花蕊夫人诗。按纪事本、万绝本、《王建诗集》俱以此诗为王建作。浦江清已作辨证。吴曾《能改斋漫录》卷六引此诗作王建《宫词》。

第七十二首　宫花不共外花同

［外花］　纪事本、万绝嘉本、万绝万本、朱十宫本均作"外边"。

［先一半］　胡本、纪事、朱十宫本作"生一朵"。

［在园中］　万绝嘉本、万绝万本、毛三宫本、《全唐诗》均作"到园中"。

本诗一作花蕊夫人诗，按纪事本、万绝本、《王建诗集》俱以本诗为王建作。浦江清已作辨证。

第七十三首　殿前铺设两边楼

［争跪拜］　万绝嘉本、万绝万本并作"齐跪拜"。争，全诗校："一作齐"。

本诗一作花蕊夫人诗，按纪事本、万绝本、《王建诗集》俱以为此诗为王建作。浦江清已作辨证。

第七十四首　太仪前日暖房来

[太仪]　胡震亨《唐音癸签》引此诗、朱十宫本并作"大仪",毛三宫本附校语"一作大姨",均非,当以"太仪"为是。

[昭阳]　胡本作"昭仪"。

本诗一作花蕊夫人诗,按纪事本、万绝本、《王建诗集》俱以为此诗为王建作。浦江清已作辨证。洪迈《容斋随笔》卷十、陶宗仪《南村辍耕录》卷十一、赵翼《陔馀丛考》卷四三,皆引录此诗作王建诗。

第七十五首　御前新赐紫罗襦

[御前新赐]　纪事本、朱十宫本作"床前谢赐"。全诗校:"御,一作床;新,一作谢"。

[不下]　《全唐诗》作"步步",全诗校:"一作不下"。

本诗一作花蕊夫人诗,按纪事本、万绝本、《王建诗集》俱以为此诗为王建作。浦江清已作辨证。

第七十六首　鹦鹉谁教转舌关

[转]　原作"博",据汲本、胡本、纪事本、万绝万本、朱十宫本改。

[更觉]　纪事本、万绝万本、朱十宫本作"近更"。

本诗一作花蕊夫人诗,按纪事本、万绝本、《王建诗集》俱以为此诗为王建作。浦江清已作辨证。

第七十七首　分朋闲坐赌樱桃

[分朋]　原作"分明",据汲本、胡本、纪事本、万绝万本改。朋,全诗校:"一作明"。

[收却]　纪事本、万绝万本、朱十宫本作"休却"。

[斗累阿谁高]　纪事本、朱十宫本作"斗得垒高高"。吴曾《能改斋漫录》引此诗作"斗叠阿谁高"。

本诗一作花蕊夫人诗,按纪事本、万绝本、《王建诗集》俱以此诗为王建作。浦江清已作辨证。吴曾《能改斋漫录》卷六引此诗为王建《宫词》。

第七十八首　禁寺红楼内里通

[笙歌]　万绝嘉本作"香山"。《全唐诗》于此句下注:"一作香山引驾夹城中"。

[宫监]　万绝嘉本、万绝万本并作"蕃女"。毛三宫本、《全唐诗》于"宫监"下注:"一作蕃女"。

[当]　胡本作"堂",万绝嘉本、万绝万本作"帘"。

本诗一作花蕊夫人诗,按纪事本、万绝本、《王建诗集》俱以此诗为王建作。浦江清已作辨证。

第七十九首　春风院院落花堆

[生衣]　纪事本作"衣生"。全诗校:"一作衣生"。

第八十首　舞来汗湿罗衣彻

［金盆水里］　万绝万本、毛三宫本、《全唐诗》并作"金花盆里"。
［泼银泥］　纪事本、万绝嘉本、万绝万本、毛三宫本、朱十宫本均作"泼红泥"。银，全诗校："一作红"。
《全唐诗》于本诗下注曰："以下三首，一作花蕊夫人诗。""以下三首"，指本诗及"宿妆残粉未明天"、"众中偏得君王笑"，按纪事本、万绝本、《王建诗集》俱以此诗为王建作。浦江清已作辨证（见《浦江清文录·花蕊夫人宫词考证》）。

第八十一首　宿妆残粉未明天

［总在］　万绝嘉本、万绝万本、《全唐诗》均作"总立"。
［昭阳］　纪事本作"朝阳"。
本诗一作花蕊夫人诗，按纪事本、万绝本、《王建诗集》俱以此诗为王建作。浦江清已作辨证。

第八十二首　众中偏得君王笑

［偏］　纪事本、朱十宫本作"爱"。
［君王笑］　万绝嘉本、万绝万本作"君王唤"。笑，全诗校："一作唤"。
［催］　万绝万本、朱十宫本作"推"。
［直］　纪事本、朱十宫本作"内"。
［美人］　万绝万本作"内人"。
本诗一作花蕊夫人诗，按纪事本、万绝本、《王建诗集》俱以此诗为

王建作。浦江清已作辨证。

第八十三首　教遍宫娥唱尽词

［唱尽］　毛三宫本、朱十宫本、《全唐诗》并作"唱遍"。

第八十四首　青楼小妇砑裙长

［青楼］　纪事本作"黛眉"，朱十宫本作"蛾眉"。
［多］　万绝万本作"为"。全诗校："一作为"。
［棚头］　万绝万本、朱十宫本作"朋头"。
［各别］　万绝万本作"各自"。别，全诗校："一作自"。

第八十五首　水中芹叶土中花

［水中芹叶土中花］　万绝嘉本、万绝万本、毛三宫本均作"艾心芹叶初生小"。

［拾得还将避众家］　万绝嘉本、万绝万本、毛三宫本均作"只斗时新不斗花"。

《全唐诗》注："一作花蕊夫人诗。"按纪事本、万绝本、《王建诗集》俱以此诗为王建作。浦江清已作辨证（见《浦江清文录·花蕊夫人宫词考证》）。

第八十六首　玉箫改调筝移柱

［筝移柱］　纪事本、朱十宫本作"移纤指"，《全唐诗》于此处下亦

注："移纤指"。

　　[换] 纪事本、朱十宫本作"赴"。
　　[戴] 纪事本、朱十宫本作"着"。

第八十七首　窗窗户户院相当

[衙] 万绝万本作"牙"。全诗校："一作牙"。

第八十八首　雨入珠帘满殿凉

[玉] 纪事本、朱十宫本作"石"。全诗校："一作石"。

第八十九首　金吾除夜进傩名

[坐吹笙] 中华本附注："一作斗音声"。全诗校："一作斗音声"。

第九十首　树头树底觅残红

第九十一首　金殿当头紫阁重

[朝元日] 纪事本作"朝迎日"。

第九十二首　忽地金舆向月陂

［忽地］　吴曾《能改斋漫录》引此诗作"忽见"。

［却因龙武军前过］　吴曾《能改斋漫录》引此诗作"却从中尉门前过"。却因，万绝嘉本、万绝万本、毛三宫本均作"却回"。

［当殿］　吴曾《能改斋漫录》引此诗、万绝万本、毛三宫本均作"当处"。

本诗据洪迈《万首唐人绝句》（嘉靖本）卷二十四、吴曾《能改斋漫录》卷六、赵与时《宾退录》卷八、杨慎《升庵集》卷五七、毛晋刻《三家宫词·王建宫词》、朱彝尊编《十家宫词·王建宫词》、胡本、《全唐诗》补入。

第九十三首　画作天河刻作牛

［宫里］　赵与时《宾退录》引此诗、万绝嘉本、毛三宫本、朱十宫本均作"宫女"。《全唐诗》于"里"下注："一作女"。

［诸亲］　赵与时《宾退录》、朱十宫本引此诗作"新恩"。《全唐诗》于"诸亲"下注："一作新恩"。

本诗据洪迈《万首唐人绝句》（嘉靖本）卷二十四、赵与时《宾退录》卷八、杨慎《升庵集》卷五七、毛晋刻《三家宫词·王建宫词》、朱彝尊编《三十家宫词·王建宫词》、胡本、《全唐诗》补入。

第九十四首　春来睡困不梳头

［玉花阶上］　赵与时《宾退录》引此诗作"玉阶花下"。朱十宫本作"玉阶花上"。

本诗据洪迈《万首唐人绝句》(嘉靖本)卷二四、赵与时《宾退录》卷八、杨慎《升庵集》卷五七、毛晋刻《三家宫词·王建宫词》、朱彝尊编《十家宫词·王建宫词》、胡本、《全唐诗》补入。

第九十五首　弹棋玉指两参差

[斗著卮]　卮，原作"危"，据赵与时《宾退录》卷八、杨慎《升庵诗话》卷二改。

本诗据洪迈《万首唐人绝句》(嘉靖本)卷二四、赵与时《宾退录》卷八、杨慎《升庵诗话》卷二、毛晋刻《三家宫词·王建宫词》、朱彝尊编《十家宫词·王建宫词》、胡本、《全唐诗》补入。

第九十六首　宛转黄金白柄长

本诗据洪迈《万首唐人绝句》(嘉靖本)卷二四、赵与时《宾退录》卷八、杨慎《升庵诗话》卷二、毛晋刻《三家宫词·王建宫词》、朱彝尊编《十家宫词·王建宫词》、胡本、《全唐诗》补入。

第九十七首　供御香方加减频

本诗据洪迈《万首唐人绝句》(嘉靖本)卷二四、赵与时《宾退录》卷八、杨慎《升庵诗话》卷二、毛晋刻《三家宫词·王建宫词》、朱彝尊编《十家宫词·王建宫词》、胡本、《全唐诗》补入。

第九十八首　药童食后进云浆

　　本诗据洪迈《万首唐人绝句》(嘉靖本)卷二四、赵与时《宾退录》卷八、杨慎《升庵诗话》卷二、毛晋刻《三家宫词·王建宫词》、朱彝尊编《十家宫词·王建宫词》、胡本、《全唐诗》补入。

第九十九首　步行送出长门远

　　[送出]　万绝万本作"送入"。全诗校："一作出"。
　　[长门远]　万绝万本作"长门里"。里,全诗校："一作远"。
　　[乞求自在]　原作"乞来自在",万绝万本作"乞求恩赦"。《全唐诗》作"乞恩求赦"。今据朱十宫本改。
　　本诗据计有功《唐诗纪事》卷四四、洪迈《万首唐人绝句》(嘉靖本)卷二四、毛晋刻《三家宫词·王建宫词》、朱彝尊编《十家宫词·王建宫词》、胡本、《全唐诗》编入。校勘以《唐诗纪事》为工作本,参校他本。

第一○○首　缥罗不著索轻容

　　[缥罗]　纪事本、万绝嘉本、万绝万本、朱十宫本作"嫌罗"。全诗校："一作嫌"。
　　[今朝看处满园中]　万绝嘉本、万绝万本、毛三宫本、《全唐诗》作"明朝半片在园中"。
　　本诗据计有功《唐诗记事》卷四四、洪迈《万首唐人绝句》(嘉靖本)卷二四、毛晋刻《三家宫词·王建宫词》、朱彝尊编《十家宫词·王建宫词》、胡本、《全唐诗》补入。

丙稿

王建《宫词》札迻稿

唐诗要不要加注,明唐诗专家胡震亨于《唐音癸签》卷三十二中,说过一段很值得体味的话:

> 唐诗不可注也。诗至唐,与选诗大异,说眼前景,用易见事,一注诗味索然,反为蛇足耳。有两种不可不注:如老杜用意深婉者,须发明;李贺之谲诡、李商隐之深僻,及王建《宫词》自有当时宫禁故事者,并须作注,细与笺释。(建《宫词》正如郑嵎《津阳门诗》,非嵎注不知当时事。)

胡氏告诉大家,有两种唐诗不可不注,一种像杜甫诗、李贺诗、李商隐诗,词意深婉,措意深僻,语言谲诡,须加发明,方能理解诗旨。另一种就是王建《宫词》,因为诗中写到许多宫禁故事、宫廷名物,须要细加笺释。郑嵎《津阳门诗》自加注释,叙当时事,助人阅读,然王建《宫词》没有自注,就不易明了。

唐王建百首《宫词》,国内还没有人为它们作过新注。浦江清先生曾打算做这项工作,久而未成。"余于王建《宫词》旧思作注,久而未就。"(《浦江清文录·花蕊夫人宫词考证》)笔者有鉴于王建《宫词》百首有较高的文学、史学、文化学价值,因而查证文史典籍,就王建《宫词》百首中涉及的名物、典章、制度、宫廷习俗的诗句,酌作笺证、考释,写成《王建〈宫词〉札迻》,发表于1985年上海古籍出版社出版的拙著《唐音质疑录》里。当时只释了一百首中的五十四首,并识云:"容日后删谬增益,再完成百首笺稿的任务。"时间一晃已经过去二十七年。其间,陈贻焮教授主编的《增订注释全唐诗》,于2001年由文化艺术出版社出版。其中《王建诗集》的《宫词》百首有注,但很简略。稍后,尹占华教授的《王建诗集校注》,于2005年由巴蜀书社出版。卷十录王建《宫词》一百首,首首有注,注稿里收入不少笔者的考证材料。细细查检,发现有许多漏注的地方,尚须补罅;有一些关键性的问题,还没有说清楚,甚至还有一些误失。为此,笔者于2011年冬又重操旧业,花了近一年工夫,在《王建〈宫词〉札迻》的基础上,增益补充了许多内容,完成王建《宫词》百首的笺释任务,以了却昔日的心愿。

采用"札迻"的形式,不必拘泥于逢句必解的作法,可以对重点问题详加考释,辨章学术,写成学术笔记,解决王建《宫词》百首中的许多疑义,辨析容易混淆的问题,改正前人之误失,帮助大家准确地理解王建诗旨。

本书札迻,在做好名物典章、宫廷礼仪、宫廷习俗解释的同时,着重解决五个问题:其一曰决疑。寻释诗意,遇有疑难,必探究原委,释疑明义。《宫词》第四十首"自夸歌舞胜诸人",第二句为"恨未承恩出内频"。什么叫"出内频"?任二北《教坊记笺订》:"出内本云出宫,此指内人由宫中退出。张祜有《退宫人》诗,杜牧有《出宫人》诗,王建《宫词》'恨未承恩出内频',当指此种人。"这样的解说,不能不令人生疑。宫女放归出宫,在唐代历史上次数是很少的,有的时隔十多年,有的时隔数十年,甚至有的少年时入宫,头白时还在宫中,白居易《上阳白发人》"入时十六今六十",即是。这怎能称为"出内频"呢?笔者循此疑点,探其原委。原来,唐代教坊有内外之别,外教坊之伎人,技艺高超者,被选入内教坊。内教坊之艺人,未受恩宠,便由内教坊退出,还至外教坊,称为"出内"。《教坊记》载范汉女大娘子"出内",就是一例。因为内外教坊人员调动频仍,故曰"出内频"。任二北先生将教坊伎人之"出内"与宫女之出宫,混为一谈,致有此误。又,《宫词》第二十二首"射生宫女宿红妆",结句云"男儿跪拜谢君王",诗既然吟"射生宫女",缘何要说她们作"男儿跪拜"呢?原来唐代女子行下手之拜,但宫廷中宫女遇见君王,家中媳妇遇见舅姑(公婆),还是要行跪拜之礼,如男儿跪拜一样。笔者详引诸家考论,以释此疑。

其二曰辨析。同一事物,有多种名目,有多种解说,则必加辨析,析其异同,以免混淆。《宫词》第十四首"新调白马怕鞭声",写到"打毬",第七十三首"殿前铺设两边楼",第二句写到"步打毬",第八十一首"宿妆残粉未明天",写到"长白打"。同样是"打毬",却有三种名目,它们是不是一样的宫廷游戏呢?原来,这三种"打毬"的游戏不一样,一种是马上打毬,一种是步行打毬,一种是踢毬,二人对踢,称为"白打"。因此,必须对这三种宫廷游戏详加考释,区别清楚。《宫词》

第六十首"避暑昭阳不掷卢",结句云:"揭得滕王蛱蝶图。"善画蛱蝶的滕王是谁?有人以为是李元婴,有人以为是李湛然。既然有两种说法,就应该通过考释,说明真正善于画作蛱蝶图的究竟是谁,给读者一个明确的答案。

其三曰说明。王建《宫词》描写宫廷诸多生活,与人们日常生活不一样,大家很少接触,为它们作注,不能简单了事,必须详细说明。《宫词》第一百首"縑罗不著索轻容",轻容是什么东西?笔者除了给它们作出"一种极为轻薄的丝织品"的解说以外,又引证《新唐书·地理志》、《元丰九域志》、周密《齐东野语》以及白居易、李贺诗等资料,加深大家的印象。《宫词》第八十九首"金吾除夜进傩名",描写宫廷中进傩场面,十分壮观,在平民生活中很少见到,笔者因引段安节《乐府杂录》、《新唐书·礼乐志》、钱易《南部新书》、孟元老《东京梦华录》的记载,将宫廷中驱傩的仪式和场面,详尽说明之,给读者以丰富的感性认识,以助读王建诗。

其四曰订误。前代典籍有误,应据可靠资料,加以订正,以免贻误后学。如《宫词》第一首"蓬莱正殿压金鳌"。程大昌《雍录》卷三云:"夫正殿者,宣政也。"误。笔者因据《旧唐书·地理志一》、宋敏求《长安志》、徐松《唐两京城坊考》正其误。近代学者阎文儒《两京城坊考补》又据《唐六典》、吕大防《长安城图》,确认含元殿为大明宫的正殿。《宫词》第五十五首"月冷江清近腊时",写到"浴堂门"、"浴堂殿",宋敏求《长安志》卷六记此殿在紫宸殿之西,误。其实,宋人程大昌《雍录》已经做过详细考订,清徐松《唐两京城坊考》、日本平岗武夫《长安与洛阳》都对浴堂做过考释,断言浴堂殿在紫宸殿东。笔者因引诸家成果,以订《长安志》之误。《宫词》第九十二首"忽地金舆向月陂",任二北先生据崔令钦《教坊记》、《新唐书·李适之传》,以为月陂在洛阳,他在《教坊记笺订》中说:"王建《宫词》补篇'忽地金舆向月陂,内人接着便相随'疑非唐人作。因内人限在内教坊、宜春院,其接金舆,何以至月陂?在月陂者,宜非内人。此诗洪迈《万首唐人绝句》、赵与时《宾退录》及杨慎诗话等均曾收之,以足《宫词》百首之数,仍俟考。"任说误。按长安有月陂,在禁苑中,笔者因据宋敏求《长安志》、骆天骧《类编长安志》、徐松《唐两京城坊考》,以订其误。况且侍奉君王之内人,自可随行至禁苑,并不限在内教坊、宜春院,任氏所说无据。

其五曰补苴。王建《宫词》中提到的一些名物,在后代已失传,因取其他相关资料参证之,起着补苴罅漏的作用。《宫词》第九十七首"供御香方加减频",唐代宫中的和香方,今已失传,因取宋人洪刍《香谱》记载的"蜀王熏御衣法"和"江南李主帐中香法",以便见斑窥豹,以推知唐朝宫廷中的"供御香方"。又,《宫词》第五十五首"日冷天晴近腊时",诗写到唐朝宫廷中盛行的"腊日赐口脂"的习俗。这里,句中并未出现"腊日",本可以不注,但是,这种习俗行为发生在"腊日",那么,"腊日"是哪一天呢?在古代,不同朝代的"腊日"是不一样的。三国曹魏时人高堂隆以五行说推出各朝的"腊日":水行之君,"以辰腊",火行之君,"以戌腊",木行之君,"以未腊",金行之君,"以丑腊",土行之君,"以辰腊"。唐朝之君"以土行",故唐朝的"腊日"在"冬至后第三个辰日"。如此考释,为"腊日"做出准确的解说,免得搞错。

笔者通过"札迻",详尽考释唐朝宫廷之建筑、礼仪、服饰、乐舞、游乐、节庆、习俗的方方面面,还有一个很重要的目的,就是为下文王建《宫词》评论稿做好原始资料的积累工作。笔者认为,王建《宫词》除了有较高的文学艺术水平外,它们的文化含量也较高,有着较高的史学与文化学的价值,本书拟从文化学的角度切入,评价王建《宫词》集中展示唐代宫廷文化的历史文化价值,更易视角、更新评判,给王建《宫词》做出一个恰如其分的、应有的评价。

第一首

蓬莱正殿压金鳌,红日初生碧海涛。
开着五门遥北望,柘黄新帕御床高。

蓬莱 指蓬莱宫。唐人诗或用以指海外仙山的宫殿,即仙境,如白居易《长恨歌》:"蓬莱宫中日月长。"或用以直指长安的大明宫,如杜甫《秋兴八首》:"蓬莱宫阙对南山。"王建这首诗里的蓬莱宫,正是指的大明宫,因为唐代长安大明宫又名蓬莱宫。王溥《唐会要》卷三十:"龙朔二年,修旧大明宫,改名蓬莱宫。长安元年十一月,又改曰大明宫。"

宋敏求《长安志》卷六"东内大明宫":"东内大明宫在禁苑之东南,南接京城之北面,西接宫城之东北隅,南北五里,东西三里。贞观八年,置为永安宫,明年改曰大明宫,以备太上皇消暑。百官献赀财以助役。龙朔三年,大加修改,号曰蓬莱宫。咸亨元年,改曰含元宫,寻复大明宫。"康骈《剧谈录》卷下:"含元殿,国初建,凿龙首冈以为基础,彤墀扣砌,高五十余尺。左右立栖凤、翔鸾两阙。龙尾道出于阙前,倚栏下瞰前山,如在诸掌。"程大昌《雍录》卷三:"龙朔二年,高宗染风痹,恶太极宫卑下,故就修大明宫,改名蓬莱宫,取殿后蓬莱池为名也。"

大明宫的正殿,宋人程大昌的解释是错误的。他的《雍录》卷三云:"夫正殿者,宣政也。"竟以宣政殿为大明宫的正殿。考《旧唐书·地理志一》:"东内曰大明宫,在西内之东北,高宗龙朔二年置。正门曰丹凤,正殿曰含元,含元之后曰宣政。"宋敏求《长安志》卷六云:"丹凤门内当中正殿曰含元殿。"徐松《唐两京城坊考》卷一:"丹凤门内正衙曰含元殿。"阎文儒《两京城坊考补》卷一引《唐六典》卷七"工部"条云:"丹凤门内正殿,曰含元殿。"又引吕大防《长安城图》云:"(大明宫五门内)正殿曰含元殿。"王建《宫词》一百首第一、第二两首,均是描写含元殿的景色,从诗意绅绎,亦可证明大明宫的正殿当以含元殿为是。

　　压金鳌　金鳌,古代传说的金色大鳌,《列子·汤问》载归墟有五山,其一曰蓬莱,五山之根无所连著,帝"乃命禺疆使巨鳌十五,举首而载之"。蓬莱等五神山,均由巨鳌载之,蓬莱山压在巨鳌身上。王建因含元殿是蓬莱宫的正殿,故用《列子》典故,以"压金鳌"形容"蓬莱正殿"的宏伟气象。

　　五门　《唐六典》卷七:"大明宫在禁苑之东南,西接宫墙之东隅。南面五门:正南曰丹凤门,东曰望仙门,次曰延政门,西曰建福门,次曰兴安门。"宋敏求《长安志》卷六、骆天骧《类编长安志》卷二记载均同,不赘述。

　　含元殿建筑在龙首山山坡上,殿基极高,从大明宫南面五门向北遥望,皇帝的宝座高高在上,所以诗的下半首云:"开着五门遥北望,柘黄新帕御床高。"康骈《剧谈录》云:"殿去五门二里,每元朔朝会,禁军御仗,宿于殿庭,金甲葆戈,杂以绮绣,文武缨佩序立,蕃胡夷长,仰观玉座,如在霄汉。"徐松《唐两京城坊考》卷一说得更清楚:"大明宫在禁苑东偏,旧太极宫后苑之射殿,据龙首山。龙首山长六十里,来自樊川,由南而北,行至渭滨,乃折向东,头高二十丈,尾渐下,可六七丈,汉之未央据其折东高处,故宫高出于长安城上。大明宫又在未央之东,其基愈高,故含元殿基高于平地四丈。"(企按:韦述《两京新记》引《玉海》、《太平御览》,均作"高于平地四十丈"。)据此数证,可以知道"御床高"的缘故了。

第二首

　　　　殿前传点各依班,召对西来八诏蛮。
　　　　上得青花龙尾道,侧身偷觑正南山。

　　八诏蛮　各本均同,胡本作"六诏蛮"。《全唐诗》于"八"字下附校语:"一作六",当以"六诏蛮"为是。

六诏蛮,唐代南诏蛮的别称。《新唐书·南蛮列传》:"南诏,乌蛮别种也。夷语王为诏,其先渠帅有六,自号六诏。"王溥《唐会要》卷九十九:"南诏蛮,本乌蛮之别种也,姓蒙氏。蛮谓王为诏,其先有六诏,各有君长……开元二十六年,封其子皮罗阁越国公,赐名归义。其后以破西洱蛮功,敕授云南王。归义渐强,五诏浸弱,剑南节度使王昱受其赂,进六诏为南诏。"唐窦滂《云南别录》(此书《新唐书·艺文志》和《宋史·艺文志》均有著录,近人向达《唐代纪载南诏诸书考略》以为其书"久已不传"。其实不然,近见云南人民出版社1979年出版的《云南古佚书钞》,收有窦滂《云南别录》):"开元二十六年九月戊午,册南诏蒙归义为云南王。归义之先,本哀牢地,属姚州之西。东南接交趾,西北接吐蕃。蛮语谓王为诏,先有六诏,曰蒙舍,曰蒙越,曰越析,曰浪穹,曰样备,曰越澹。兵力相埒,莫能相壹。历代因之,以分其势。蒙舍最在南,故谓之南诏。高宗时,蒙舍细奴逻初入朝,细奴逻生逻盛,逻盛生盛逻皮,盛逻皮生皮逻阁。皮逻阁浸强大,而五诏微弱,会有破西洱蛮之功,乃赂王昱,求合六诏为一。昱为之奏请,朝廷许之,仍赐名归义。"

南诏在唐玄宗天宝年间,又背唐自立,国号大蒙。四十余年,唐王朝不能控制它。直到唐德宗贞元十年(794),才又归唐。这一年,朝廷派御史中丞袁滋为册南诏使,诏赐蒙异牟寻铸印一,用黄金、银为窠,其文字为"贞元册南诏印"(见《唐会要》卷九十九"南诏蛮"条,《册府元龟》卷九百六十五外臣部封册门)。贞元十四年,蒙异牟寻遣酋望大将军王邱等各贺正,兼献方物,贞元十九年春,德宗临含元殿,授南诏朝贺使杨馍龙武试太仆少卿兼御史。宪宗时代,又于元和二年(807)、七年、十年等多次遣使朝贺。正是六诏蛮来归唐王朝的这段时间内,王建在朝任职,所以诗中描写的情景有着深厚的现实基础。

青花龙尾道 是从平地登上含元殿的通道,极宽大,极高敞,规模宏丽。王谠《唐语林》卷八:"含元殿,凿龙首冈以为址,彤墀釦砌,高五十余尺。左右立栖凤、翔鸾二阙,龙尾道出于阙前,倚栏下视,南山如在掌中。殿去五门二里,每元朔朝会,禁军御仗宿于殿庭,金甲葆戈,杂以绮绣,文武缨佩,蕃夷酋长皆序立。仰观玉座,若在霄汉。"钱易《南部新书》卷七云："含元殿侧龙尾道,自平阶至上,诘屈七转,由丹凤门北望,宛如龙尾下垂于地,两垠栏槛,悉以青石为之,至今石柱犹有存者。"程大昌《雍录》卷三云："龙尾道者,含元殿正南升殿之道也。贾黄中《谈录》曰:含元殿前龙尾道,自平地凡诘曲七转,由丹凤门北望,宛曲龙尾,下垂于地,两垠栏悉以青石为之,至今石柱犹有存者。"徐松《唐两京城坊考》卷一:"龙尾道自平地七转上至朝堂,分为三层,上层高二丈,中下层各高五尺,边有青石扶栏。上层之栏,柱头刻螭文,谓之螭头,左右二史所立也。谏议大夫立于此,则谓之谏议坡。两省供奉官立于此,亦谓之蛾眉班。其中、下二层石栏,刻莲花顶。"

侧身偷觑正南山 这里,王建写大明宫正对终南山。唐宋的文字记载都提到这个问题。杜甫《秋兴八首》:"蓬莱宫阙对南山。"白居易《早祭风伯因怀李十一舍人》:"步登龙尾道,却望终南青。"王谠《唐语林》卷八:"含元殿,凿龙首冈以为址,彤墀釦砌,高五十余尺丈。左右立栖凤、翔鸾两阙,龙尾道出于阙前,倚栏下视,南山如在掌中。"宋敏求《长安志》卷六:"大明宫北据高原,南望爽垲,每天晴日朗,南望终南山如指掌,京城坊市街陌,俯视如在槛内,盖其高爽也。"宋人邵博《邵氏闻见后录》卷二十五:"予昔游长安,遇晁以道赴守成州,同至唐大明宫,登含元殿故基。盖龙首山之东麓,高于平地四十余尺,南向五门,中曰丹凤门,正面南山,气势若相高下,遗址屹然可辨。"登上青花龙尾道,倚在大明宫前的石栏上,远眺终南山,历历在目。王建借着六诏使臣"偷觑"的细节,把含元殿前的形胜,收揽在这首短诗中。

第三首

龙烟日暖紫瞳瞳,宣政门当玉仗风。
五刻阁前卿相出,下帘声在半天中。

龙烟 殿上熏炉中的香烟。《新唐书·仪卫志》:"朝日,殿上设黼扆、蹑席,熏炉,香案。"贾至《早朝大明宫呈两省寮友》:"衣冠身染御炉香。"杜甫《奉和贾至舍人早朝大明宫》:"朝罢香烟携满袖。"

宣政门 《唐六典》卷七:"其(按,指含元殿)北曰宣政门,门外东廊曰齐德门,西廊曰兴礼门,内曰宣政殿。殿前东廊,曰日华门,门东门下省。省东南北街,南直含耀门,出昭训门。宣政殿前西廊,日月华门,门西中书省。省西南北街,南直昭庆门,出光范门。"徐松《唐两京城坊考》卷一:"含元殿后曰宣政殿,天子常朝所也,殿门曰宣政门。"阎文儒《两京城坊考补》卷一:"宣政殿东西有松,松下为待制官立班之地。《全唐诗》卷十四、十五(同文书局石印本)元稹诗:'松门待制应全远,药树监搜可得知。'自注:'《文昌杂录》云:唐宣政殿为正衙,殿东西有四松,松下待制官立班之地,旧图犹存。殿门外有药树,监察御史监搜之□在焉。唐制,百官入宫殿则必搜,监察所掌也。太和元年监搜始停。'"

玉仗 中华本下注:"一作玉殿"。胡本、《唐诗纪事》、嘉靖本《万首唐人绝句》、万历本《万首唐人绝句》、毛晋《三家宫词》、朱彝尊《十家宫词》载此诗,均作"玉殿"。玉殿风,杜甫《洞房》:"洞房环佩冷,玉殿起秋风。"作"玉仗"亦通,指殿前廊下仗卫而言,《新唐书·仪卫志》:"凡朝会之仗,三卫番上,分为五仗,号衙内五卫:一曰供奉仗,以左右卫为之。二曰亲仗,以亲卫为之。三曰勋仗,以勋卫为之。四曰翊仗,以翊卫为之。皆服鸡冠,绯衫袴。五曰散手仗,以亲、勋、翊卫为之,服绯绝襦裆,绣野马,皆带刀捉仗,列坐于东西廊下。"故岑参《和贾至早期大明宫》诗有云:"金阙晓钟开万户,玉阶仙仗拥千官。"

这首诗的后两句,写朝见的礼仪,《新唐书·仪卫志》讲得很具体:"平明,传点毕,内门开。监察御史领百官入,夹阶,监门校尉二人执门籍,曰:'唱籍。'既视籍,曰:'在。'入毕而止。次门亦如之。序班于通乾、观象门南,武班居文班之次。入宣政门,文班自东门而入,武班自西门而入,至阁门亦如之。夹阶校尉十人同唱,入毕而止。宰相、两省官对班于香案前,百官班于殿庭左右,巡使二人分涖于钟鼓楼下,先一品班,次二品班,次三品班,次四品班,次五品班。每班,尚书省官为首……侍中奏'外办',皇帝步出西序门,索扇,扇合。皇帝升御座,扇开。左右留扇各三。左右金吾将军一人奏'左右厢内外平安',通事舍人赞宰相、两省官再拜,升殿。""朝罢,皇帝步入东序门,然后放仗。内外仗队,七刻乃下。常参、辍朝日,六刻即下。"程大昌《雍录》卷八:"故事,建福门(在大明宫丹凤门东)、望仙门(在丹凤门西),昏而闭,五更五点而启。"

第四首

白玉窗中起草臣,樱桃初赤赐尝新。
殿头传语金阶远,因进词来谢圣人。

起草臣 唐制,中书舍人专司草诏,又,翰林学士亦司起草诏书和应承皇帝的各种文字。《新唐书·百官志二》:"(中书省)舍人六人,正五品上。掌侍进奏,参议表章。凡诏旨制敕,玺书册命,皆起草进画;既下,则署行。"又,《百官志一》:"唐制,乘舆所在,必有文词。经学之士,下至卜、医、伎术之流,皆直于别院,以备宴见;而文书诏令,则中书舍人掌之。自太宗时,名儒学士时时召以草制,然犹未有名号,乾封以后,始号'北门学士'。玄宗初,置'翰林待诏',以张说、陆坚、张九龄等为之,掌四方表疏批答,应和文章。既而又以中书务剧,文书多壅滞,乃选文学之士,号'翰林供奉',与集贤院学士分掌制诏书敕。开元二十六年,又改翰林供奉为学士,别置学士院,专掌内命。凡拜免将相、号令征伐,皆用白麻。其后,选用益重,而礼遇益亲,至号'内相',又以为天子私人。"

樱桃初赤赐尝新 赐百官樱桃,是唐代宫廷旧制。杜甫《野人送朱樱》:"忆昨赐樱门下省,退朝擎出大明宫。金盘玉箸无消息,此日尝新任转蓬。"诗人从眼前的樱桃,联想、追忆旧时宫中赐樱桃尝新的盛况。王维有《敕赐百官樱桃》,题下附注:"时为文部郎中。"诗云:"芙蓉阙下会千官,紫禁朱樱出上阑。才是寝园春荐后,非关御苑鸟衔残。归鞍竞带青丝笼,中使频倾赤玉盘。饱食不须愁内热,大官还有蔗浆寒。"《太平御览》卷九六九"果部六"云:"唐《景龙文馆记》曰:四年夏四月,上与侍臣于树下摘樱桃,恣其食。未后于蒲萄园大陈宴席,奏宫乐至暝,每人赐朱樱两笼。"赐樱桃之制,其来已久。同书引《吴氏本草》曰:"樱桃,味甘,主调中,益脾气,令人好颜色,美志气,一名朱桃,一名麦英也。"

　　金阶　形容殿阶之华贵。《神异经》:"东北大荒中有金阙高百尺,中金阶两阙,名天门。"杜牧《杜秋娘诗》亦云:"金阶露新重。"这是唐人诗中常用语。

　　圣人　语出《周易》:"圣人作而万物睹。"唐人则称天子为圣人。郑棨《开天传信记》:"上在藩邸,或游行人间,万回于聚落街衢高声曰:'天子来。'或曰:'圣人来。'其处信宿间,上必经过徘徊也。"《旧唐书·李泌传》:"泌至灵武,肃宗欲授以官,泌固辞,愿以客从入议国事。出陪舆辇,众指曰:'著黄衣者圣人,著白者山人也。'帝闻之,因赐以金紫,拜行军司马。"花蕊夫人《宫词》第三十三首:"水车踏水上宫城,寝殿檐头滴滴鸣。助得圣人高枕兴,夜凉长作远滩声。"

第五首

内人封御叠花笺,绣坐移来玉案边。
红蜡光中呈草本,平明舁出阁门宣。

　　内人　尹占华《王建诗集校注》卷十本诗注云:"崔令钦《教坊记》:'妓女入宜春院,谓之内人,亦曰前头人,常在上前头也。'"非是。按,王建《宫词》中称内人的地方很多,但有区别,实分指两义:一指普通宫女,二指教坊妓女。本诗云"内人",属第一义,为侍奉君王之宫女。第二十四首"内人笼脱解红绦",第七十二首"内人争乞洗儿钱",第七十六首"内人手里养来奸"。又,《王建诗集》卷九《朝天词十首寄上魏博田侍中》"内人舁出马前头",卷九《霓裳词》"内人舁出彩罗箱"。以上诸诗中的"内人",均为侍奉君王、后妃的宫女。宋敏求《春明退朝录》卷上:"唐内人墓谓之宫人斜。"可见宫女泛称内人。二指教坊妓女,色艺兼擅,供耳目之娱。崔令钦《教坊记》:"妓女入宜春院,谓之内人,亦曰前头人,常在上前头也。其实犹在教坊,谓之内人家,四季给米。"崔氏明言内人为宫廷女伎。

任半塘《教坊记笺订》曾对之详加考辨,云:"按内人之名,原本《周礼》天官、内宰,犹曰'宫人'。隋用之,如《通鉴》一七九谓开皇二十年十月,'唐令则每以弦歌教内人'。初唐用之,如《新唐书》九九李迥秀传:'武后尝遣内人候其母。'可知其不自盛唐始。盛唐内人,为色艺兼擅者之选。自后艺渐不精,对于内人,乃只重其色性,还为一般宫人之地位。如德宗兴元间,诏取散失内人,陆贽谏书有曰:'夫以内人为号,盖是中壸末流。天子之尊,富有宫掖,如此等辈,固繁有徒,但恐伤多,岂忧乏使!……备耳目之娱,选巾栉之侍,是皆宜后,不可先也。'论内人之质分,已沦若下文所谓'宫人'、'贱隶',迥非盛唐之制。盛唐内人,乃所以极'耳目之娱',初不预'巾栉之侍'耳。然既知其盛,不可不兼知其衰。陆贽'中壸末流'之述,于史料中,诚为不可少者。"

阁门　即宣政殿两侧之东上阁门和西上阁门。宋敏求《长安志》卷六:"宣政门内有宣政殿,殿东有东上阁门,殿西有西上阁门。"程大昌《雍录》卷三"两内两阁":"案《六典》载东内大明宫甚详,故宣政之左有东上阁,宣政之右有西上阁,二阁在殿左右,而入阁者由之以入也……则凡唐世,命为入阁者,仗与朝臣,虽自两阁门分入,入竟乃是内殿。前世多于此地求阁,以应古语。而竟无之,此误也。入阁止是入殿,详在后。"又同书"阁门慰贺":"盖二阁在宣政殿东西,两亭分立,朔望避宣政不御而御紫宸,则宣政所立之仗,听唤而入,先东立者随东仗入,自东阁先,西立者随西仗入,自西阁,暨至会于紫宸殿下,则复分班对立也。由此言之,则东西阁皆是百官分入趋朝之路,无由两班并入东阁而西阁独闭也。"

第六首

千牛仗下放朝初,玉案傍边立起居。
每日进来金凤纸,殿头无事不教书。

千牛仗　《新唐书·仪卫志》："有千牛仗,以千牛备身、备身左右为之。千牛备身冠进德冠,服袴褶;备身左右服如三卫,皆执御刀、弓箭,升殿列御座左右。"《新唐书·百官志》："左右千牛卫上将军各一人,大将军各一人,将军各二人,掌侍卫及供御兵仗。以千牛备身左右执弓箭宿卫,以主仗守戎器,朝日领备身左右升殿列侍,亲射则率属以从。胄曹参军掌甲仗,凡御仗之物二百一十有九,羽仪之物三百,自千牛以下分掌之。"

起居　起居郎,起居舍人。《新唐书·百官志》："起居郎二人,从六品上,掌录天子起居法度。""起居舍人二人,从六品上,掌修记言之史录、制诰、德音,如记事之制,季终以授国史。""天子御正殿,则郎居左,舍人居右。有命,俯陛以听,退而书之,季终以授史官。贞观初,以给事中、谏议大夫兼知起居注或知起居事。每仗下,议政事,起居郎一人执笔记录于前,史官随之。其后,复置起居舍人,分侍左右,秉笔随宰相入殿。"

进　《全唐诗话》、计有功《唐诗纪事》、嘉靖本及万历本《万首唐人绝句》、朱彝尊《十家宫词》,皆作"请"字。当以"请"字为是。"每日请来金凤纸,殿头无事不教书"极言金凤纸之贵重。苏易简《文房四谱》卷四:"唐初将相官告,亦用销金笺及金凤纸书之,余皆鱼笺、花笺而已。"读王建诗,则知中唐时代极重视金凤纸。其制亦延至宋代。《宋史·职官志三》:"官告之制中,有色背销金花绫纸二等,其中一等一十七张,滴粉镂金花中犀轴、色带。左右仆射、使相、王用之。"周辉《清波杂志》卷二"狄武襄像"条云:"又出使相判陈州告身,皆五色金花绫纸十七张,晕锦褾袋,犀轴、紫丝网皆备。"

无事不教书　"教"字,《全唐诗》作"多"字,王溥《唐会要》卷五十六:"贞元十二年正月,宰相贾耽、卢迈皆假,故赵憬独封延英。上问曰:'近日起居所注记何事?'憬对曰:'古者左史记事,右史记言。人君动止,有言有事,随即记录,今起居之职是也。国朝自永徽以后,起居虽得对仗承旨,仗下后,谋议皆不得闻,其所注记,但于制敕内采录,更无他事。'"

第七首

延英引对碧衣郎,江砚宣毫各别床。
天子下帘亲考试,宫人手里过茶汤。

延英　殿名,在大明宫内,位于紫宸殿西。徐松《唐两京城坊考》卷一"延英殿"对此有明确的考核。云:"《通鉴》注:阁本大明宫图,中书省与延英殿其间仅隔殿中外院殿中内院。《六典》、《会要》以延英在紫宸西,《长安志》、吕大防图、《云麓漫钞》皆据李庚赋谓在紫宸东。王伯厚证以元和十五年,于西上阁门西廊西畔开门以通宰臣,自阁中赴延英路,则不在紫宸东明矣。"阎文儒《两京城坊考补》卷一:"此殿位置,各书所记不同,宋吕大防《长安城图》、宋敏求《长安志》卷六均记延英殿在大明宫三殿之东。但据《唐六典》卷七云:'宣政之左曰东上阁,右曰西上阁,次西曰延英门,其内曰延英殿。'又,《永乐大典·大明宫图》云:'中书省之北,为殿中内院、殿中外院,再北为延英门、延英殿。'又《册府元龟》卷十四'帝王部·都邑'二云:'穆宗以元和十五年正月即位,二月诏于西上阁门西廊右畔便门,以通宰相自阁中赴延英路。'从以上各书之记载,可证延英殿应在宣政殿之西,而不在其东。"

延英殿原为召对宰臣的地方,如唐代宗在延英殿召苗晋卿,晋卿当时是宰相。德宗贞元时代,才诏许百官在延英奏事。程大昌《雍录》卷四:"贞元七年,诏每御延英,令诸司官长奏本司事,则百官许对延英矣。八年,葛洪本正衙奏私事,德宗诏今后有陈奏,宜延英门请对,勿令正衙奏事,则群臣亦得乞对延英矣。故宪宗时元稹为拾遗,乞于延英访问也,其后诸州刺史遇开延英,即入延英陛辞,则是外官亦得诣延英辞也。"照王建的诗意看,"延英引对碧衣郎",则是于延英进行殿试。

江砚　范摅《云溪友议》卷十和姚宽《西溪丛语》卷下引王建此诗,均作"红砚"。姚宽《西溪丛语》卷下云:"恐是用红丝研,江南李氏时犹重之。欧公研谱以青州红丝石为第一,此研多滑不受墨,若受墨,妙不可加。王建集中有作工研，又作洪研，皆非也。"姚氏之说可信。考米芾《砚史》云："青州蕴玉石、红丝石、青石。红丝石作器深佳，大抵色白而纹红者慢发墨。"胡仔《苕溪渔隐丛话》后集卷二十九："彦猷如青社日，首发其秘，故著《砚录》，品题为第一，盖自奇其事也。"陆游《老学庵笔记》卷八："唐彦猷《砚录》言：'青州红丝石砚，覆之以匣，数日墨色不干。经夜即其气上下蒸濡，着于匣中，有如雨露。'又云：'红丝砚必用银作匣……彦猷贵重红丝砚，以银为匣，见其蒸润，而未尝试他砚也。'"红丝砚在唐代就是砚中高品，王建诗可证，苏州市博物馆收藏"唐第一品红丝砚"一枚，亦可证。

宣毫　用宣城兔毫制成的笔。《新唐书·地理志》载宣城郡土贡有兔褐簟纸笔。《旧唐书·韦坚传》载宣城郡船所堆积之产物中有纸笔。李诩《戒庵漫笔》："宣州自唐来多名笔。"《元和郡县图志》卷二十八"宣州溧水县"条云："中山在县东南十五里，出兔毫，为笔精妙。"祝穆《方舆胜览》卷十五"宁国府"云："中山一名独山，有白兔出，传为笔精妙。"宋王象之《舆地纪胜》云，中山在溧水县，山出兔毫，为笔最精，韩文《毛颖传》中中山谓此。观唐人诗，更可证唐人重宣州笔。李白《草书歌行》："墨池飞出北溟鱼，笔锋杀尽中山兔。"尽管李白此诗是中晚唐人所伪托，然唐时重宣毫的习尚可见。白居易乐府诗《紫毫笔》更是详细地介绍了宣毫的价值："紫毫笔，尖如锥兮利如刀。江南石上有老兔，食竹饮泉生紫毫。宣城工人采为笔，千万毛中拣一毫。毫虽轻，工甚重。管勒工名称岁贡，君兮臣兮勿轻用。勿轻用，将何如？愿赐东西府御史，愿颁左右台起居。搦管趋入黄金阙，抽毫立在白玉除。臣有奸邪正衔奏，君有动言直笔书。起居郎、侍御史，尔知紫毫不易致。每岁宣城进笔时，紫毫之价如金贵。慎勿空将弹失仪，慎勿空将录制词。"至于宋人张耒《明道杂志》所云："余守宣，问笔工：'毫用何处兔？'答云：'皆陈、亳、宿州客所贩，宣自有兔，毫不堪用。盖兔居原田，则毫全，以出入无伤也。宣兔居山中，出入为荆棘树石所伤，毫例短秃。'则白诗所云，非也。"其说亦仅供参考，并不能因此而否定唐人重宣毫的大量文字记载。

床　置放笔、砚的架子。高似孙《纬略》卷七云："天随子每于寒暑得体中无事时,乘小舟,设蓬席,赍一策书,茶炉,笔床,钩具,櫂船鸣榔而已。所诣小不会意,径还不留。"

天子下帘亲考试 唐代君王重视通过考试选拔人才,德宗、代宗等还亲自出试题并阅卷。苏鹗《杜阳杂编》卷上:"上(德宗)试制科于宣政殿……如辄称旨者,必跷足朗吟,翌日,则遍示群臣、学士曰:'此皆朕门生也。'"王谠《唐语林》卷二:"试进士,上(文宗)多自出题目,及所司进所试,览之终日忘倦。"

关于殿试,清赵翼有过一段考证,《陔余丛考》卷二十八"殿试"条云:"唐武后天授元年二月,策问贡举人于洛阳,数日方毕,此殿试之始也。然其制与后世异。其时举人皆试于考功员外郎,武后自矜文墨,故于殿陛间行考功主试之事,是殿试即考功之试,非如后世会试后再赴殿试也。武后以后,其事仍归考功,无复殿试。开元中,改命礼部知贡举,故知贡举者所放第一即为状元。《摭言》记裴思谦以仇士良关节,谒礼部侍郎高锴求状头曰,非状元请侍郎不放是也。穆宗时,始令知贡举官,先以所取及第进士姓名文卷申送中书官,然后放榜,然亦第令礼闱所取试卷,具送中书复阅,非另于殿陛再试也。宋太祖开宝三年,礼部试到进士安守亮等,上召于讲武殿,始下诏放榜,此殿陛放榜之始。"赵氏此论,未为全备。顾炎武尝引《旧唐书·玄宗纪》云:"开元九年四月甲戌,上亲策试应制举人于含元殿,敕曰,近无甲科,朕将存其上第,务收贤俊,用宁军国。"又引《旧唐书·杨绾传》,谓玄宗御勤政楼试举人,登甲科者三人,绾为之首,超授右拾遗。(见顾炎武《日知录》卷十六"甲科"条)以顾氏之说与王建诗参证,则殿试在唐已有。况且唐代尚开设制科,已及第进士或贵族子弟竞相应试,以为荣进。"延英引对碧衣郎",皇帝亲加考试的当即这些人。

宫人手里过茶汤 沈括《梦溪笔谈》卷一:"礼部贡院试进士日,设香案于阶前,主司与举人对拜,此唐故事也。所坐设位供张甚盛,有司具茶汤饮浆。"记载与王建《宫词》相仿佛。俞陛云《诗境浅说续编》卷二:"诗纪唐代试士之典,金銮载笔,玉座垂衣,极一时之盛。当日分曹角艺,人各一床,至尊亲手抡才,敕赐茶汤,由宫人捧递,想见恩遇之隆。殿廷考试,沿及千年,瞻顾玉堂,今如天上矣。"

第八首

未明开着九重关,金画黄龙五色幡。
直到银台排仗合,圣人三殿对西蕃。

九重关 古代天子居住的地方有九重门,语出《楚辞·九辩》"君之门以九重",这里指唐代皇宫门关重重。

银台 宫门名,大明宫有左右银台门,这首诗指右银台门,在麟德殿前。徐松《唐两京城坊考》卷一:"右银台门,门皆有仗舍。《通鉴》昭宗恐李顺节作乱,诏刘景宣西门者,遂召顺节,顺节入至银台门,二人邀顺节于仗舍坐语。按北军仗院,在银台门之南,不应已入银台,而反南至仗舍,疑各门自有兵卫,皆有仗舍。"因为圣人在麟德殿召对西番,所以兵卫在银台门排仗。

三殿 唐人有称大明宫中含元殿、宣政殿、紫宸殿为三殿的,如程大昌《雍录》:"宫南端门名丹凤,则在平地矣,门北三殿相沓,皆在山上。至紫宸又北,则为蓬莱殿,殿北有池,亦名蓬莱池,则在龙首山北平地矣。龙首山势至此而尽,不与前三殿同其高敞也。"但是,王建此诗却不是指这三座殿。从"银台排仗"、"对西蕃"等诗意看,这里的三殿,是指大明宫右银台门北面的麟德殿。宋敏求《长安志》卷六:"此殿(麟德殿)三面,南有阁,东西皆有楼,殿北相连各有障日阁,凡内宴多在于此殿。"钱易《南部新书》:"麟德殿三面,亦谓之三殿。"《资治通鉴》卷二〇七"则天顺圣皇后长安二年九月":"癸未,宴论弥萨于麟德殿。"胡三省注:"麟德殿在大明宫右银台门内,殿西重廊之后,即翰林院。是殿有三面,亦曰三殿。"程大昌《雍录》卷四:"三殿者,麟德殿也,一殿而有三面,故名为三殿。三院即三殿也。李绛为中书舍人,尝言为舍人逾月不得赐对,有诏明日对三殿也。不独此也,凡蕃臣外夷来朝,率多设宴于此,至臣下亦多召对于此也。"徐松《唐两京城坊考》卷一:"银台门之北,为明义殿、承欢殿、左藏库、还周殿、麟德殿、翰林院。"徐松于麟德殿下原注:"殿有三面,南有阁,东西有楼,故曰三殿。宪宗谓李绛,明日三殿对来是也。"阎文儒《两京城坊考补》卷一"文儒补":"麟德殿在太液池正面隆起之高地上,南距宫城墙仅九十米。据宋敏求《长安志》卷六《东内大明宫》条云:'此殿三面,南有阁,东西皆有楼。殿北相连,各有障日阁(凡内宴,多在于此殿)、东亭、会庆亭。'又《玉海》卷一百六十云:'金銮西南曰长安殿,长安殿北曰仙居殿,仙居殿西北曰麟德殿。此殿三面,故以三殿名。东南、西南有阁,东西有楼,内宴多于此。'吕大防《长安城图》云:'太液池西有拾翠殿,殿西南有麟德殿。'唐代大明宫之麟德殿,是皇帝经常宴饮群臣之所。《新唐书》卷五《高宗纪》云:'上元元年九月辛亥,百寮具新服,上宴之于麟德殿。'同上书卷十三《德宗纪下》云:'贞元四年……宴群臣于麟德殿,设九部乐,内出舞马。上赋诗一章,群臣属和。'同上书卷十五《宪宗纪下》云:'元和十三年二月乙亥,御麟德殿,宴群臣,大合乐,凡三日而罢,颁赐有差。'"

第九首

少年天子重边功,亲到凌烟画阁中。
教觅勋臣写图本,长将殿里作屏风。

凌烟画阁 即凌烟阁,建于唐太宗贞观十七年(643),画唐朝开国功臣像于其上。刘肃《大唐新语》卷十一:"贞观十七年,太宗图画太原倡义及秦府功臣赵公长孙无忌、河间王孝恭、蔡公杜如晦、郑公魏徵、梁公房玄龄、申公高士廉、鄂公尉迟敬德、郧公张亮、陈公侯君集、卢公程知节、永兴公虞世南、渝公刘政会、莒公唐俭、英公李勣、胡公秦叔宝等二十四人于凌烟阁。太宗亲为之赞,褚遂良题阁,阎立本画。"张彦远《历代名画记》卷九阎立本传云:"贞观十七年,又诏画《凌烟阁功臣二十四人图》,上自为赞。"程大昌《雍录》卷四记载甚详:"西内者,太极宫也,太宗时建阁画功臣在宫内也。画皆北向者。阁中凡设三隔以为分际。三隔内一层画功高宰辅,外一层写功高侯王,又外一层次第功臣。"钱易《南部新书》云:"凌烟阁在西内三清殿侧,画皆北面。阁中有中隔,隔内面北写功高宰辅,南面写功高侯王,隔外面次第功臣。"凌烟阁名,后世都以为始于唐太宗,实则刘宋时代已有,唐实承之。吴曾云:"阁名凌烟,世以始于太宗,然宋鲍照亦有凌烟楼铭,曰:'瞰江列槛,望景延除。积清风露,含彩烟涂。俯窥淮海,仰眺荆吴。我王结驾,藻思神居。宜此万春,修灵所扶。则凌烟之名,六朝已有矣。'"(明抄本《说郛》卷三十五引吴曾《能改斋漫录》逸文)

王建诗中提到"少年天子"将勋臣图像画在殿里屏风上,这是很重要的记载。唐宪宗曾把古代君臣事迹书于屏风上:"唐宪宗元和二年,制君臣事迹。上以天下无事,留典坟,每览前代兴亡得失之事,皆三复其言。遂采《尚书》、《春秋后传》、《史记》、《汉书》、《三国志》、《晏子春秋》、《吴越春秋》、《新序》、《说苑》等书君臣行事可为龟鉴者,集成十四篇,自制其序,写于屏风,列之御座之右,书屏风六扇于中,宣示宰臣。李藩等皆进表称贺,白居易翰林制诏,有批李夷简及百寮严绶等贺表,其略云:'取而作鉴,书以为屏,与其散在图书,心存而景慕,不若列之绘素,目睹而躬行,庶将为后事之师,不独观古人之象。'又曰:'森然在目,如见其人,论列是非,既庶几为坐隅之戒,发挥献纳,亦足以开臣下之心。'"(洪迈《容斋三笔》卷九"君臣事迹屏风"条)画功臣于屏风上,和书君臣事迹于屏风上,其用意是一致的,两事可互为参照。

长将殿里作屏风 胡本、万绝嘉本"长将殿"作"长生殿"。长生殿,乃唐代帝后之寝殿。《资治通鉴》卷二〇七"则天顺圣皇后长安四年十二月":"太后寝疾,居长生院。"胡三省注:"长生院,即长生殿。明年五王诛二张,进至太后所寝长生殿,同此处也。盖唐寝殿皆谓之长生殿,此武后寝疾之长生殿,洛阳宫寝殿也。肃宗大渐,越王系授甲长生殿,长安大明宫之寝殿也。白居易《长恨歌》所谓'七月七日长生殿,夜半无人私语时',华清宫之长生殿也。"骆天骧《长安志类编》卷二:"长生殿,肃宗崩于大明宫长生殿。"徐松《唐两京城坊考》卷一:"长生殿,肃宗大渐,越王系授甲长生殿。阎氏若璩云:大明宫寝殿也。"

第十首

丹凤楼门把火开,五云金辂下天来。
砌前走马人宣慰,天子南郊一宿回。

丹凤楼门 大明宫南正中门名丹凤门,有门楼。程大昌《雍录》卷四云:"唐之郊庙皆在都城之城南,人主有事郊庙,若非自丹凤门出,必由承天门出。"又据王溥《唐会要》卷九云:"贞元六年十一月庚午,日南至,上亲祀昊天上帝于郊丘,礼毕还宫,御丹凤楼,宣赦,见禁囚徒减罪一等。""宝历元年正月乙巳朔,辛亥,亲祀昊天上帝于南郊,礼毕,御丹凤楼,大赦,改元。"明此数端,然后可知王建诗意。

五云金辂 是唐天子车驾的体制,《旧唐书·舆服志》云:"唐制,天子车舆有玉辂、金辂、象辂、革辂、木辂,是为五辂……金辂,赤质,以金饰诸末,余与玉辂同,驾赤骝,飨射、祀还、饮至则供之。"《新唐书·车服志》:"凡天子之车曰玉辂者,祭祀纳后所乘也,青质,玉饰末。金辂者,飨射、祀还、饮至所乘也,赤质,金饰末。"五云,古代以为祥瑞之象,故帝王车驾以五云为饰,象征太平景象。《太平御览》卷八"云"引《河图括地象》曰:"昆仑山出五色云气。"又引《孙氏端应图》曰:"景云者,太平之应也,一曰非气非烟,五色氛氲,谓之庆云。"

天子南郊一宿回 唐代帝王于正月在圜丘祭天,回宫后大赦天下。王溥《唐会要》卷十上"亲拜郊"云:"元和二年正月己丑朔,上亲献太清宫太庙,辛卯,祀昊天上帝于郊丘,是日,还宫,御丹凤楼,大赦天下。"又云:"长庆元年正月己亥朔,上亲荐献太清宫太庙,是日,法驾赴南郊,日抱珥,宰臣贺于前。辛丑,祀昊天上帝于圜丘,即日还宫,御丹凤楼,大赦天下。"王建诗描写的正是唐代帝王有事郊庙的事实,联系第十一首"楼前立仗看宣赦"看,这次南郊之行,当为正月礼昊天上帝事,不是冬至日圜丘祭天事。尹占华《王建诗集校注》注引杜佑《通典》卷四三《礼一·郊天下》资料,以为是冬至日圜丘祭天事,不妥。

第十一首

楼前立仗看宣赦，万岁声长再拜齐。
日照彩盘高百尺，飞仙争上取金鸡。

这首诗，与前诗相连贯，反映了唐代于丹凤门前宣赦的制度。宣赦时，须于大明宫丹凤门外树金鸡，王建诗写得很具体，甚至连一些细节也表现出来了，这和前代的文籍记载完全相合。封演《封氏闻见记》卷四："国有大赦，则命卫尉树金鸡于阙下，武库令掌其事。鸡以黄金为首，建立于高橦之上，宣赦毕则除之。凡建金鸡，则先置鼓于宫城门之左，视大理及府县囚徒至，则槌其鼓。"

金鸡　《旧唐书·刑法志》云："有赦之日，武库令设金鸡及鼓于宫城门外之右，勒集囚徒于阙前，挝鼓千声讫，宣诏而释之。"王谠《唐语林》卷五云："国有大赦，则命卫尉树金鸡于阙下，武库令掌其事。金鸡为首，建之于高橦之上，宣赦毕则除之。凡建金鸡，则先置鼓于宫城门之左，视大理及府县囚徒至，则挝其鼓。案：金鸡，魏、晋以前无闻矣。或云始自后魏，亦云起自吕光。《隋百官志》云：北齐尚书省有三公曹，赦日建金鸡。盖自隋朝废此官，而为卫尉所掌。北齐每有赦宥，则于阊阖门前树金鸡，柱下取少土，云佩之利官，数日遂成坑。所司亦不禁约。武成帝即位，其后河间王孝琬为尚书令。先时有谣言：河南种谷河北生，白杨树头金鸡鸣。祖孝征与和士开谮孝琬曰：河南河北，河间也；金鸡，言孝琬为天子，建金鸡也。齐王信之而杀孝琬。则天封嵩岳，大赦，改元万岁。登封坛，南有大树，树杪置金鸡，因名树为金鸡树。"（以上文字，原出封演《封氏闻见记》卷四）胡仔《苕溪渔隐丛话》后集卷十四引严有翼《艺苑雌黄》云："李华《含元殿赋》：'揭金鸡于太清，炫晨阳于正色。'李庾《西都赋》云：'建金鸡于仗内，耸修竿而揭起。'王建《宫词》云（略）。李太白诗云：'金鸡忽放赦，大辟得宽赊。'又云：'我愁远谪夜郎去，何日金鸡放赦回。'肆赦树金鸡，不知起于何代?《唐百官志》云:'赦日,立金鸡于仗南,有鸡黄金饰首,衔绛幡,承以彩盘,维以绛绳,五坊小儿得鸡者,官以钱赎,或取绛幡而已。'《事物纪原》载此,谓金鸡起于有唐。按杨文公《谈苑》云:'杜镐言《关东风俗传》云:宋孝王问司天膺之,后魏北齐赦日树金鸡事,膺之曰,按《海中星占》云,天鸡星动为有赦。盖王者以天鸡为度。《隋书·刑法志》云:北齐赦日,武库设金鸡及鼓于阙门右,挝鼓千声。宣赦建金鸡,或云起于西凉吕光,究其旨,盖西方主兑,兑为泽,鸡者巽之神,巽为号令,合为二物,制其形,揭为长竿,使众人睹之也。'据《谈苑》所云,皆十六国时事,而《纪原》以为起于唐,亦误矣。又按《秦京杂记》云:大赦设金鸡,口衔胜,宣政衙鼓楼上鸡唱六人,至日,同以索上鸡竿,争口中胜,争得者月给俸三石,谓之鸡粟。其言与《百官志》亦自不同。"(按《艺苑雌黄》所引《谈苑》的文字,与原文略有出入,为节省篇幅,今从《艺苑雌黄》。)

第十二首

集贤殿里图书满,点勘头边御印同。
真迹进来依数字,别收锁在玉函中。

集贤殿　原名集仙殿丽正书院。改名的原因,《唐会要》卷六十四有说明:"开元十三年四月五日,因奏封禅仪注,敕中书门下及礼官学士等,赐宴于集仙殿。上曰:'今与卿等贤才,同宴于此,宜改集仙殿丽正书院为集贤院。'乃下诏曰:'仙者捕影之流,朕所不取;贤者济治之具,当务其实。"徐松《唐两京城坊考》卷一:"省北为殿中外院、殿中内院,院西为命妇院,命妇朝于光顺门,故置院于此。后改为集贤殿书院,《旧唐书·职官志》云:大明宫所置书院,本命妇院,屋宇宏敞。按西京之书院,仿东都之制也。开元二十四年驾在东都,张九龄遣直官魏光禄先入京造之。"阎文儒《两京城坊考补》卷一"文儒补":"西京大明宫中,东都宫城中,中书省旁俱有集贤殿,或集贤殿书院,为宫中藏书之所。""由此诗(指王建《宫词》第十二首)中,可知书内俱有玉印,如清代宫中宋、元版图书,俱有'乾隆御览之宝'、'宜子孙'等印。'真迹进来依数字',即按号编排,'别收锁在玉函中',藏之殿内,非人人得而阅览也。"

集贤殿书院由宰相一人知院事,有学士、直学士、侍读学士、修撰官,"掌刊辑经籍,凡图书遗逸,贤才隐滞,则承旨以求之。谋虑可施于时、著述可行于世者,考其学术以闻。凡承旨撰集文章,校理书籍,月终则进课于内,岁终则考最于外"(见《新唐书·百官志》)。集贤院又有"校书"、"正字"(有时又称"校理"),协助做好校理书籍的工作。

点勘 即校勘,校正文字。韩愈《秋怀》:"不如觑文字,丹铅事点勘。"钱仲联《韩昌黎诗系年集释》卷五:"《补释》:《说文新附》:'勘,校也,从力,甚声。'一部书点勘完毕,盖上御印,诗云'点勘头边御印同',即此。据《唐会要》卷六十四云:'开成元年四月,集贤殿御书院请铸小印一面,以御书为印文,从之。'"未知是否就是这枚御印?

玉函 是实物。王嘉《拾遗记》:"浮提之国,献神通善书两人,佐老子撰《道德经》,写以玉牒,编以金绳,贮以玉函。"集贤殿书院收藏的真迹很珍贵,所以借用了这个词语。

第十三首

秋殿清斋刻漏长,紫微宫女夜烧香。
拜陵日到公卿发,卤薄分头出太常。

紫微宫 《晋书·天文志》:"紫宫垣十五星,其西蕃七,东蕃八,在北斗北。一曰紫微,大帝之座也,天子之常居也。"《文选》陆机《答贾长渊》诗云:"往践蕃朝,来步紫微。"李善注:"紫微,至尊之居。"吕向注:"紫微,天子宫也。"王建这首诗借以指唐代皇帝常居之宫殿,因为唐代长安城三大内并无紫微宫。

公卿拜陵 是唐代的制度,《新唐书·礼乐志四》:"显庆五年,诏岁春秋季一巡，宜以三公行陵，太常少卿贰之，太常给卤簿。""景龙二年，右台侍御史唐绍上书曰：礼不祭墓，唐家之制，春秋仲月，以使具卤簿衣冠巡陵。天授之后，乃有起居，遂为故事。""贞元四年，国子祭酒包佶言：'岁二月八月，公卿朝拜诸陵，陵台所由导至陵下，礼略无以尽恭。'于是太常约旧礼草定曰：'所司先撰吉日，公辂车、卤簿就太常寺发，抵陵南道东设次，西向北上。公卿既至次，奉礼郎设位北门之左，陵官位其东南，执事官又于其南。谒者导公卿，典引导众官就位，皆拜。公卿、众官以次奉行，拜而还。'""故事，朝陵公卿发，天子视事不废。十六年，拜陵官发，会董晋卒，废朝。是后公卿发，乃因之不视事。"王溥《唐会要》卷二十："贞元四年二月，国子祭酒包佶奏，每年二月八日，差公卿等朝拜诸陵，伏见陵台所由引公卿至陵前，其礼简略，因循已久，恐非尽敬。谨按开元礼，有公卿拜陵旧仪，望宣传所司，详定仪注，稍令备礼，以为永式。敕旨，宜令所司酌礼量宜，取其简敬，于是太常约用开元礼制，及敕文旧例修撰。五月，敕旨施行，所司先择吉日，公卿待辂车卤簿，就太常寺发至陵。"

卤簿　　王谠《唐语林》卷八："舆驾行幸，羽仪导从，谓之卤簿。自秦汉以来，始有其名，蔡邕《独断》所载卤簿，有小驾、大驾、法驾之异，而不详卤簿之义。按字书，卤，大楯也，字亦作橹，又作卤，音义皆同，以甲为之，所以扞敌。贾谊《过秦论》云'伏尸百万，流血漂卤'，是也。甲楯有先后部伍之次，皆著之簿籍，天子出，则案次道从，故谓之卤簿耳。仪卫具五兵，今不言他兵，独以甲楯为名者，行道之时，甲楯居外，余兵在内，但言卤簿，是举凡也。南朝御史中丞、建康令，俱有卤簿，人臣仪卫，亦得同于君上，则卤簿之名，不容别于他义也。"（此条原出封演《封氏闻见记》卷五"卤簿"）苏鹗《苏氏演义》卷下："卤者，鼓也；簿者，部也。谓鼓驾成于部伍者也。古文鹵（音卤）字，像盐田之形。安定有卤县，盖西方之碱地也。卤字与西字上文同类。蔡邕《独断》云：卤簿以备大驾，他不常用。古文卥（音西）字，亦有如是作者。"《新唐书·仪卫志》："唐制，天子居曰衙，行曰驾，皆有卫有严，羽葆华盖旌旗罕毕车马之众盛矣，皆安徐而不哗。其人君举动必以扇，出入则撞钟，庭设乐宫，道路有卤簿、鼓吹。礼官百司必备物而后动，盖所以为慎重也。故慎重则尊严,尊严则肃恭,夫仪卫所以尊君而肃臣。"

太常 太常寺,在皇城内。公卿巡陵之卤簿需自太常寺出。《新唐书·百官志三》:"太常寺,卿一人,正三品,少卿二人,正四品上。掌礼乐、效庙、社稷之事,总郊社、太乐、鼓吹、太医、太卜、禀牺、诸祠庙等署,少卿为之贰。"按,王建曾于文宗大和元年(827)起官太常寺丞。徐松《唐两京城坊考》卷一:"承天门街之东第七横街之北,从西第一太常寺。"

第十四首

新调白马怕鞭声,供奉骑来绕殿行。
为报诸王侵早起,隔门催进打毬名。

新调白马 即新近调教好的白马。新马须调教后,才能让人骑坐。李贺《秦宫诗》"秃襟小袖调鹦鹉"。王琦注:"调,调习而使之知人意。"李贺《秦宫诗》"桐英永巷骑新马",蒙古本"骑新马"三字作"调生马"。

侵早 宋长白《柳亭诗话》卷三:"王建《宫词》:'为报诸王侵早入,隔门催进打毬名。'侵早即凌晨之谓,作'清早'者非。贾岛《新居》诗:'近得云中路,门常侵早开。'"按,杜甫有《赠崔评事》诗:"天子侵早朝。"

打毬 汉代盛行蹴鞠之戏,《汉书·枚乘传》"蹴鞠刻镂",颜师古注:"蹴,足蹴之也,鞠,以革为之,中实以物,蹴蹹为戏乐也。"这种游戏与唐代之"打毬"迥然不同。打毬,源于波斯,约于唐初传入中国,是一种马上打毬的游戏,又称"击鞠"(详见向达《长安打毬小考》)。封演《封氏闻见记》卷六"打毬"条云:"太宗常御安福门,谓侍臣曰:'闻西蕃人好为打毬,比亦令习,会一度观之。昨升仙楼有群蕃街里打毬,欲令朕见。此蕃疑朕爱此,骋为之。以此思量,帝王举动,岂宜容易,朕已焚此毬以自诫。'景云中,吐蕃遣使迎金城公主,中宗于梨园亭子赐观打毬。吐蕃赞咄奏言：臣部曲有善毬者，请与汉敌。上令仗内试之。决数都，吐蕃皆胜。时玄宗为临淄王，中宗又令与嗣虢王邕、驸马杨慎交、武秀等四人，敌吐蕃十人。玄宗东西驱突，风回电激，所向无前。吐蕃功不获施。其都满赞咄，犹此（赵贞信校：'犹此，原作此云，据秦本改。'）仆射也。中宗甚悦，赐强明绢数百段，学士沈佺期、武平一等皆献诗。开元、天宝中，玄宗数御楼观打毬为事，能者左萦右拂，盘旋宛转，殊可观，然马或奔逸，时致伤毙。"王谠《唐语林》卷五记载这种游戏的情况："开元天宝中，上数御观打毬为事，能者左萦右拂，盘旋宛转，殊有可观。然马或奔逸，时致伤毙。永泰中，苏门山人刘钢于邺下上书于刑部尚书薛公云：'打毬一则损人，二则损马，为乐之方甚众，何乘兹至危以邀晷刻之欢耶！'薛公悦其言，图钢之形，置于左右，命掌记陆长源为赞以美之。然打毬乃军州常戏，虽不能废，时复为之耳。"卷七又记其事："宣宗弧矢击鞠，皆尽其妙。所御马，衔勒之外，不加雕饰，而马尤矫捷。每持鞠杖，乘势奔跃，运鞠于空中，连击至数百，而马驰不止，迅若流电。二军老手，咸服其能。"《资治通鉴》卷二五三"唐僖宗广明元年三月"云："上命四人击毬三川，敬瑄得第一筹。"胡三省注："凡击毬，立毬门于毬场，设赏格。天子按辔入球场，诸将迎拜，天子入讲武榭，升御座，诸将罗拜于下，各立马于毬场之两偏以俟命。神策军吏读赏格讫，都教练使放毬于场中，诸将皆骋马趋之，以先得毬而击过毬门者为胜。"

这种游戏的规模、体制，于北宋人的记载中还约略可以窥见。孟元老《东京梦华录》卷七"驾登宝津楼诸军置百戏"云："分为两队，各有朋头一名。各执彩画毬杖（《金史·礼志》形容毬杖为'杖长数尺，其端如偃月'。蔡孚《打毬篇》：'初月飞来画杖头。'），谓之小打。一朋头用杖击弄毬子，如缀毬子，方坠地，两朋争占，供与朋头。左朋击毬子过门入孟为胜，右朋向前争占，不令入孟，互相追逐，得筹谢恩而退。"王建《宫词》第十四首、第十五首两诗所描写的，正是这种骑马打毬的宫廷游戏。

第十五首

对御难争第一筹,殿前不打背身毬。
内人唱好龟兹急,天子鞘回过玉楼。

第一筹 打马毬时,谁先将毬击进毬门者得第一筹。《资治通鉴》卷二五三"唐僖宗广明元年三月"胡三省注:"诸将皆骑马趋之,以先得毬而击过毬门者为胜。先胜者得第一筹,其余诸将再入场击毬,其胜者得第二筹。"《宋史·礼志二十四》:"帝得筹,乐少止,从官呼万岁。群臣得筹则唱好,得筹者下马称谢。"

背身毬 向达先生以为:"犹今日打网球之反手抽击。马上反击,摇曳生姿,倍增婀娜。"(见《长安打毬小考》)杨太后《宫词》亦云:"击鞠由来岂作嬉,不忘鞍马是神机。牵䪆绝尾施新巧,背打星毬一点飞。"可见打背身毬是当时一种新巧的动作。

内人唱好龟兹急 这是宫廷内进行打毬游戏时的习俗。凡得筹,内人唱好,也有三军唱好,如同现代观球赛时鼓掌喝彩一样。吴曾《能改斋漫录》卷六"打毬唱好"条云:"唐杨巨源《观打毬》诗:'入门百拜瞻雄势,动地三军唱好声。'乃悟王建《宫词》:'对御难争第一筹,殿前不打背身毬。内人唱好龟兹急,天子龙舆过玉楼。'"据《宋史·乐志》的记载,大明殿会鞠时,教坊增设龟兹部鼓乐,读王建诗,可知这种习俗早在唐代就风行了。龟兹,指龟兹乐曲,唐段安节《乐府杂录》"龟兹部":"乐有觱篥、笛、拍板、四色鼓、揩羯鼓、鸡楼鼓。"《隋书·音乐志》:"其(龟兹)乐器有竖箜篌、琵琶、五弦、笛、笙、箫、筚篥、毛员鼓、都昙鼓、答腊鼓、腰鼓、羯鼓、鸡娄鼓、铜拔、贝等十五种,为一部。"《旧唐书·音乐志》:"(龟兹乐)竖箜篌一、琵琶一、五弦琵琶一、笙一、横笛一、箫一、筚篥一、毛员鼓一、都昙鼓一、答腊鼓一、腰鼓一、羯鼓一、鸡娄鼓一、铜拔一、贝一。"《新唐书·礼乐志》:"龟兹伎有弹筝、竖箜篌、琵琶、五弦、横笛、笙、箫、觱篥、答腊鼓、毛员鼓、都昙鼓、候提鼓、鸡娄鼓、腰鼓、齐鼓、檐鼓、贝，皆一，铜拔二。"诸书所记，基本一致，可证段安节所述过于简略。

第十六首

新衫一样殿头黄，银带排方獭尾长。
总把金鞭骑御马，绿鬌红额麝香香。

新衫　新的布衫，内侍服用，色黄，如殿头黄色玻璃瓦一样。尹占华《王建诗集校注》卷十注本诗引马缟《中华古今注》卷中："衫子，自黄帝垂衣裳，而女人有尊一之义，故衣裳相连。始皇元年，诏宫人及近侍宫人皆服衫子，亦曰'半衣'，盖取便于侍奉。"此专指女子之衫子。本诗描写有六七品官阶的男性内侍，用"衫子"注不妥。按马缟《中华古今注》卷中另有"布衫"一条，云："三皇及周末庶人，服短褐襦，服深衣。秦始皇以布开胯名曰'衫'。用布者，尊女工之尚，不忘本也。侍中马周取深衣之造加襕衫，为庶人之礼见之表，至仕官皆服之。"

银带排方獭尾长　马缟《中华古今注》卷上"文武品阶腰带"："六品以上用银为銙，九品以上及庶人以铁为銙。沿至贞观二年，高祖，三品以上以金为銙，服绿。庶人以铁为銙，服白。向下搥垂头，而取顺合，呼挞尾。"《新唐书·车服志》："深绿为六品之服，浅绿为七品之服，皆银带銙九。"獭尾，即挞尾。排方，指银带上排列方玉。李贺《酬答二首》："密装腰鞊割玉方。"又，《贵公子夜阑曲》："腰围白玉冷。"王琦注："割玉方，谓裁玉作方样，而密装于皮带之上也。"王得臣《麈史》卷一："古一韦为带，反插垂头，至秦乃名腰带。唐高祖，令下插垂头，今为之挞尾是也。"

第十七首

罗衫叶叶绣重重,金凤银鹅各一丛。
每遍舞头分两向,太平万岁字当中。

绣重重　《新唐书·礼乐志》:"《圣寿乐》以女子衣五色绣襟而舞之。"崔令钦《教坊记》:"《圣寿乐》舞,衣襟皆各绣一大窠,皆随其衣本色。制纯缦衫,下才及带,若短汗衫者以笼之,所以藏绣窠也。舞人初出乐次,皆是缦衣。舞至第二叠,相聚场中,即于众中从领上抽去笼衫,各内怀中。观者忽见众女咸文绣炳焕,莫不惊异。"

金凤银鹅　此为唐《秦王破阵乐舞》之舞容。《新唐书·礼乐志十一》:"《七德舞》者,本名《秦王破阵乐》……乃制舞图,左圆右方,先偏后伍,交错屈伸,以象鱼丽鹅鹳。命吕才以图教乐工百二十八人,被银甲执戟而舞,凡三变,每变为四阵,象击刺往来,歌者和曰:'秦王破阵乐。'"王溥《唐会要》卷三十三《破阵乐》:"(贞观)七年正月七日,上制《破阵乐舞图》,左圆右方,先偏后伍,鱼丽鹅鹳,箕张翼施,交错屈伸,首尾回互,以象战阵之形。"李贺《秦王饮酒》诗云:"黄鹅跌舞千年觥。"钱仲联《读昌谷集绝句六十首》注:"诗所云'黄鹅跌舞千年觥',即《秦王破阵乐》中之鹅鹳舞容。"

遍　唐宋大曲的解数叫遍,一遍即一解。每套大曲由十多遍组成,演唱大曲各遍完全无缺者,叫"大遍"。裁截用之,叫"摘遍"。王国维《宋元戏曲考》:"宋大曲则王灼谓:凡大曲有散序、靸、排遍、攧、正攧、入破、虚催、宝催、衮遍、歇拍、杀衮,始成一曲,谓之'大遍'(《碧鸡漫志》卷三)。沈括亦云:所谓'大遍'者,有序、引、歌、㹠、唯、哨、催、攧、衮破、行、中腔、踏歌之类,凡数十解(《梦溪笔谈》卷五)。沈氏所列各名,与现存大曲不合。王说近之,惟攧后尚有延遍,实催前尚有衮遍(即张炎《词源》所谓中衮),而散序与排遍,均不止一遍;排遍且多至八九,故大曲遍数,往往至于数十。唯宋人多裁截用之。"

舞头 原作"舞时",计有功《唐诗纪事》、《全唐诗话》、吴曾《能改斋漫录》、毛晋《三家宫词》、朱彝尊《十家宫词》引录此诗,均作"舞头",因据改。按王建《宫词》第二十八首:"整顿衣裳皆著却,舞头当拍第三声。"唐开元时人崔令钦撰《教坊记》,云:"开元十一年初,制《圣寿乐》。令诸女衣五方色衣,以歌舞之。宜春院女教一日,便堪上场,惟挡弹家弥月不成。至戏日,上亲加策励曰:'好好作,莫辱没三郎。'令宜春院人为首尾,挡弹家在行间,令学其举手也。宜春院亦有工拙,必择尤者为首尾。首既引队,众所属目,故须能者。"以善舞者列于队首,称为"舞头"。经常充当舞头的人,径以此为名。何光远《鉴戒录》卷一"走车驾"条,记载昭宗天复初,车驾走幸石门,绝粮数日,"宫人杨舞头,失其名,进裹泪手帕子"。蜀花蕊夫人《宫词》:"舞头皆著画罗衣,唱得新翻御制词。"可见到晚唐、五代时,其制尚存。

太平万岁字 《旧唐书·音乐志》:"《圣寿乐》,高宗武后所作也,舞者百四十人,金铜冠五色画衣,舞之行列必成字,十六变而毕,有'圣超千古,道泰百王,皇帝万岁,宝祚弥昌'字。"(任半塘《教坊记笺订》于"圣寿乐"条下按:"《通典》、《唐书》并谓武后时作,可知开元所有,乃翻旧曲。)孙逖《正月十五日夜应制》:"洛城三五夜,天子万年春。彩仗移双阙,琼筵会九宾。舞成苍颉字,灯作法王轮。"钱珝《代谢内宴表》:"舞成奇字,更俟太平。"段安节《乐府杂录》云:"舞有健舞、软舞、字舞、花舞、马舞。字舞者,以舞人亚身于地,布成字也。"沈雄《古今词话·词品》卷下:"'卍'字,本佛经胸前吉祥相也。又发右旋而结此形。王建词'太平卍字舞当中',冯延巳词'卍字回栏旋著月',李珣词'猺女鬓松卍字螺'。"这种字舞,到宋代时还存留着,如周密《齐东野语》卷十"字舞"条云:"州郡遇圣节锡宴,率命猥妓数十群舞于庭,作'天下太平'字,殊为不经。而唐《乐府杂录》云:'舞有字,以舞人亚身于地,布成字也。'王建《宫词》云:'(略)',则此事由来久矣。"顾文荐《负暄杂录》记载:"字舞者,以身亚地,布成字也。今庆寿锡宴排场,作'天下太平'字者是也。"王士禛《带经堂诗话》卷十三:"王建《宫词》'每遍舞时分两向,太平万岁字当中',今外国犹传其制,郑麟趾《高丽史》云:教坊女弟子奏《王母队歌舞》,一队五十五人,舞成四字,或

'君王万岁',或'天下太平',此其遗意也。"

第十八首

鱼藻宫中锁翠娥,先皇行处不曾过。
如今池底休铺锦,菱角鸡头积渐多。

鱼藻宫 禁苑中有鱼藻池,池中有山,山上建宫,即鱼藻宫,在大明宫北面。《旧唐书·德宗纪下》:"(贞元十三年七月)壬辰,浚湖渠、鱼藻池,深五尺。"《旧唐书·穆宗纪》:"(元和十五年八月)壬辰,幸鱼藻池,发神策军二千人浚鱼藻池。"骆天骧《类编长安志》卷三:"鱼藻池,深一丈,在城北禁苑中,贞元十三年诏更淘四尺,引灞河天渠水涨之,在鱼藻宫后,穆宗以观竞渡。王建《宫词》曰:'鱼藻池边射雁,芙蓉园里看花。日色赭黄相似,不使红尘有遮。'"程大昌《雍录》卷四"鱼藻宫"云:"禁苑池中有山,山上建鱼藻宫。王建《宫词》曰:'鱼藻宫中锁翠娥,先皇幸处不曾过。而今池底休铺锦,菱角鸡头积渐多。'先皇,德宗也,池底张铺,引水被之,令其光艳透见也。德宗亦已奢矣,故横取厚积,如大盈之类,岂独为供军之用也?若非王建得之内侍,外人安得而知?"徐松《唐两京城坊考》卷一"鱼藻宫"云:"贞元十二年浚鱼藻池,深一丈,穆宗又发神策六军二千人浚之。《唐会要》:宫去宫城十三里,在禁苑神策军后,宫中有九曲山池。贞元十三年诏,鱼藻池先深一丈,更淘四尺。《通鉴注》言东内苑光化门入禁苑,鱼藻宫其西。按《玉海》云:禁苑池中有山,山上建鱼藻宫,在大明宫北。则胡(三省)说非也。"

铺锦 王洙《王氏谈录》:"王建《宫词》云'如今池底休铺锦',公言:此即文公对李公石云:'开元中旧宫人尽在,问之,无知此事者。'""铺锦"事,当见之于唐李石《开成承诏录》。蔡絛《西清诗话》卷中(明抄本,见张伯伟编校《稀见本宋人诗话四种》):"王建《宫词》:'鱼藻宫中锁翠娥,先皇行处不曾过。如今池底休铺锦,菱角鸡头积渐多。'

或问池底铺锦事,余答曰:'此见李石《开成承诏录》。文宗论德宗奢靡云:'闻得禁中老宫人,每引流泉,先于池底铺锦。'则知建诗皆摭实,非凿空语也。"其实,德宗奢靡肇端于玄宗。郑嵎《津阳门》诗:"暖山度腊东风微,宫娃赐浴长汤池。刻成玉莲喷香液,漱回烟浪深逶迤。犀屏象荐杂罗列,锦凫绣雁相追随。"自注云:"长汤每赐诸嫔御,其修广与诸汤不侔,鏊以文瑶宝石,中央有玉莲捧汤泉,喷以成池,又缝缀绮绣为凫雁于水中,上时于其间泛钑镂小舟以嬉游焉。"郑嵎诗记骊山华清宫事与王建诗记鱼藻宫事相类。

鸡头 是水生植物"芡实"的俗称,北方称为菱。初生时,其花如鸡冠,其苞如鸡头。成熟后,苞中囊子,形如榴实,子有硬壳,将壳剥开,内含粒粒白米,俗称"鸡头米"。扬雄《方言》卷三:"䓈茨,鸡头也。北燕谓之䓈,青徐淮泗之间谓之芡,南楚江湘之间谓之鸡头,或谓之雁头,或谓之乌头。"袁景澜《吴郡岁华纪丽》卷八"剥芡"条云:"三月生,叶平贴水面,大于荷叶,绚有芒刺,面青背紫,古称鸡头盘。昌黎诗所谓'平池散芡盘'是也。六月开紫花,结苞,外有青刺,若栗梂而尖。《本草》有鸡头、雁喙、鸿头、鸡壅等,盖博以引之也。苞中裹子,如珠玑,形如榴实,仁圆如鱼目。《管子》谓之菱。孙升《谈圃》谓之水流黄。多食有益而滞气。吴农洼田多种之,采者剖之,论斗售卖,咬壳出粒,色白如珠,入药充饥,为食品之所贵也。"汪灏等《广群芳谱》卷六十六:"裹子累累珠玑,壳内白米,状如鱼目、薏苡大。"尤侗《咏芡》诗云:"鸡头形酷似,毛壳谏花冠。碎玉似怀璞,圆珠欲走盘。饱食堪辟谷,戏弄即弹丸。新剥偏温软,摩挲一笑看。"

第十九首

殿前明日中和节,连夜琼林散舞衣。
传报所司供蜡烛,监开金锁放人归。

中和节 唐代一个重要的节日,始置于唐德宗贞元时代。李肇

《国史补》云："唐贞元五年，初置中和节。"记载极为简略，而《新唐书·李泌传》则有详明的载述："帝（企按，指德宗）以前世上巳、九日皆大宴集，而寒食多与上巳同时，欲以三月名节，自我为古，若何而可。泌请废正月晦，以二月朔为中和节，因赐大臣戚里尺，谓之裁度。民间以青囊盛百谷瓜果种相问遗，号为献生子。里闾让宜春酒以祭勾芒神，祈丰年。百官进农书，以示务本。帝悦，乃著令与上巳、九日为三令节，中外皆赐缗钱燕会。"《旧唐书·德宗纪》云："五年（贞元）春正月壬辰朔乙卯诏：'四序嘉辰，历代增置，汉崇上巳，晋纪重阳。或说禳除，虽因旧俗，与众共乐，咸合当时。朕以春方发生，候及仲月，勾萌毕达，天地和同，俾其昭苏，宜助畅茂。自今宜以二月一日为中和节，以代正月晦日，备三令节数，内外官司休假一日。'宰臣李泌请中和节日令百官进农书，司农献穜稑之种，王公戚里上春服，士庶以刀尺相问遗，村社作中和酒，祭勾芒以祈年谷，从之。"王溥《唐会要》卷二十九云："贞元六年二月，百官以中和节宴于曲江亭，上赋诗以锡之。其年，以中和节始令百官进太后所撰《兆人本业记》三卷，司农献黍粟种各一斗。""贞元九年二月，中书门下奏状，以中和节初赐宴钱，给百官宰臣以下于曲江合宴，供办为府县之弊，请分给是钱，令诸司各会于他所。从之，自是三节公宴悉分矣。"康骈《剧谈录》："其南有紫云楼、芙蓉苑，其西有杏园、慈恩寺。花卉环周，烟水明媚，都人游玩，盛于中和、上巳之节，彩幄翠帱，匝于堤岸，鲜车健马，比肩击毂。"胡震亨《唐音癸签》卷十六："中和节，唐以正月晦日为一节。孝和朝有晦日行幸诸诗。后德宗以前世上巳、九日皆大宴集，而寒食多与上同时，欲于二月立节，于是李泌请废正月晦，以二月朔为中和节。帝乃著令，与上巳、九日为三令节，中外皆赐缗钱，宴会君臣赓赋为多。"以上诸书备述唐代中和节的来历、习尚和盛况，均可助读王建这首诗。

琼林　唐德宗曾于奉天（今陕西省乾县）置"琼林"、"大盈"两库，贮藏贡物。《新唐书·陆贽传》："始，帝播迁，府藏委弃，卫兵无褚衣。至是天下贡奉稍至，乃于行在夹庑署琼林、大盈二库，别藏贡物。贽谏，以为：'琼林、大盈于古无传。旧老皆言：开元时贵臣饰巧以求媚，建言郡邑赋税，当委有司以制经用，其贡献悉归天子私有之。荡心侈欲，亦终以饵寇。今师旅方殷,疮痛呻吟之声未息,遽以珍贡私别库,恐群下有所觖望,请悉出以赐有功。令后纳贡必归之有司,先给军赏,瑰怪纤丽无得以供。是乃散小储成大储,捐小宝固大宝也。'帝悟,即撤其署。"白居易《秦中吟·重赋》:"号为羡余物,随月献至尊。夺我身上暖,买尔眼前恩。进入琼林库,岁久化为尘。"

监开金锁放人归 监开,一作"监门"。监,指监门卫,《新唐书·百官志四上》:"左右监门卫,上将军各一人,大将军各一人,将军各二人。掌诸门禁卫及门籍。""左监门将军判入,右监门将军判出,月一易其籍。"唐中和节放宫人归事,未见记载,尉迟偓《中朝故事》卷上:"每岁上巳日,许宫女子与兴庆宫内大同殿前与骨肉相见,纵其问讯,家眷更相赠遗。一日之内,人有千万。有初到亲戚便相见者,有及暮而呼唤姓第而不至者,涕泣而去,岁岁如此。"可参看。

第二十首

五更五点索金车,尽放宫人出看花。
仗下一时催立马,殿头先报内园家。

立仗马 天子仪仗中有立仗马。《新唐书·百官志二下》殿中省置左右仗厩,"进马五人,正七品上。掌大陈设,戎服执鞭,居立仗马之左,视马进退。天宝八载,罢南衙立仗马,因省进马。十二载复置,乾元后又省,大历十四年复","尚乘局飞龙厩日以八马列宫门之外,号南衙立仗马,仗下,乃退"。

内园家 皇宫内园圃,种植瓜果蔬菜,以供宫中食用,在内园种植之人称"内园家"。唐时有"内园小儿"或即此种人,《新唐书·蒋玄晖传》、《旧唐书·庄恪太子传》均载及"内园小儿"。高承《事物纪原》卷六"东西使班部"云:"内园,李吉甫《百司举要》曰:则天分置园苑使,后改曰内园,又曰司农别有园苑使。《唐会要》:正元十四年夏旱,吴奉奏有内园使。"

第二十一首

城东北面望云楼,半下珠帘半上钩。
骑马行人长远过,恐防天子在楼头。

城东北面望云楼 北面,纪事本作"南北"。望云楼,尹占华《王建诗集校注》卷十注本诗云:"唐太极宫有望云亭。宋敏求《长安志》卷六:'西北有景福台,台西有望云亭。'杜甫《赠翰林张四学士垍》:'赋诗拾翠殿,佐酒望云亭。'"然"望云亭"与"望云楼"不同,且太极宫在宫城中部,与"城东"不合。尹占华因而生疑,云:"然颇疑'云'为'春'之误。"此疑言之成理,按"春"之草体字,恰与"云"字差近,唐诗在传抄过程中,往往出现这种错讹。长安禁苑内,有南望春亭与北望春亭,宋敏求《长安志》卷六"禁苑"云:"苑中宫亭,凡二十四所……苑内有南望春亭,北望春亭,坡头亭,柳园亭,月坡,毬场亭子。"骆天骧《类编长安志》卷四"堂宅亭园"云:"唐望春亭,去京城一十一里,据苑之东南高原之上,东临浐水西岸。《两京道里记》曰:'隋文帝初置,以作游客亭,炀帝改名长乐宫。大业初,夜见太子勇领徒十人,各持兵仗,问杨广何在?帝惧走长乐宫。文武宿卫不知乘舆所在,比明,方移仗此宫。炀帝遂幸洛阳,终大业不敢都长安。'李晟葬德宗,御望春门临送,疑亭有门。按《长安图》及杂见多云望春宫。北望春亭,在南望春亭北,亦曰北望春亭宫。"程大昌《雍录》卷九:"南望春亭、北望春亭,在禁苑东南高原之上,旧记多云望春宫,其东正临浐水也。天宝元年,韦坚因古迹堰渭水绝浐、灞为潭,东注永丰仓下,以便漕运,名广运潭。"王建《宫词》第四十八首:"今日踏青归较晚,传声留着望春门。"望春门当即望春宫门,与此处的记载相吻,两处注文可互相参看。

珠帘 用珍珠缀饰的帘子。葛洪《西京杂记》卷二:"昭阳殿织珠为帘,风至则鸣,如珩佩之声。"后代诗文中常用此词汇,如谢朓《玉阶怨》:"夕殿下珠帘,流萤飞复见。"薛维翰《春夜裁缝》:"珠箔因风起,飞蛾入最能。"

第二十二首

射生宫女宿红妆，请得新弓各自张。
临上马时齐赐酒，男儿跪拜谢君王。

射生　《新唐书·兵志》："择便骑射者置衙前射生手千人，亦曰供奉射生官，又曰殿前射生手，分左右厢。"王谠《唐语林》卷五："玄宗命射生官射鲜鹿取血，煎鹿肠食之。"射生宫女，当是以宫女充当的射生手。

男儿跪拜谢君王　这是描写射生宫女行男儿跪拜礼。胡仔《苕溪渔隐丛话》后集卷十四引吴曾《能改斋漫录》逸文云："后周制，令宫人庭拜为男子拜，故王建云'射生宫女宿红妆（下略）'。"罗大经《鹤林玉露》甲编卷十四："朱文公云，古者男子拜，两膝齐屈，如今之道拜。杜子春注《周礼》奇拜，以为先屈一膝，如今之雅拜，即今拜也。古者妇女以肃拜为正，谓两膝齐跪，手至地，而头不下也。拜手亦然。南北朝有乐府诗说妇曰：'伸腰再拜跪，问客今安否？'伸腰亦是头不下也。周宣帝令命妇相见皆跪，如男子之仪。不知妇人膝不跪地，而变为今之拜者，起于何时？程泰之以为始于武后，不知是否？余观王建《宫词》云：'射生宫女尽红妆，请得新弓自各张。临上马时齐赐酒，男儿跪拜谢君王。'则唐时妇女拜不跪可证矣。"宋人孟元老《东京梦华录》里有一则记录，描写女子作男子拜，足资参证。《东京梦华录》卷七"驾登宝津楼诸军呈百戏"条云："（女童）皆妙龄翘楚，结束如男子，短顶头巾，各着杂色锦绣，撚金丝番段窄袍，红绿吊敦束带，莫非玉羁金勒，宝镫花鞯，艳色耀日，香气袭人。驰骤至楼前，团转数遭，轻帘鼓声，马上亦有呈骁艺者。中贵人许畋押队，招呼成列，鼓声一齐，掷身下马，一手执弓箭，揽辔子就地，如男子仪，拜舞山呼讫，复听鼓声，骊马而上。大抵禁庭如男子装者，便随男子礼起居。"胡震亨《唐音癸签》卷十九云："世谓妇人立拜起于武后,其实不然。周天元时,命内外命妇拜天台,皆执笏俯伏如男子。可见以前妇人无俯伏者,惟下手立拜耳。王建《宫词》有云:'临上马时齐赐酒,男儿跪拜谢君王。'知当时宫女不作男子拜矣。本朝命妇入朝,赞行四拜,皆下手立拜,惟谢拜赐时,一跪叩头,遵古礼也。"赵翼《陔余丛考》卷三十一:"唐李涪《刊误》云:今郊天祭地,止于再拜,乃妇谒姑嫜,其拜必四。详其所自,初则再拜,次则跪献衣服,姑嫜跪而受之,当于此际授受多误,故四拜相属耳,则唐时妇初见舅姑亦跪拜也。又,王建《宫词》云:(略)则唐时宫人于君后亦拜跪矣。盖家庭则舅姑,宫廷则君后,皆属至尊,自宜加礼,是以相沿至今,非此则仍肃拜也。"

第二十三首

新秋白兔大于拳,红耳霜毛趁草眠。
天子不教人射杀,玉鞭遮到马蹄前。

趁　寻觅。王锳《诗词曲语辞例释》(增订本):"趁,由'赶'、'逐'义进一步引申,'趁'又可作'寻求'、'寻觅'解。李商隐《乐游原》诗:'羲和自趁虞泉宿,不放斜阳更向东。'此犹言自寻。"

第二十四首

内人笼脱解红绦,戴胜争飞出手高。
直上碧云还却下,一双金爪菊花毛。

戴胜　本诗的文字校勘很重要,直接关乎诗意的解读。上句"内人",原作"内鹰",记事本、朱十宫本均作"内人",当以内人为是。因为本诗是描写宫人放飞戴胜的场景,不是放鹰打猎的场景,因据改。"戴

胜",原作"斗胜",记事本、朱十宫本均作"戴胜",因据改。戴胜,鸟名,《太平御览》卷九二三"羽族部"引《礼记》曰:"季春之月,戴胜降于桑。"郑玄曰:"蚕将生之候也,戴胜趣织之鸟,是时恒在桑,言降,若时治自天来,故重之。"又,引《尔雅》曰:"鵖(彼及切)鴔(皮及切),戴鵀。"郭璞曰:"鵀,即头上胜,今亦呼为戴胜,鵖鴔,犹鶺鴒,语声转耳。"郝懿行《尔雅义疏》卷下之五:"戴鵀,即今之楼楼谷,小于鹁鸠,黄白斑文,头上毛冠如戴华胜,戴胜之名以此。常以三月中鸣,鸣自呼也。"王建诗云"菊花毛",与郝懿行《尔雅义疏》"黄白斑文"之解相合。

第二十五首

> 竞渡船头掉彩旗,两边溅水湿罗衣。
> 池东争向池西岸,先到先书上字归。

竞渡 民间风俗是在五月初五日进行的,用以纪念屈原。刘悚《隋唐嘉话》下:"俗五月五日为竞渡戏,自襄州已南,所向相传云:屈原初沉江之时,其乡人乘舟求之,意急而争前,后因为此戏。"这和宗懔《荆楚岁时记》的记载是一致的。但是,唐人竞渡戏亦有在春日进行的,《新唐书·杜亚传》:"亚为淮南节度使,方春,南民为竞渡戏。亚欲轻驶,乃鬃船底,使篙人衣油彩衣,没水不濡。"唐代宫廷中的竞渡游戏,无论春日、秋天都可举行。《唐诗纪事》卷九记载唐中宗于景龙四年(710)四月六日幸兴庆池观竞渡,李适有《戏竞渡应制诗》:"急舸争标排荇度,轻帆截浦触荷来。"记其事。刘宪、徐彦伯等人亦均有应制诗。王溥《唐会要》卷二十七:"元和十五年八月,幸勤政楼问人疾苦。九月,幸鱼藻宫,大张乐,观竞渡。"《旧唐书·穆宗纪》:"(元和十五年)九月辛丑,大合乐于鱼藻宫,观竞渡。"《新唐书·敬宗纪》:"宝历元年五月庚戌,观竞渡于鱼藻宫。""宝历二年三月戊寅,观竞渡于鱼藻宫。"中宗时代举行竞渡戏的地点在兴庆宫之兴庆池;到中唐时代,穆宗、敬宗观看竞渡的地点,已改在鱼藻宫。王建诗中描写的竞渡戏,当即在鱼藻宫前的鱼藻池中进行的。

掉　原作"棹",胡本作"揷",各本作"掉",当以"掉"字为正。掉,摇也。《说文》:"掉,摇也。从手卓声,《春秋》传曰:尾大不掉。"《文选》司马相如《长杨赋》:"掉八列之舞。"李善注:"贾逵《国语》注曰:'掉,摇也。'"李贺《感讽五首》(其一):"丝车方掷掉。"掉,即有摇动之意。

第二十六首

灯前飞入玉阶虫,未卧常闻半夜钟。
看着中元斋日到,自盘金线绣真容。

中元　唐人称每年正月、七月、十月的十五日为"三元",中元,就是七月十五日。韩鄂《岁华纪丽》卷三:"中元,道经云:七月十五日中元,地官考校勾搜选天人分别善恶,以其日作玄都,大献于玉京山,以诸奇异妙好幡幢宝盖供养之具,精膳饮食,献诸众圣。道士于其日讲老子经,十方大圣高咏灵篇。"王溥《唐会要》卷五十云:"开元二十二年十月十三日诏:道家三元,诚有科戒,朕尝精意久矣。而物未蒙福,今年十五日,是下元斋日,禁都城内屠宰。自今以后,及天下诸州,每年正月、七月、十月三元日,十三日至十五日,并宜禁断屠宰。"卢拱《中元日观法事》诗云:"四孟逢秋序,三元得气中。云迎碧落步,章奏玉皇宫。"这些记载提到中元斋日要禁屠宰,要举办法事,都可帮助我们了解王建诗。

绣真容　《唐会要》卷五十:"开元二十九年九月七日敕,诸道真容,近令每州于开元观安置,其当州及京兆、河南、太原等诸府有观处,亦各令本州府写貌,分送安置。天宝三载三月,两京及天下诸郡,于开元观开元寺,以金铜铸元宗等身,天尊及佛各一躯。"真容,在唐代绘画艺术中有"真容"一科,即画肖像,亦称"写貌"、"写真"。白居易有《自题写真》,王维有《崔兴宗写真咏》。李涉《寄荆娘写真》:"召得丹青绝世工,写真与身真相同。"《宣和画谱》卷一载阎立本"奉诏写太宗真容"。李贺《浩歌》:"买丝绣作平原君。"王建此诗所描写的是绣老子像。《唐会要》称"以金铜铸元宗等身","元宗",即老子,唐尊奉老子为太上玄元皇帝。"绣真容",即绣老子像。民国时紫江作《刺绣书画录》卷二"释道图像"著录"宋刺绣老子像一轴",惜无唐绣老子像传世。

第二十七首

红灯睡里唤春云,云上三更直宿分。
金砌雨来行步滑,两人抬起隐花裙。

隐花裙 花纹隐约的裙子。《资治通鉴》卷二○九唐中宗景龙二年:"安乐(公主)有织成裙,直钱一亿,花卉鸟兽,皆如粟粒,正视旁视,日中影中,各为一色。"李贺《石城晓》:"横茵突金隐体花。"王琦注:"隐体花,谓暗花也。"

抬起 杨慎《升庵集》卷五四:"抬起,俗语也,古亦有之。王建《宫词》:'红灯睡里看春云,云上三更直宿分。金砌雨来行步滑,两人抬起隐花裙。'"

第二十八首

一时起立吹箫管,得宠人来满殿迎。
整顿衣裳皆著却,舞头当拍第三声。

著却 纪事本、朱十家本作"著节",义长。节,舞曲的节拍。
第三声 向达《唐代长安与西域文明·柘枝舞小考》:"柘枝舞大约以鼓声为节,起舞鼓声三击为度,故白氏《柘枝妓》诗云:'平铺一合锦筵开,连击三声画鼓催。'可见也。张祜《观杭州柘枝》诗:'舞停歌罢鼓连催,软骨仙娥暂起来。'又刘禹锡《和乐天柘枝》诗云:'鼓催残拍腰身软,汗透罗衣雨点花。'皆可见柘枝舞以鼓声为奏节之概。"

第二十九首

琵琶先抹六么头,小管丁宁侧调愁。
半夜美人双唱起,一声声出凤凰楼。

这首诗,关涉唐宋时代丝竹乐器合奏时起声先后的问题。胡仔《苕溪渔隐丛话》前集卷十六引蔡启《蔡宽夫诗话》云:"唐起乐皆以丝声,竹声次之,乐家所谓'细抹将来'者是也。故王建《宫词》云:'琵琶先抹绿腰头,小管丁宁侧调愁。'近世以管色起乐,而犹存细抹之语,盖沿袭弗悟尔。"胡震亨《唐音癸签》卷十五亦载此内容,其文字即用蔡启语。无名氏《续墨客挥麈》卷七:"御宴进乐,先以弦声发之,然后众乐和之,故呼'细抹将来'。今所在起曲,遂先之以竹声,不唯论其名,亦失其实矣。"辛弃疾《好事近·西湖》:"前弦后管夹歌钟,才断又重续。"也可证明。

六么 唐曲名,程大昌《演繁露》卷十二:"段安节《琵琶录》云:贞元中,康昆仑善琵琶,弹一曲新翻羽调《绿腰》。注云:绿腰,即录要也。本自乐工进曲,上令录出要者,乃以为名,误言绿腰也。据此即录要已讹为绿腰,而白乐天集有《听绿腰诗》,注云,即六么也。"《蔡宽夫诗话·六么》:"《绿腰》本名《录要》,后讹为此名,今又谓之《六么》。然《六么》自白乐天时,已若此云,不知何义也。"王灼《碧鸡漫志》卷三:"《六么》一名《绿腰》,一名《世乐》,一名《录要》。""王建《宫词》云:'琵琶先抹六么头。'故知唐人以么作腰者,惟乐天与王建耳。"则此曲本名《录要》,后讹为《绿腰》或《六么》。王建在诗里描写宫人先抹琵琶(丝),接着吹奏小管(竹),完全符合唐宋时代丝竹乐器合奏的制度。

《绿腰》有羽调,段安节《乐府杂录》有明确记载:"贞元中,有康昆仑第一手。始遇长安大旱,诏移两市祈雨,及至天门,街市人广,较胜负,斗声乐。即街东有康昆仑,琵琶最上,必谓街西无以敌也。逐令昆仑登彩楼,弹一曲新翻羽调《录要》。(即《绿腰》是也。本自乐工进曲,上令录其要者,因以为名,自后来误言《绿腰》也。)"然程大昌《演繁露》曾疑之,周密《齐东野语》卷八"六么羽调"条加以辩驳:"《演繁露》云:'唐有新翻羽调《绿腰》。白乐天诗集自注云:'即六么也。'今世亦有《六么》,而其曲有高平、仙吕调,又不与羽调相协,不知是唐遗声否?'按今《六么》中,吕调亦有之,非特高平、仙吕也。《唐礼乐志》:俗乐二十八调,中吕、高平、仙吕在七羽之数。盖中吕、夹钟,羽也;高平、林钟,羽也;仙吕、夷则,羽也。安得谓之不与羽调相协?盖未之考尔。"

小管丁宁 小管,乐器名,《尔雅·释乐》:"大管谓之簜,其中谓之篞,小者谓之篎。"丁宁,乐器名,即钲,形状似钟而较小的铜器。《左传·宣公四年》:"著于丁宁。"杜预注:"丁宁,钲也。"蔡启《蔡宽夫诗话》引王建此诗作"叮咛",非是。

侧调愁 和王建第五十六首诗"未承恩泽一家愁,乍到宫中忆外头。求守管弦声逐款,侧商调里唱伊州"的描写,是一致的。侧调哀怨,亦见于前人载述。沈括《梦溪笔谈》卷五:"古乐有三调声,谓清调、平调、侧调也。王建诗云'侧商调里唱伊州',是也。今乐部中有三调乐,品皆短小,其声噍杀,唯道调小石法曲用之。"其声噍杀,即是哀音,《礼记·乐记》云:"乐者,音之所由生也,其本在人心之感于物也。是故其哀心感者,其声噍以杀,其乐心感者,其声啴以缓。"《古乐苑》云:"《伤歌行》,侧调曲也,伤日月代谢,年命遒尽。绝离知友,伤而生歌。"(陆侃如《乐府古辞考》引)

凤凰楼 典出《列仙传》,是萧史吹箫的故事。但是,本诗并不是用典。一则唐宫内实有凤凰楼;二则一声声传出凤凰楼的,乃是美人双双唱起的歌曲,非关萧史事。凤凰楼在何处?程大昌《雍录》载骊山华清宫有凤凰楼;又,李适诗中提到安乐公主山庄有"凤凰楼"(见计有功《唐诗纪事》卷九李适《安乐公主山庄》诗)。但是,这几处凤凰楼,显然和王建《宫词》无关。王建诗里的凤凰楼,当是东宫的凤凰门门楼。宋敏求《长安志》后附河滨渔者编类图说的《长安志图》,卷上"唐宫城图",于宫城与东宫之间,紫云阁东旁,标明有凤凰门。平岗武夫《长安与洛阳》引吕大防《长安城图》,载宫城东宫东面有凤凰门。同书引关野《长安宫城图》,载宫城东面武德殿后紫云阁旁有凤凰门。按,东宫有宜春院、宜春北院。王建《宫词》第六十五首有"宜春院里按歌回"之句,《新唐书·礼乐志》:"宫女数百,亦为梨园弟子,居宜春北院。"歌声从宜春院、宜春北院传出来,飘过凤凰门楼,故诗云:"一声声出凤凰楼。"

第三十首

春池日暖少风波,花里牵船水上歌。
遥索剑南新样锦,东宫先钓得鱼多。

剑南新样锦　张鷟《游仙窟》:"下官拜辞讫,因遣左右取'益州新样锦'一匹,直奉五嫂。"可见唐人极珍视益州出产的崭新式样的锦,因是贡品,外人不易得,张鷟以之写入传奇中。按《新唐书·地理志》:"剑南道,盖古梁州之域,汉蜀郡,广汉、犍为、越巂、益州、牂柯、巴郡之地。""贡锦、单丝罗、高杼布麻、蔗糖、梅煎、生春酒。"

东宫　宋敏求《长安志》卷六:"东宫正殿曰明德殿,本名嘉德殿,东廊左嘉善门,西廊右嘉善门。(疑此殿即显德殿,太宗即位之殿,后避中宗名改也。沅案唐书太宗本纪,武德九年即位于显德殿,《会要》。正作明德殿。)……又有亭子、山池、佛堂等院。"程大昌《雍录》卷九"唐东宫":"唐东宫在太极宫中,自承天门而东其第三门曰重明门者,即东宫正门也。其殿曰明德殿者,本显德殿也,太宗即位于此殿,而高宗亦以正观二年生于丽正殿,则丽正、显德皆在东宫也。中宗为太子名显,故改为明德。"阎文儒《两京城坊考补》卷一:"东宫为太子居处之宫,在宫城之东侧,南北与宫城齐。""东宫为太子居住之宫,虽无较多之殿堂,但仍有各种行政、居处、学习、玩乐场所……丁,玩乐处所,如八凤殿、亭子院、山池院、鹰鹞院。"宋代有赏花钓鱼宴,《宋史·礼志十六》:

"雍熙二年四月二日,诏辅臣、三司使、翰林、枢密直学士、尚书省四品两省五品以上、三馆学士宴于后苑,赏花、钓鱼,张乐赐饮,命群臣赋诗习射。赏花曲宴自此始。"照王建《宫词》的诗意看,唐代已有此习俗。

第三十一首

十三初学擘箜篌,弟子名中被点留。
昨日教坊新进入,并房宫女与梳头。

十三初学 古人诗词中,常写到女孩子十三岁学艺事,已成常语,非指实数。例如,《古诗为焦仲卿妻作》:"十三能织素。"白居易《琵琶行》:"十三学得琵琶成。"辛弃疾《粉蝶儿·和晋臣赋落花》:"昨日春如十三女儿学绣。"

擘箜篌 段安节《乐府杂录》:"箜篌,乃郑卫之音权舆也。以其亡国之音,故号空国之侯,亦曰坎侯。古乐府有《公无渡河》之曲,昔有白首翁溺于河,歌以哀之。其妻丽玉善箜篌,撰此曲以寄哀情。咸通中,第一部有张小子,忘其名,弹弄冠于今古,今在西蜀。太和中,有季齐皋者,亦为上手,曾为某门中乐史。后有女亦善此伎,为先徐相姬。大中末,齐皋尚在,有内官拟引入教坊,辞以衰老,乃止。胡部中,此乐妙绝,教坊虽有三十人,能者一两人而已。"《旧唐书·音乐志二》:"箜篌,汉武帝使乐人侯调所作,以祠太一。或云侯辉所作,其声坎坎应节,谓之坎侯,声讹为箜篌。或谓师延靡靡乐,非也。旧说亦依琴制,今按其形,似瑟而小,七弦,用拨弹之,如琵琶。竖箜篌,胡乐也。汉灵帝好之。体曲而长,二十有三弦,竖抱于怀,用两手齐奏,俗谓之擘箜篌。凤首箜篌,有项如轸。"《通典》卷一四四:"竖箜篌,胡乐也,汉灵帝好之。体曲而长,二十有三弦,竖抱于怀中,用两手齐奏,俗谓之擘箜篌。"文字与《旧唐书》同,实出于彼。

弟子 即梨园弟子。王溥《唐会要》卷三十四:"开元二年,上以天下无事,听政之暇,于梨园自教法曲,必尽其妙,谓之皇帝梨园弟子。"程大昌《演繁露》卷六:"开元二年,玄宗……选乐工数百人,自教法曲于梨园,谓之皇帝梨园弟子。至今谓优女为弟子,命伶魁为乐营将,此其始也。"胡震亨《唐音癸签》卷十四"乐署"条云:"又选坐部子弟三百,教于梨园,号皇帝梨园弟子院,因改名别教院,宫女数百,亦为梨园弟子,居宜春北院。"阎文儒《两京城坊考补》卷一:"梨园弟子所居为东宫之宜春北苑。《陕西通志》卷九十九《拾遗》二引《珍珠船》云:'梨园弟子皆居宜春北苑,时有马仙期、李龟年、贺怀智,洞知律度。'"

教坊　唐代教坊有内外之别。外教坊,又名左右教坊,崔令钦《教坊记》:"西京右教坊在光宅坊,左教坊在延政坊。右多善歌,左多工舞。"《资治通鉴》卷二一一"开元二年正月"云:"旧制:雅俗之乐皆隶太常。上精晓音律,以太常礼乐之司不应典倡优杂伎,乃更置左右教坊,以教俗乐,命右骁卫将军范安及为之使。"程大昌《演繁露》卷六:"开元二年,玄宗以太常礼乐之司不应典倡优杂乐,乃更置左右教坊以教俗乐。"徐松《唐两京城坊考》卷一:"其西(承上文,指翊善坊之西)光宅坊,待漏院,右教坊。""朱雀门街东第四街,街东从北第一长乐坊(后改延政坊,接坊之北即延政门,故以门名坊),左教坊。"内教坊,在大明宫内,《新唐书·礼乐志》:"玄宗置内教坊于蓬莱宫侧,居新声、散乐、倡优之伎,有谐谑而赐金帛、朱紫者。"《新唐书·百官志三》"太乐署"云:"开元二年,又置内教坊于蓬莱宫侧,有音声博士、第一曹博士、第二曹博士。京师置左右教坊,掌俳优杂技。自是不隶太常,以中官为教坊使。"宋高承《事物纪原》卷二:"唐明皇开元二年,于蓬莱宫侧,始立教坊,以隶散乐、倡优、曼衍之戏。"又,卷六:"因其谐谑,以金帛、章绶赏之,因置使以教习之。"王建诗既云"昨日教坊新进入,并房宫女与梳头",这当然是指内教坊而言的。

第三十二首

红蛮捍拨帖胸前,移坐当头近御筵。
用力独弹金殿响,凤凰飞出四条弦。

红蛮捍拨 弹奏琵琶的工具,又名"拨"。白居易《琵琶行》:"曲终收拨当心画","沉吟放拨插弦中"。唐代,用手指直接拨弦弹奏的方法,《旧唐书·音乐志》:"旧琵琶皆以木拨弹之,太宗贞观中始有手弹之法,今所谓挡琵琶者是也。"刘𫗧《隋唐嘉话》卷中:"贞观中,裴洛儿弹琵琶始废拨用手。"但是,当时艺人主要还是用"拨"来弹奏的。随着制作捍拨质料的不同,唐时出现多种名目的捍拨,有"金捍拨",张籍《宫词》:"黄金捍拨紫檀槽,弦索初张调更高。"李贺《春怀引》"捍拨装金打凤凰",王琦注引《海录碎事》卷十六:"金捍拨在琵琶面上当弦,或以金涂为饰,所以捍护其拨。"又有"龙香拨",郑嵎《津阳门诗》:"玉奴琵琶龙香拨,倚歌促酒娇声悲。"有"象牙捍拨",《山堂肆考》徵集卷十八:"唐乐志,高丽伎有琵琶,以蛇为槽,厚寸馀,有鳞甲,楸木为面,象牙为捍拨,画国王形。"有"红蛮捍拨",王建《宫词》:"红蛮捍拨帖胸前,移坐当头近御筵。"

移坐当头近御筵 此句并非虚语。按崔令钦《教坊记》:"妓女入宜春院,谓之内人,亦曰前头人,常在上前头也。"任半塘《教坊记笺订》:"内人,一称内伎,已见崔氏自序。杜甫《剑器行序》有'自高头宜春、梨园二教坊内人,洎外供奉'语,'高头'应犹'上头',泛指接近皇帝者,与'前头'意通。"

凤凰 指琵琶曲。《唐会要》卷三十三"宴乐":"贞观末,有裴神符者,妙解琵琶,作《胜蛮奴》《火凤》《倾杯乐》三曲,声度精美,太宗深爱之。"李贺《春怀引》"捍拨装金打仙凤",李商隐《镜槛》"拨弦惊《火凤》",这些记载都提到琵琶曲,仙凤、凤凰、火凤,都是指琵琶曲名《火凤》。王建本诗描写教坊内人演奏琵琶的情景,结句是说四弦上弹出琵琶曲《火凤》的声调来,写得很形象。

第三十三首

春风吹雨洒旗竿,得出深宫不怕寒。
夸道自己能走马,园中横过觅人看。

第三十四首

粟金腰带象牙锥,散插红翎玉突枝。
旋猎一边还引鸟,归来鸡兔绕鞍垂。

旋　唐时俗语,有"还又"、"已而"之意,张相《诗词曲语辞汇释》卷二:"旋,犹云已而也,还又也。"李商隐《对雪》:"寒气先侵玉女扉,清光旋透省郎闱。"

第三十五首

云驳花骢各试行,一般毛色一般缨。
殿前来往重骑过,欲得君王别赐名。

云驳　一种形状像驳的马。驳,能食虎豹的野兽。《尔雅·释畜》:"驳,如马,倨牙,食虎豹。"《山海经·西山经》:"又西三百里,曰中曲之山,其阴多玉,其阳多雄黄、白玉及金。有兽焉,其状如马,而白身、黑尾、一角,虎牙爪,音如鼓音,其名曰驳,是食虎豹。"《管子·小问》:"桓公乘马,虎望见之而伏。桓公问管仲曰:'今者寡人乘马,虎望见寡人而不敢行,其故何也?'管仲对曰:'意者君乘驳马而盘桓,迎日而驰乎?'公曰然。管仲对曰:'此驳象也,驳食虎豹,故虎疑焉。'"

花骢　毛色青白相间的马。《苕溪渔隐丛话》后集卷二六引《复斋漫录》:"《明皇杂录》言:'上所乘马,有玉花骢、照夜白。'又《异人录》言:'玉花骢者,以其面白,故又谓之玉面花骢。'故杜子美《丹青引》云:'先帝天马玉花骢,画工如山貌不同。'"洪迈《万首唐人绝句》作"花鬃"(嘉靖本、万历本同)。杨巨源《观打毬有作》:"玉勒回时露赤汗,花鬃分处拂红缨。"严维《敕命赐宁王马诗》:"镜点黄金眼,花开白雪鬃",花鬃又名三鬃、三花。胡仔《苕溪渔隐丛话》后集卷二六引《复斋漫录》:"李将军思训作《明皇摘瓜图》,嘉陵山川,帝乘赤骠,起三鬃,与诸王嫔御十数骑,出飞仙岭下。初见平陆,马皆若惊,而帝马见小桥不进,正作此状。不知三鬃谓何?今乃见岑参诗有《卫尚书赤骠马歌》云:'赤髯胡雏金剪刀,平时剪出三鬃高。'乃知唐御马多剪治,而三鬃其饰也……余又尝见小说言开元、天宝间,世尚轻肥,多爱三花饰马。郭若虚家藏韩干画《贵戚阅马图》,中有三花马。苏大参家有韩干画《三花御马》。晏元献家张一画《虢国出行图》,其上亦有三花马。盖三花马,剪鬃为三辫耳。"

殿前来往重骑过　这句诗重在"过"字上。唐宫廷中,凡有新马进入,先由中官试骑,然后再驭以进给皇帝骑用。王建诗"各试行"、"重骑过"云云,即是描写这种宫廷中的规矩。韩偓《苑中》云:"外使进鹰初得按,中官过马不教嘶。"自注:"上每乘马,必阉官驭以进,谓之过马。"韩偓后于王建,可见唐代宫禁中早有"过马"的习惯。这种风气,连方镇亦效学之。宋敏求《春明退朝录》卷下:"北都使宅,旧有过马厅,按唐韩偓诗云:'外使进鹰初得按,中官过马不教嘶。'注云:'上每乘马,必中官驭以进,谓之过马。既乘之,蹳跶嘶鸣也。'盖唐时方镇亦效之,因而名厅事也。"

第三十六首

每夜停灯熨御衣,银熏笼底火霏霏。
遥听君王帐里觉,上直钟声始得归。

停灯　点灯,犹停烛,即点燃蜡烛,唐人口语。朱庆馀《闺意献张水部》:"洞房昨夜停花烛,待晓堂前拜舅姑。"白居易《岁暮夜长病中灯下闻卢尹夜宴以诗献之且为来日张本也》:"当君秉烛衔杯夜,是我停灯服药时。"

熏笼　熏炉,用来熏香或取暖的炉子,《新唐书·仪卫志上》:"朝日,殿上设黼房、蹋席、熏炉、香案。"后宫亦多用熏炉,罩在熏炉上的笼子,即是熏笼。王昌龄《长信秋词》:"熏炉玉枕无颜色,卧听南宫清漏长。"白居易《后宫词》:"红颜未老恩先断,斜倚熏笼坐到明。"

　　上直　嘉靖本、万历本《万首唐人绝句》录此诗,均作"上番"。按上番,即"上值"、"上直"、"上班"之意。《汉书·盖宽饶传》"共更一年"。颜师古注:"'更'犹今人言'上番'也。"释道宣《高僧传》二集卷十《慧远传》云:"朕亦依番上下,得归侍奉。"洪迈《夷坚支志》景卷八《上官医》:"兵校交番,其当直者大声曰:'上番来。'当下者继之曰:'下番去!'"花蕊夫人《宫词》:"君王未起翠帘卷,宫女更番上直来。"则"上番"与"上直"同义甚明。

第三十七首

　　因吃樱桃病放归,三年著破旧罗衣。
　　内中人识从来去,结得头花上贵妃。

　　内中　宫内,《汉书·武帝记》:"甘泉宫内中庭芝。"注:"内中,谓后庭之室也。"
　　贵妃　女官名,品位极高,《新唐书·百官志二》:"贵妃、惠妃、丽妃、华妃,各一人,正一品。掌佐皇后论妇礼于内,无所不统。"《增订注释全唐诗》卷二九一注此诗云:"贵妃,杨贵妃,名玉环,玄宗最宠爱的妃子。"欠妥。王建《宫词一百首》均写现实生活,与杨贵妃不相及,此乃指中唐时某位贵妃。

第三十八首

　　欲迎天子看花去,下得金阶却悔行。
　　恐见失恩人旧院,回来冲着五弦声。

五弦 乐器名,似琵琶而小。《新唐书·礼乐志》:"五弦,如琵琶而小,北国所出,旧以木拨弹,乐工裴神符初以手弹,太宗悦甚,后人习为拍琵琶。"段安节《乐府杂录》:"五弦,唐贞元中,有赵璧者妙于此伎也。白傅讽谏有《五弦弹》,近有冯季皋。"李肇《唐国史补》卷下:"赵璧弹五弦,人问其术,答曰:'吾之于五弦也,始则心驱之,中则神遇之,终则天随之,吾方浩然,眼如耳,耳如鼻,不知五弦之为璧,璧之为五弦也。'"

第三十九首

往来旧院不堪修,教近宣徽别起楼。
闻有美人新进入,六宫未见一时愁。

宣徽 殿名,在大明宫内,徐松《唐两京城坊考》卷一"大明宫":"由紫宸殿而东,经绫绮殿、浴堂殿、宣徽殿(原注:在浴堂殿东,见《大典》阁本《图》)、温室殿、明德寺,以达左银台门。"阎文儒《两京城坊考补》卷一云:"宣徽殿亦大明宫中一殿堂。《全唐诗》卷十一(同文书局石印本)王建《宫词》云(即本诗,略)。可知宣徽殿亦曾为住宫人之所也。"

六宫 古代泛称皇后、妃嫔居住的地方。白居易《长恨歌》:"回眸一笑百媚生,六宫粉黛无颜色。"此礼古已有之,《周礼·天官·内宰》:"以阴礼教六宫",郑玄以为正寝一、燕寝五为六宫。《内宰》又云:"上春,诏王后帅六宫之人。"郑玄注:"夫人以下,分居后之六宫。"

第四十首

自夸歌舞胜诸人,恨未承恩出内频。
连夜宫中修别院,地衣帘额一时新。

出内 自内教坊退出至外教坊,仍在教坊籍,称为出内,这与宫女放归不同。任半塘《教坊记笺订》:"出内本云出宫,此指内人由宫中退出。张祜有《退宫人》诗,杜牧有《出宫人》诗。王建《宫词》'恨未承恩出内频',当指此种人。"这种说法欠妥当,易生混淆。唐代开元时代分置内外教坊,外教坊又分左、右,右多善歌,左多善舞。技艺高超者,被选入内教坊。内教坊之艺人未受恩宠,便由内教坊退出,还至外教坊。本诗云:"自夸歌舞胜诸人,恨未承恩出内频。""出内"一词,非王建杜撰,出自崔令钦《教坊记》:"范汉女大娘子,亦是竿木家,开元二十一年出内。"因为内外教坊中人员调动很频仍,故曰"出内频"。至于宫女之放归,任其回家,王溥《唐会要》卷三专列"出宫人"一条,论述此事,唐代历朝放宫女之理由:一,宫女太多,费用倍多;二,幽闭宫女,有悖人性;三,时有天灾(如开成三年,文宗因旱放宫女五百余)。兹举李百药、唐玄宗和李绛的论述说明之。贞观二年春三月,中书舍人李百药上封事曰:"自陛下受命以来,诏示天下,薄赋轻徭,恤刑慎狱,躬行节俭,减损服御,虽尧舜德音,无以过此。然阴气郁积,亦恐是旱之咎征,往年虽出宫人,未为尽善。窃闻大安宫及掖庭内,无用宫人,动有数万,衣食之费,固自倍多。幽闭之冤,足感和气,亢阳为害,亦或由兹。"至七月三日,上谓侍臣曰:"妇人幽闭深宫,情实可愍。隋氏末年,求采无已,此皆竭人财力,朕所弗取。且洒扫之余,更何所用?今将出之,任求伉俪。非独以省费息人,亦各得遂其性。"开元二年八月十日,唐玄宗下诏曰:"古者三夫人九嫔、二十七世妇、八十一御女,以备内职焉。朕恭膺大宝,颇修旧号,而六宫旷位,未副于周礼,八月算人,不行于汉法。至于姜后进谏、永巷脱簪、袁盎有言、上林引席,此则朕之所慕,未曾忘也。顷者,人颇喧哗,闻于道路,以为朕求声色,选备掖庭,岂余志之未孚,何斯言之妄作。往缘太平公主取人入宫,朕以事虽顺从,未能拒抑。见不贤莫若自省,欲止谤莫若自修,改而更张,损之可也。妃嫔已下,朕当拣择,使还其家。宜令所司将车牛,今月十二日,赴崇明门待进止。"李绛《请放宫女疏》:"后宫之中,人数不少,离别之苦,颇惑人心;怨旷之思,有干和气。伏冀酌量所要,务放其余,使其亲戚如初,复得宫掖省费。上以表大德如天之施,下以成群生遂性之乐。"且宫女放归,时隔数十年或十数年,旷日持久,何以能云"出内频"?至于张祜之《退宫女》诗,杜牧之《出宫女》诗,均吟宫女放归事,不能与内外教坊艺人之"出内"与"进入"相混淆。

地衣　地毯。白居易《红线毯》:"地不知暖人要暖,少夺人衣作地衣。"自注:"贞元中,宣州进开样加丝毯。"

帘额　一名帘旌,是门帘上端所附的横幅,常绣鸾凤图样。李贺《宫娃歌》:"彩鸾帘额著霜痕。"孙光宪《虞美人》:"好风微揭帘旌起,金翼鸾相倚。"可证。

第四十一首

闷来无处可思量,旋下金阶旋忆妆。
收得山丹红蕊粉,镜前洗却麝香黄。

山丹　植物名。李时珍《本草纲目》卷二十七:"山丹根似百合,小而瓣少,叶亦短小,其叶狭长而尖,颇似柳叶,与百合迥别。四月开红花,六瓣,下四垂,亦结小子。"

麝香　雄麝香腺中的分泌物,干燥后入药,黄色,可制香料,香气浓郁。李时珍《本草纲目》卷五十一:"麝之香气远射,故谓之麝。"弘景曰:"麝形似獐而小,黑色,常食柏叶,又噉蛇,其香正在阴茎前皮内,别有膜袋裹之。"时珍曰:"麝居山,獐居泽,以此为别。麝出西北者结实,出东南者谓之土麝,亦可用而力次之。""麝香黄",此指用麝香点额的黄。额黄,为妇女施于额上的黄色涂饰,西域胡人亦有这种风俗,《旧唐书·西戎》:"(波斯国)其事神,以麝香和苏涂须点额,及于耳鼻,用以为敬。"

旋下金阶旋忆妆　张相《诗词曲语辞汇释》卷二:"又有时于一句中迭用旋字,以表一面如此一面又如彼,则还又之意尤显。王建《宫词》:'闷来无处可思量,旋下金阶旋忆妆。'"

第四十二首

蜂须蝉鬓薄松松,浮动搔头似有风。
一度出时抛一遍,金条零落满函中。

蝉鬓　古代女子的发式。苏鹗《苏氏演义》卷下:"魏文帝宫人绝宠者,有莫琼树、薛夜来、陈尚衣、段巧笑四人。日夜在侧,琼树乃制蝉鬓,缥缈如蝉翼,故曰蝉鬓。"

搔头　即簪子。《西京杂记》卷二:"武帝过李夫人,就取玉簪搔头,自此后宫人搔头皆用玉,玉价倍贵焉。"白居易《长恨歌》:"花钿委地无人收,翠翘金雀玉搔头。"

金条　即金条脱,为手镯、腕钏一类的臂饰。陶弘景《真诰》卷一:"萼绿华以晋升平三年十一月十日夜降羊权家。(权字道学,简文帝黄门郎羊欣祖也。)绿华赠此诗一篇,并致火浣布手巾一条,金玉条脱各一枚。"李商隐《中元作》:"羊权虽得金条脱,温峤终虚玉镜台。"吴曾《能改斋漫录》卷二:"唐《卢氏杂说》:文宗问宰臣:条脱是何物?宰臣未对。上曰:《真诰》言,安妃有金条脱,为臂饰,即今钏也。"

第四十三首

合暗报来门锁了,夜深应别唤笙歌。
房房下着珠帘睡,月过金阶白露多。

月过金阶白露多　句意从李白《玉阶怨》"玉阶生白露,夜久侵罗袜。却下水晶帘,玲珑望秋月。"诗中化出。

第四十四首

御厨不食索时新,每见花开即苦春。
白日卧多娇似病,隔帘教唤女医人。

女医人　女医师。《新唐书·百官志二》:"太医署,令二人,从七品下……令掌医疗之法,其属有四:一曰医师,二曰针师,三曰按摩师,四曰咒禁师。"史书中无"医人"之职,谅诗人王建为押韵之故,改"医师"为"医人",与一二句"新"、"春",同押"十一真"韵。太医中医师用女性,惟建诗中见之。

第四十五首

丛丛洗手绕金盆,旋拭红巾入殿门。
众里遥抛新橘子,在前收得便承恩。

红巾　即第四十七首中的"红罗新帕子",唐宫廷妇女使用红手巾、红帕子,王楙《野客丛书》卷二十五云:"王建《宫词》曰:'丛丛洗手绕金盆,旋拭红巾入殿门。'又曰:'缠得红罗手帕子,中心细画一双蝉。'知唐禁中用红手巾、红帕子。"

第四十六首

御池水色春来好,处处分流白玉渠。
密奏君王知入月,唤人相伴洗裙裾。

御池水、白玉渠　程大昌《雍录》卷六:"唐以渠导水入城者三,一曰龙首渠,自城东南导浐水至长乐坡,酾为二渠,其一北流入苑,其一经通化门兴庆宫自皇城入太极宫。二曰永安渠,导交水自大安坊西街入城,北流入苑注渭。三曰清明渠,导水自大安坊东街入城,由皇城入太极宫。及至大明宫,则在龙首山上,水不可导矣。大明宫之东有东苑,即在龙首山尽处,地既低下,故东苑中有龙首池,言其资龙首渠水以实池也。""隋世自城外马头堰壅之向长乐坡,入城西至万年、长安两县,凡邑里、宫禁、苑囿多以此水为用。"御池水,白玉渠水,都是从龙首渠导入,所以王建《御猎》诗说:"青山直绕凤城头,浐水斜分入御沟。"皇城内水渠两岸用汉白玉石砌成,因而称为"白玉渠"。

密奏君王知入月,唤人相伴洗裙裾　胡震亨曾评骘过:"《黄帝内经》:'月事以时下,谓天癸也。'《史记》:'程姬有所避,不愿进。'注:天子诸侯群妾,以次进御,有月事止不御,更不口说,以丹注面目,的的为识,令女史见之。王建《宫词》:'密奏君王知入月,唤人相伴洗裙裾。'语虽情致,而天家何至自洗裙裾,密奏云云,更不谙丹的故事。"(《唐音癸签》卷十九)胡氏所云极是。丹的故事,亦见于刘熙《释名》卷四:"以丹注面曰旳,灼也。天子诸侯嬖妾以次进御,其有月事者止而不御,重以口陈,故注此丹于面,灼然为识。"

第四十七首

移来女乐部头边,新赐花檀大五弦。
缠得红罗新帕子,中心细画一双蝉。

花檀大五弦　一种用花檀木做槽的五弦琵琶。唐代琵琶有四弦、五弦之别。白居易《琵琶行》:"曲终收拨当心画,四弦一声如裂帛。"用的是四弦琵琶。《明皇杂录》:"天宝中,有中宫白秀贞自蜀使回,得琵琶以献,其槽以逻逤檀为之,温润如玉,光辉可鉴,有金缕红文蹙成双凤。"虽是小说家言,但唐代有逻逤檀琵琶流传,于此可见。日本奈良正仓院收藏着一只唐代的螺钿紫檀五弦琵琶(见《光明日报》1978年10月18日冯佐哲《从日本正仓院的藏品看中日两国的友好往来》),更可证明唐代有花檀五弦琵琶。(美)谢弗《唐代的外来文明》第八章"柴檀"云:"在日本奈良正仓院,至今仍然可以见到各种装饰精美的紫檀琵琶,例如这里的收藏品中有一把用紫檀制作、由珍珠母嵌花、利用龟甲以及琥珀装饰成的唐朝的五弦琵琶(这是仅存的一把)。"

缏　《说文解字》段玉裁注:"缏,谓以枲二股交辫之也。交丝为辫,交枲为缏。"

第四十八首

新晴草色绿温暾,山雪初消浐水浑。
今日踏青归较晚,传声留着望春门。

绿温暾　计有功《唐诗记事》、洪迈《万首唐人绝句》嘉靖本、陶宗仪《南村辍耕录》、田汝成《西湖游览志余》卷二十五、朱彝尊《十家宫词》等引录此诗,均作"暖温暾"。《全唐诗》于绿字下注:"一作暖"。当以"暖温暾"为是。陶宗仪《南村辍耕录》卷八云:"南方人言温暾者,乃微暖也。唐王建《宫词》'新晴草色暖温暾'。又,白乐天诗'池水暖温暾',则古已然矣。"明胡震亨《唐音癸签》卷二十四转引陶宗仪这段文字时,将"微暖"讹为"怀暖",词意就含混不清。明田汝成《西湖游览志余》卷二十五释"温暾"为"日光微暖",与陶说同。今江南方言中,尚有"温暾"这个词汇,仍存古意。

浐水　是长安城东的水名,流出蓝田,入渭水。司马相如《上林赋》:"终如灞浐,出入泾渭。"李善注引张揖曰:"灞浐二水,终始尽于苑中,不复出也。泾渭二水,从苑外来,又出苑去也。"宋敏求《长安志》卷十一"万年县":"浐水在县东北流四十里入渭。《十道志》曰:荆溪、狗柳二水之下流也。《水经注》曰:浐水出京兆蓝田,北至霸陵入霸。"(毕沅按:《水经》曰浐水出京兆蓝田北入于霸,此云是注,又增

"至霸陵"三字,非。)宋氏的记载和毕氏的考证,大体说明了长安城外浐水的情况。

踏青 春日郊游,踏青节的日期,各地不同,蜀中以二月二日为踏青节,见《壶中赘录》,中原以上巳日为踏青节,《秦中岁时记》:"上巳赐宴曲江,都人于江头禊饮,踏青草,谓之踏青。"吴俗则以清明日出游踏青。王建所描写的为中原的习俗。

望春门 乃是长安东郊浐水边望春宫的宫门。韦述《两京新记》引《玉海》卷一百五十八云:"西京禁苑内有望春宫,在高原之上,东临灞浐。"宋敏求《长安志》卷十一"万年县":"望春宫,在县东十里,临浐水西岸,在大明宫之东,东有广运潭。"浐水及望春宫附近地区,为唐代春日游览胜地,帝王、贵族官僚云集于此踏青迎春。崔日用《望春宫迎春应制》:"东郊草物正熏馨,素浐凫鹥戏绿汀。凤阁斜通长乐观,龙旗直逼望春宫。"

近人任半塘《教坊记笺订》云:"浐水经长安城东,风物宜人,为初唐以来都城士女宴游之地也。武平一《景龙文馆记》:'四年正月,晦,上幸浐水。宗楚客应制诗:"御辇出明光,乘流泛羽觞。"张说、沈佺期等俱有诗。'"这种风尚,一直保留到中唐时代,王建《宫词》证明了这一点。本诗注可与第二十一首"城东北面望云楼"注参看。

第四十九首

两楼新换珠帘额,中尉明朝设内家。
一样金盘五十面,红酥点出牡丹花。

中尉 唐代中晚期用宦官任护军中尉,统领神策军,防守京师。《旧唐书·职官志》:"贞元中,特置神策护军中尉,以中官为之,时号两军中尉。贞元以后,中尉之权,倾于天下,人主废立,皆出其可否。"《新唐书·宦者传上》:"(吐突承璀,)宪宗立,擢累左监门将军、左神策护军中尉、左街功德使,封蓟国公。"据《新唐书·宦者传》载,曾任中官为中尉的有：左神策中尉马存亮，右神策中尉鱼弘志，右神策中尉梁守谦等。白居易《宿紫阁山北村》："中庭有奇树，种来三十春。主人慎不得，持斧断其根。口称采造家，身属神策军。主人慎勿语，中尉正承恩。"

  内家 即内人家，崔令钦《教坊记》："妓女入宜春院，谓之内人，亦曰前头人，常在上前头也。其家犹在教坊，谓之内人家，四季给米。其得幸者，谓之十家，给第宅，赐无异等。初，特承恩宠者有十家，后续进者，敕有司：给赐同十家。虽数十家，犹故以十家呼之。"

第五十首

  尽送春毬出内家，记巡传把一枝花。
  散时各自烧红烛，相逐行归不上车。

  尽送春毬 汲本、纪事本、朱十宫本作"舞送香毬"，近是。香毬，酒席间行令时抛打之物，唐人诗多描写之，徐铉《抛毬乐》："歌舞送飞毬，金觥碧玉筹。"白居易《醉后赠人》："香毬趁拍回环匝，花盏抛巡取次飞。"张祜《陪范宣城北楼夜宴》："亚身摧蜡烛，斜眼送香毬。"皆可证。李肇《唐国史补》卷下述唐时酒令："国朝麟德中，璧州刺史邓宏庆始创平、索、看、精四字令，至李稍云而大备，自上及下，以为宜然。大抵有律令，有头盘，有抛打，盖工于举场，而盛于使幕。"《抛毬乐》即为酒席间的歌舞曲。

  记巡传把一枝花 巡，酒席上斟酒一遍叫巡。一枝花，击鼓传花所用之花。胡仔《苕溪渔隐丛话》后集卷十六引《东皋杂录》云："孔常甫言：唐人诗有'城头催鼓传花枝，席上抟拳握松子'，乃知酒席藏阄为戏，其来已久。"徐铉《抛毬乐》："灼灼传花枝，纷纷度画旗。不知红烛下，照见彩毬飞。"任二北曾对唐代酒席间歌舞抛毬、击鼓传花的习俗做过详细描述，《敦煌曲初探》云："（抛毬之戏）大约用绣金小毬，上系红绡带二，带上缀小珠，毬飞，带尚可举。夜筵在烛下，昼筵在花下。先由伎歌舞,飞毬入席,席上方传递花枝。有中毬者则分数定,酒执事以筹记数,以旗宣令,客乃按律引觥,想为一极紧张热闹之酒令。《酉阳杂俎》续三有舞杯闪毬之令语,大概指此。"

第五十一首

家常爱著旧衣裳,空插红梳不作妆。
忽地下阶裙带解,非时应得见君王。

忽地下阶裙带解　忽地,忽然。胡震亨《唐音癸签》卷二四:"王建诗'杨柳宫前忽地春',忽地,犹言忽底,盖以地为助辞。"裙带解,裙带自解为喜兆。权德舆《玉台体十二首》十一:"昨夜裙带解,今朝蟢子飞。铅华不可弃,莫是藁砧归。"俞陛云《诗境浅说续编》:"诗言旧衣爱著,不作新妆,见宫人之俭约也。后二句言,罗裙自解,忽逢吉兆,岂君王有非时之召见耶!裙带解,为相传古语,主喜庆之兆,不独《玉台体》之'莫是藁砧归',卜夫婿还乡也。"

第五十二首

别敕教歌不出房,一声一遍奏君王。
再三博士留残拍,索向宣徽作彻章。

博士　唐代教坊内教授声乐的人。《新唐书·百官志三》太乐署:"凡习乐,立师以教,而岁考其师之课业为三等,以上礼部……散乐,闰月人出资钱百六十,长上者复徭役,音声人纳资钱者岁钱二千。博士教之,功多者为上第,功少者为中第,不勤者为下第,礼部覆之。"又:"开元二年,又置内教坊于蓬莱宫侧,有音声博士、第一曹博士、第二曹博士。京都置左右教坊,掌俳优杂技,自是不隶太常,以中官为教坊使。"

索　须，应。张相《诗词曲语词汇释》卷四："索，犹须也，应也，得也。"

第五十三首

　　行中第一争先舞，博士傍边亦被欺。
　　忽觉管弦偷破拍，急翻罗袖不教知。

　　行中第一　舞队中第一人，即舞头。
　　破拍　拍，即乐曲的节拍。胡震亨《唐唐癸签》卷十五"拍"云："曲之有拍，盖以为乐节也。牛僧孺尝字之为乐句，大为韩公所赏。明皇尝遣黄幡绰造拍板谱，于纸上画两耳以进，云：'但有耳，无定节奏也。'"他又在"破"条说："唐人以曲遍中繁声为入破，陈氏《乐书》以为曲终者，非也。如《水调歌》凡十一叠，第六叠为入破，当是曲半调入急促，破其悠长者为繁碎，故名破耳。"《全唐诗增订注释》注本诗云："偷破拍，指中序未演奏完即入破。"即由悠长之声突然变为繁促之声。

第五十四首

　　私缝黄帔舍钗梳，欲得金仙观内居。
　　近被君王知识字，收来案上检文书。

　　这首诗，反映宫人入道的事。在唐代，宫人入道，其例甚多，《王建诗集》卷七有《送宫人入道》诗，云："休梳丛鬓洗红妆，头戴芙蓉出未央。弟子抄将歌遍叠，宫人分散舞衣裳。问师初得经中字，入静犹烧内里香。发愿蓬莱见王母，却归人世施仙方。"王谠《唐语林》卷七："女冠多上阳宫人，其东与国学相接。咸通中，有书生云：当闻山池内步虚笙磬之音，卢尚书有诗云：'夕照纱窗起暗尘，青松绕殿不知春。闲看白首诵经者,半是宫中歌舞人。"

　　黄帔　黄色披肩,女道士服装。《释名·释衣服》:"帔,披也,披之肩背,不及下也。"

　　金仙观　位于长安辅兴坊,为唐睿宗第九女金仙公主的道观。王溥《唐会要》卷五十:"金仙观,辅兴坊。景云元年十二月十七日,睿宗为第八女西宁公主入道立为观,至二年四月十四日,为公主改封金仙,所造观便以金仙为名。"韦述《两京新记》卷三:"辅兴坊东隅金仙女宫观,景云二年,睿宗第八女西城公主及第九女昌宗公主并出家,为立二观。改西城为金仙,昌宗为玉真,乃以公主汤沐邑为二观之名。"徐松《唐两京城坊考》卷四云:"辅兴坊东南隅金仙女冠观。"原注:"景云元年,睿宗第九女西城公主,第十女昌隆公主并出家为女冠,因立二观。西城改封金仙公主,昌隆改封玉真公主,所造观,便以金仙、玉真为名。武宗会昌中,建御容殿于金仙观,宰相李德裕为赞。"两书所载,略有出入。按,《新唐书·诸帝公主传》云,睿宗第九女为金仙公主,第十女为玉真公主。金仙公主始封西城县主;玉真始封崇昌。金仙、玉真入道年为太极元年(712)。当从之。

第五十五首

月冷江清近腊时,玉阶金瓦雪溅溅。
浴堂门外抄名入,公主家人谢面脂。

　　浴堂门　大明宫内浴堂殿前的宫门。宋敏求《长安志》卷六"东内大明宫"云:"浴堂门内有浴堂殿,又有浴堂院。"宋敏求记此殿在紫宸殿西,误。徐松《唐两京城坊考》卷一:"由紫宸而东,经绫绮殿、浴堂殿(殿前有浴堂门,见《顺宗实录》)、宣徽殿、温室殿、明德寺,以达左银台门。"平岗武夫《长安与洛阳》附录《陕西通志》大明宫图、关野《大明宫图》、《永乐大典》、徐松等的大明宫图,浴堂门、浴堂殿均在紫宸殿东。程大昌《雍录》卷四"浴堂殿":唐学士多对浴堂殿,李绛之极论中官,柳公权之濡纸继烛,皆其地也。然自《六典》以及吕《图》,皆无此之一殿。石林叶氏曰:'学士院北扉者,浴堂之南,便于应召。'此恐未审也。学士院之北为翰林院,翰林院之北为少阳院。设或浴堂在此,亦为寝殿,三殿之所间隔,不容有北门可以与之相属矣。馆本唐图则有浴殿,而殿之位置乃在绫绮殿南也。绫绮者,《长安志》曰在蓬莱殿东也。而呼学士院者,自在蓬莱正西也。东西既已相绝,中间多有别殿,无由有门可以相为南北也矣。《长安志》尝记浴堂门、浴堂殿、浴堂院矣,且曰文宗尝于此门召对郑注,而于浴堂殿对学士焉。又别有浴堂院,亦同一处,可以知其必在大明矣。而不著其正在何地,故予意馆图所记在绫绮殿南者是矣。而元稹《承旨厅记》又有可证者,其说曰:'乘舆奉郊庙,则承旨得乘厩马,自浴殿由内朝以从。若外宾客进见于麟德,则止直禁中以俟。'夫内朝也者,紫宸殿也。唐之郊庙,皆在都城之南,人主有事郊庙,若非自丹凤门出,必由承天门出,决不向后迁出西银台门也,则浴堂之可趋内朝也,内朝之必趋丹凤门也,其理固已可必矣。又谓殿在蓬莱殿东,即与紫宸殿相属又必矣⋯⋯则浴堂也者,必在紫宸殿东而不在其西也。"

面脂　吴曾《能改斋漫录》卷六"腊日赐口脂"条,引此诗作"公主家人谢口脂"。笔者据唐宋时代的史籍、别集、笔记为证,认为王建此诗的"面脂"当是口脂之误。武平一《景龙文馆记》:"三年腊日,帝于苑中召近臣赐腊,晚自北门入,于内殿赐食,加口脂、腊脂,盛以翠碧镂牙筒。"《新唐书·百官志》载"少府监"总领中尚、左尚、右尚、织染、掌冶五署,"中尚署腊日贡口脂"。《旧唐书·职官志》载殿中省尚药局设合口脂匠四人。权德舆《谢停赐口腊表》:"臣某言,伏奉今月十七日手诏,以诸道每年合送口腊及尺,既非厚赐,未足申心,以方镇劳烦道路为敝,一例停罢。"陈元靓《岁时广记》卷三十九引《提要录》云:"唐制,腊日赐宴及口脂面药,以翠管银罂盛之。"这种腊日赐口脂的习俗,常见于诗人作品里。白居易《江南喜逢萧九彻因话长安旧游戏赠五十韵》:"暗娇妆靥笑,私语口脂香。"杜甫《腊日》诗:"口脂面药随恩泽,翠管银罂下九霄。"岳珂《棠湖诗稿·宫词一百首》:"银罂翠管怯冬时,腊近金门赐口脂。"王建这首诗,正是描写了腊日赐口脂的宫内生活。面脂,当另是一物。《太平御览》卷七一九引《广志》云:"面脂,魏兴以来始有之。"又引《世说》云:"江淮以北,谓面脂为面泽。"梁元帝《别诗二首》(其二):"三月桃花合(或作含)面脂。"宋刘斧《青琐高议》:"贵妃匀面脂在手,印牡丹花上。"这和腊日所赐之"口脂",显然不同。腊日,是古代祭祀之日,唐朝以冬至后第三个辰日为"腊日"。《左传·僖公元年》:"虞不腊矣。"杜预注:"腊,岁终祭神之名。"《通典·礼四》载三国曹魏高堂隆议腊用日云:"王者各以其行之盛而祖,以其终而腊。水始于申,盛于子,终于辰,故水行之君以子祖,以辰腊。火始于寅,盛于午,终以戌,故火行之君以午祖,以戌腊。木始于亥,盛于卯,终于未,故木行之君以卯祖,以未腊。金始于巳,盛于酉,终于丑,故金行之君以酉祖,以丑腊。土始于未,盛于戌,终于辰,故土行之君以戌祖,以辰腊。"许慎《说文解字》:"冬至后三戌,腊祭反神。"应劭《风俗通义》卷八:"谨按《礼传》:'夏曰嘉平,殷曰清祀,周曰大蜡,汉改为腊。'腊者,猎也,言田猎取兽以祭祀其先祖也。或曰腊者,接也,新故交接,故大祭以报功也。汉家火行,衰于戌,故以戌腊也。"汉代腊日在冬至后第三个戌日。唐代以何日为腊日呢?《玉海》卷九九"建隆禊祭"条引和岘语:"开元定礼三祭,皆以辰腊,应土德也。"与高堂隆所说的"土行之君以辰腊"完全吻合。后人将宗懔《荆楚岁时记》"十二月八日为腊日"与佛教始祖释迦牟尼十二月八日成道之日,相为混淆,以为十二月初八为"腊日",实误。宋人对此分得很清楚,如吴自牧《梦粱录》卷六"十二月"条云:"自冬至后戌日,数至第三戌,便是腊日,谓之'君王腊'。""此月八日,寺院谓之'腊八',大刹等寺,俱设五味粥,名曰'腊八粥'。"

第五十六首

未承恩泽一家愁,乍到宫中忆外头。
求守管弦声款逐,侧商调里唱伊州。

侧商调 三调声之一,悲凉低沉。沈括《梦溪笔谈》卷五:"古乐有三调声,谓清调、平调、侧调也。王建诗云'侧商调里唱伊州'是也。今乐部中有'三调乐',虽皆短小,其声噍杀,唯道调小石法曲用之,虽谓之'三调乐',皆不复辨清、平、侧声,但比他乐特为烦数耳。"姜夔《琴曲·侧商调序》:"侧商之调久亡。唐人诗云'侧商调里唱伊州',予以此语寻之,《伊州》大食调黄钟律法之商,乃以慢角转弦,取变宫、变徵散声,此调甚流美也。盖慢角乃黄钟之正,侧商乃黄钟之侧,它言侧者同此。然非三代之声,乃汉燕乐尔。"

伊州 曲调名,崔令钦《教坊记》:"教坊人惟得舞《伊州》、《五天》,重来叠去,不离此两曲。"《教坊记·大曲名》中载有《伊州》曲名。王灼《碧鸡漫志》卷三:"《伊州》见于世者凡七商曲:大石调、高大石调、双调、小石调、歇指调、林钟商、越调,第不知天宝所制,七商中何调耳。王建《宫词》云'侧商调里唱伊州',林钟商,今夷则商也,管色谱以凡字杀。若侧商,即借尺字杀。"段安节《乐府杂录》"入声商七调"云:"第一运越调,第二运大石调,第三运高大石调,第四运双调,第五运小石调,第六运歇指调,第七运林钟商调。"记载与《碧鸡漫志》相同,唯序次不同。

第五十七首

东风泼火雨新休,舁尽春泥扫雪沟。
走马犊车当御路,汉阳公主进鸡毬。

泼火 旧俗寒食日禁火,此日下雨,谓之"泼火雨"。白居易《洛桥寒日作十韵》:"上苑风烟好,中桥道路平。蹴毬尘不起,泼火雨新晴。"

犊车 牛车,汉代诸侯贫者乘之,唐代渐见贵重,多女性乘用。《新唐书·车服志》:"外命妇一品乘白铜饰犊车。""金根车,常行所乘也,紫油纁,朱里通幰。"参证《宋史·舆服志二》此车"驾牛三",可见金根车亦为犊车。郑处诲《明皇杂录》卷下:"上将幸华清宫,贵妃姊妹竞车服,为一犊车,饰以金翠,间以珠玉,一车之费,不下数十万贯。"唐朝嫔妃、公主、皇亲国戚之女性,常乘犊车。宋朝内外命妇咸乘华贵之犊车,《宋史·舆服志二》:"金铜犊车,漆犊车,或覆以幰,或覆以棕,内外命妇通乘。"唐韦庄《延兴门外作》:"芳草五陵道,美人金犊车。"诗中提到"王孙",这辆金犊车乃是贵族家女子所乘。段成式《柔卿解籍戏呈飞卿三首》:"长担犊车初入门,金牙新酝盈深樽。"诗中所描写的女子柔卿,是温庭筠所恋的青楼女子。王建诗里的"犊车",乃是汉阳公主所乘坐的华贵牛车。

汉阳公主 唐顺宗的长女,下嫁郭鏦。王溥《唐会要》卷六"公主":"顺宗十一女,汉阳,降郭鏦。"《新唐书·诸帝公主传》"顺宗十一女"云:"汉阳公主名畅,庄宪皇后所生,始封德阳郡主,下嫁郭鏦。"《旧唐书·郭子仪传(附郭鏦)》:"鏦,母升平长公主,大历、贞元间,恩礼冠诸主。顺宗在东宫,以女德阳郡主尚鏦,时鏦与公主年未及冠,郡主尤为德宗之所钟爱,故鏦之贵宠,焜耀一时。顺宗继位,改封德阳为汉阳公主。"

鸡毬 食物品。《新唐书·礼乐志四》:"天宝二年,始以九月朔荐衣于诸陵。又常以寒食荐饧粥、鸡毬、雷车,五月荐衣、扇。"白居易《会昌元年春五绝句·赠举之仆射》:"鸡毬饧粥屡开宴,谈笑讴吟间管弦。"

第五十八首

风帘水阁压芙蓉,四面钩栏在水中,
避热不归金殿宿,秋河织女夜妆红。

钩栏 亦作拘栏、勾阑。崔豹《古今注》卷上:"拘栏,汉成帝顾成庙,有三玉鼎,二真金炉,槐树,悉为扶老拘栏,画飞云龙角于其上也。"《沙洲记》:"吐谷浑于河上作桥,勾阑一百五十步,甚严饰。"李贺《宫娃歌》:"啼蛄吊月钩阑下,屈膝铜铺锁阿甄。"李贺诗和王建诗一样,都用作宫禁中的华饰。宋赵令畤《侯鲭录》卷七:"栏楯,玉逸注云:纵曰栏,横曰楯,楯间子曰槏。栏楯,殿上临边之饰,亦以防人坠堕,今古钩栏是也。"可见,"钩栏"是唐宋时阑干的专名。宋人又称游艺场所、教坊为"勾栏",那已是另一回事了。袁枚《随园诗话》卷十五:"今人动称'勾栏'为教坊。《甘泽谣》辨云:'汉有顾成庙,设勾栏以扶老人。非教坊也。'教坊之称,始于明皇,因女伎不可隶太常,故别立教坊。王建《宫词》、李长吉《馆娃歌》,俱用'勾栏'为宫禁华饰。自义山倡家诗有'帘轻幕重金勾栏'之词,而'勾栏'遂混入妓家。"

第五十九首

圣人生日是明朝,私地先须嘱内监。
自写金花红榜子,前头先进凤凰衫。

　　内监　内侍监,宫廷内官名,唐代内侍省的最高长官。《新唐书·百官志二》:"内侍省,监二人,从三品,少监二人,内侍四人,皆从四品,监掌内侍奉,宣制令。其属六局,曰掖庭、宫闱、奚官、内仆、内府、内坊。"

　　金花红榜子　用金花纸制成的"榜子"。李肇《唐国史补》卷下云:"纸则有越之剡藤苔笺,蜀之麻面、屑骨、金花、长麻、鱼子、十色笺,扬之六合笺。"钱易《南部新书》(甲)云:"建中二年,南方贡朱采鸟,形如戴胜,善巧语,养于宫中,毙于巨雕,内人有金花纸上为写多心经者,寻泄犯禁闱,亦朱采之兆也。"韦濬《松窗录》云:"上曰:'赏名花,对妃子,焉用旧乐词为!'遂命李龟年持金花笺宣赐翰林供奉李白立进《清平调》辞三章。"按,唐宫中金花纸极为贵重,苏易简《文房四谱》卷四引李肇《翰林志》曰:"宣宰相使相官告,并用色背绫金花纸;节度使,并用白背绫金花纸;命妇,即金花罗纸;吐蕃及赞普书及别录,用金花五色绫纸。"王建这首诗,写明朝皇帝诞辰,预作准备,故用金花纸写"榜子",取其尊贵喜庆之意。此制宋代尚存,周辉《清波杂志》卷二:"(狄青)又出使相判陈州告身,皆五色金花绫纸十七张。"《宋史·职官志三》:官告之制中有色背销金花绫纸二等,其中一等一十七张,滴粉缕金花中犀轴,色带。左右偿射、使相、王用之。"龚明之《中吴纪闻》卷一:"先高祖登第时金花帖子尚存,其制用涂金黄纸,大书姓名,下有两知举花押,仍用白纸作一大帖贮之,亦题姓名于上。近吴南英于周参政处,模写王扶、盛京二帖子,名士题跋甚众,皆以为今世所罕见者。予因归而视其所藏,适与王扶同此一榜,规模无毫发不相似,但多白纸为护尔。今所谓榜帖者,盖起于此。"欧阳修《归田录》卷二:"唐人奏事,非表非状者谓之榜子,亦谓之录子,今谓之札子。"

第六十首

避脱昭仪不掷卢,井边含水喷鸦雏。
内中数日无呼唤,搨得滕王蛱蝶图。

昭仪　宫中女官名。《旧唐书·职官志三》:"内官,六仪六人,正二品,《周官》九嫔之位也。掌教九御四德,率其属以赞导后之礼仪。"昭仪,即六仪之一。《新唐书·后妃传序》:"昭仪、昭容、昭媛、修仪、修容、修媛、充仪、充容、充媛各一人,为九嫔,正二品。"

掷卢　唐代博戏。李翱《五木经》:"樗蒲五木,元白判,厥二作雉,背雉作牛。王采四:卢、白、雉、犊,甿采六:开、塞、塔、秃、撅、枭,全为王。驳为甿皆元曰卢,皆白曰白,雉二元三曰雉,牛三白二曰犊,雉一牛一白三曰开,雉如开,厥余皆元曰塞,雉白各二元一曰塔,牛元各二白一曰秃,白三元二曰撅,白二元三曰枭。"程大昌《演繁露》:"五子之形,两头尖锐,中间平广,状似今之杏仁。凡子悉为两面,其一面涂黑,黑之上画牛犊以为之章;一面涂白,白之上画雉。凡投子者五皆现黑,则其名卢。卢者,黑也,言五子皆黑也,五黑皆现,则五犊随现,从可知矣,此在樗蒲为最贵之采,按木而掷,往往叱喝,使致其极,故亦名呼卢也。"

揭　揭画，模写古画的一种方法。裴孝源《贞观公私画史》："今人所蓄，多是陈、王写榻，都非扬、郑之真迹。"张彦远《历代名画记》记及此事，云："江东地润无尘，人多精艺……好事家宜置宣纸百幅，用法蜡之，以备模写。古人好揭画，十得七八，不失神彩笔迹。亦有御府揭本，谓之官揭。"

滕王蛱蝶图　唐宋人以为绘画珍品。陈师道赋宗室画诗云："滕王蛱蝶江都马，一纸千金不当价。"前人有以为此画是李元婴作的。《宣和画谱》卷十五："滕王元婴，唐宗室也，善丹青，喜作蜂蝶。朱景元尝见其粉本，谓能巧之外，曲尽精理，不敢第其品格。（企按，查朱景玄《唐朝名画录》，这节文字，是属于嗣滕王李湛然的，《宣和画谱》误作李元婴。）唐王建《宫词》云：'揭得滕王蛱蝶图'者，谓此也，今御府所藏。"张怀瓘《画断》称滕王元婴"工于蛱蝶"。但是，李元婴是唐高祖李渊的儿子，离王建世次甚远，滕王蛱蝶图当是嗣滕王李湛然所作。朱景玄《唐朝名画录》："嗣滕王善画蜂蝉、燕雀、驴子、水牛。"张彦远《历代名画记》卷十云："嗣滕王湛然，贞元四年为殿中监兼礼部尚书、回鹘使，善画花鸟峰蝶，官至检校兵部尚书、太子詹事，年八十四。"《新唐书·宗室世系表》"滕王房"云："嗣滕王涉，生嗣王殿中监湛然。"杨慎《升庵诗话》卷十二："杜工部有《滕王序》诗，王建有'揭得滕王蛱蝶图'，皆称滕王湛然，非元婴也。王勃记滕王阁，则是元婴耳。"李湛然的蛱蝶图颇为诗人所重，段成式《酉阳杂俎》续集卷二云："'尝见滕王蛱蝶图，有名江夏班、大海眼、小海眼、菜花子。'盖湛然非元婴，孰谓张彦远不载耶！"宋黄庭坚《赠别将军雁二首》："滕王蛱蝶双穿花。"陈师道《题明发高轩过图》："滕王蛱蝶江都马，一纸千金不当价。"董逌《广川画跋》卷三，也有一段考订文字，讲得很精要，其"书滕王蛱蝶图"条云："李祥家收蛱蝶图，书王建诗其上，画本烂熳无完处，粉残墨脱，仅可识者。此殆唐人临摹，非真滕王画也。欧阳文忠公尝谓非建诗，亦不知滕王元婴为善于画。唐史称元婴善画，故云。今考于书，湛然亦尝封滕王，善花鸟蜂蝶。贞元四年，尝任殿中监，曾以画进，其说蜂蝶飞出，亦增异矣。建正当时人，其言宫中事，亦当时所传也。湛然蝶有大海眼、小海眼、江夏班、村里来、菜花子等,甚异。今此图可以区处得之,将亦当时传摹,尤得其真者耶!"

第六十一首

内宴初秋入二更,殿前灯火一天明。
中宫传旨音声散,诸院门开触处行。

中宫　皇后居住处,后常用作皇后的代称。《周礼·天官·内宰》:"以阴礼教六宫"贾公彦疏云:"今称皇后为中宫矣者,《汉旧仪》有此事也。"

音声　指音声人。《新唐书·礼乐志十二》:"唐之盛时,凡乐人、音声人、太常杂户子弟隶太常及鼓吹署,皆番上,总号音声人,至数万人。"

第六十二首

玉蝉金雀三层插,翠髻高丛绿鬓虚。
舞处春风吹落地,归来别赐一头梳。

玉蝉金雀　用玉石、金银制成的发钗。玉蝉,蝉形的玉钗。高承《事物纪原》卷三:"玉钗,郭宪《洞冥记》曰:汉武帝元鼎元年,有神女留玉钗与帝,故宫人作玉钗。"金雀,用金银制成的雀形发钗。或用作凤形,称"金凤钗"。马缟《中华古今注》卷中:"(钗子)始皇又用金银作凤头,以玳瑁为脚,号曰凤钗。"

绿鬓　古人常以之形容女子头发乌黑。李白《怨歌行》:"沈忧能伤人,绿鬓成霜蓬。"或云"绿云",因鬓发蓬松如云。杜牧《阿房宫赋》:"绿云扰扰,梳晓鬟也。"

舞处春风吹落地 艺人跳舞时,身体旋转回环,发髻晃动摇摆,再加上春风劲吹,头上的"玉蝉"和"金雀"等首饰,都会掉在地上。郑嵎《津阳门诗》:"马知舞彻下床榻,人惜曲终更羽衣。"句下自注:"又令宫妓梳九骑仙髻,衣孔雀羽衣,佩七宝璎珞,为《霓裳羽衣》之类。曲终,珠翠可扫。"

第六十三首

树叶初成鸟护窠,石榴花里笑声多。
众中遗却金钗子,拾得从他要赎么。

么 张相《诗词曲语辞汇释》卷三:"么(二),么,疑问辞。王建《宫词》'众中遗却金钗子,拾得从他要赎么。'"张德瀛《词征》卷三:"么,语余声也。王仲初诗:'众中遗却金钗子,拾得从他要赎么。'"

第六十四首

小殿初成粉未干,贵妃姊妹自来看。
为逢好日先移入,续向街西索牡丹。

贵妃姊妹 《增订注释全唐诗》卷二九一注本诗云:"指杨贵妃及其姊。杨贵妃的三个姐妹分别受封为虢国夫人、秦国夫人和韩国夫人。"欠当,王建与杨贵妃时序不相及,亦非用典,这里泛指当时的贵妃。贵妃,宫中女官,《新唐书·百官志二》:"内官,贵妃、惠妃、丽妃、华妃,各一人,正一品。掌佐皇后论妇礼于内,无所不统。"

街西 唐长安城以朱雀门街为正中大街,朱雀门街西共五街,五十六坊。徐松《唐两京城坊考》卷四:"朱雀门街西第一街十坊。"《旧唐书·地理志一》"关内道京师":"皇城之南大街曰朱雀之街,东五十四坊,万年县领之。街西五十四坊,长安县领之,京兆尹总其事。"

索牡丹 唐人重牡丹,宫廷中亦尚此风。白居易《买花》诗云:"共道牡丹时,相随买花去。""一丛深色花,十户中人赋。"柳浑《牡丹》:"近来无奈牡丹何,数十千钱买一棵。"李贺《牡丹种曲》:"莲枝未长秦蘅老,走马驮金䰛春草。"春草,即指牡丹。李肇《唐国史补》卷中:"京师贵游,尚牡丹三十余年矣。每春暮车马若狂,以不耽玩为耻。执金吾铺官围外寺观,种以求利,一本有值数万者。"

第六十五首

内人相续报花开,准拟君王便看来。
缝着五弦琴绣袋,宜春院里按歌回。

宜春院 唐代宫内歌伎居住的院名,在宫城东面东宫内。教坊中擅长歌舞的女伎被征选入院,因为常在君王前演奏,亦名"内人"、"前头人"。清徐松《唐两京城坊考》卷一"宫城"云:"东宫傅宫城之东……承恩殿之左右,为宜春、宜秋宫,宜春之北为北苑。"崔令钦《教坊记》"妓女入宜春院"条,记载进入宜春院的女伎"特承恩宠",又记:"佩琚居然易辨——内人带鱼,宫人则否。"因而,任氏认为:"据此条,知内教坊以女伎为主,其色艺兼优者,方入宜春院,院材又精于坊。"(见任半塘《教坊记笺订》)任氏的分析,很有见地,王建《宫词》"宜春院里按歌回",可以作证。

五弦琴 古琴有五弦、七弦之分。蔡邕《琴操》:"伏羲氏作琴,弦有五,象五行。"《旧唐书·音乐志》:"琴,伏羲所造。琴,禁也,夏至之音,阴气初动,禁物之淫心。五弦以备五声,武王加之为七弦。"《礼记·乐记》:"昔者舜作五弦之琴,以歌《南风》。"孔颖达疏曰:"五弦谓无文武二弦,唯宫商等之五弦也。"唐朝仍有人善弹五弦琴。段安节《乐府杂录》:"唐贞元中,有赵璧者,妙于此伎也。白傅讽谏有《五弦弹》,近有冯季皋。"白居易《五弦弹》诗便是题咏赵璧之技艺,诗云:

"五弦弹,五弦弹,听者倾耳心寥寥。赵璧知君入骨爱,五弦一一为君调。第一第二弦索索,秋风拂松疏韵落。第三第四弦泠泠,夜鹤忆子笼中鸣。第五弦声最掩抑,陇水冻咽流不得。五弦并奏君试听,凄凄切切复铮铮。"

第六十六首

巡吹慢遍不相和,暗数看谁曲较多。
明日梨花园里见,先须逐得内家歌。

梨花园　即梨园,是唐朝宫廷内教习乐工、演奏乐曲的地方。骆天骧《类编长安志》卷四"园"条云:"梨园旧园在通化门外正北禁苑之南。中宗令诸学士自芳林园入集于梨园球场,分朋拔河。文宗幸左军,因幸梨园。又,《唐书》曰:文宗欲闻古乐,命太常卿王涯取开元时雅乐,选乐童按之,名曰云韶乐。乐曲成,涯与太常丞李廓献于梨园亭,帝按之于会昌殿。"程大昌《雍录》卷九"梨园"条引《长安志》(今本宋敏求《长安志》无此文字)云:"文宗幸北军,因幸梨园。又令太常卿王涯,取开元雅乐,选乐童按之,名曰《云韶乐》。乐成,献诸梨园亭,帝按之会昌殿,此之会昌殿也者,即在梨园中也。"程大昌《雍录》卷九"梨园"条云:"梨园在光化门北。光化门者,禁苑南面西头第一门,在芳林、景曜门之西也。中宗令学士自芳林门入,集于梨园,分朋拔河,则梨园在太极宫西、禁苑之内矣。开元二年,置教坊于蓬莱宫,上自教法曲,谓之'梨园弟子'。至天宝中,即东宫置宜春北苑,命宫女数百人为梨园弟子,即是。梨园者,按乐之地,而预教者名为'弟子'耳。"《唐会要》:"太和四年八月,幸梨园会昌殿观新乐。九年八月,幸梨园含光殿大合乐。"

内家歌　指宜春院妓女唱的歌曲。崔令钦《教坊记》:"妓女入宜春院,谓之'内人',亦曰'前头人',常在上前头也。其家犹在教坊,谓之'内人家',四季给米。"王建《宫词》第二十九首、第六十五首两诗,都提供了宜春院伎女擅长歌唱的证据。《教坊记》又云："凡楼下两院进杂妇女，上必召内人（即宜春院女）姊妹入内，赐食，因谓之曰：'今日娘子不须唱歌，且饶姊妹，并两院妇女。'"这更是宜春院伎女擅长歌唱的明证。王建诗云"先须逐得内家歌"，正是说梨园乐工要配合好宜春院伎女的歌唱。

第六十七首

黄金合里盛红雪，重结香罗四出花。
一一傍边书敕字，中官送与大臣家。

　　黄金合　即黄金盒，装"红雪"的盛器。武平一《景龙文馆记》描写盛器为"翠碧镂牙筒"，杜甫《腊日》里写到的是"翠管银罂"，刘禹锡《谢历日面脂口脂表》里写到的是"金花银合"、"含棱合"，王建诗里写到的是"黄金合"，可见当时皇家恩赐物之华贵。

　　红雪　红色的药散，实即化妆品。刘禹锡《谢历日面脂口脂表》："臣某言：中使霍子璘至，奉宣圣旨存问臣及将佐官吏僧道耆寿百姓等，兼赐臣墨诏，及贞元十七年新历一轴，腊日面脂、口脂、红雪、紫雪等并金花银合二、含棱合二。"瞿蜕园《刘禹锡集笺证》卷十二注《谢历日面脂口脂表》云："《丹铅总录》二一云：'杜子美《腊日》诗：口脂面药随恩泽，翠管银罂下九霄。唐制，腊日宣赐脂药，李峤有《谢腊日赐口脂表》云：青牛帐里，未辍炉香；朱鸟窗前，新调铅粉。糅之以辛夷甲煎，燃之以桂火兰苏。令狐楚表云：雪散耀红紫之名，香膏蕴兰蕙之气。合自金鼎，贮于雕奁。刘禹锡有《代谢表》云：宜奉圣旨，赐臣腊日口脂、面脂、紫雪、红雪。雕奁既开，珍药斯见，膏凝雪莹，含液腾芳。可补杜诗注之遗。'据此，红雪，紫雪，盖药散之名。"

　　香罗　纱罗的美称。杜甫《端午日赐衣》："细葛含风软，香罗叠雪轻。"本诗指用香罗制的带子，扎成四出花的形状。

第六十八首

未明东上阁门开,排仗声从后殿来。
阿监两边相对立,遥闻索马一时回。

东上阁门 简称东阁门,在宣政殿左侧。宣政殿右侧有西上阁门。《唐六典》:"宣政之左有东上阁,宣政之右有西上阁,两阁在殿左右,而入阁者由之以入也。"宋敏求《长安志》卷六:"宣政门内有宣政殿,殿东有东上阁门,殿西有西上阁门。"程大昌《雍录》卷三:"二阁在宣政殿东西,两序分立,朔望避宣政不御而御紫宸,则宣政所立之仗,听唤而入,先东立者随东仗入东阁,先西立者随西仗入西阁。"有时,帝王不在宣政殿朝见群臣,改御紫宸殿,百官须由东西阁门进入,谓之"入阁"。赵彦卫《云麓漫钞》卷三:"唐故事,天子日御殿见群臣曰常参。朔望荐食诸陵寝,有思慕之心,不能临前殿,则御便殿见群臣,曰入阁。宣政,前殿也,谓之衙,衙有仗。紫宸,便殿也,谓之入阁,其不御前殿而御紫宸也,乃自正衙唤仗由阁门而入,百官候朝于阁门,因随入以见,故谓之入阁。"天子于紫宸殿朝见,则排仗声从后殿传来,所以王建诗云:"排仗声从后殿来。"

阿监 宫中女官。白居易《长恨歌》:"梨园弟子白发新,椒房阿监青娥老。"参见第七十八首"裹头宫监"注。

第六十九首

宫人早起笑相呼,不识阶前扫地夫。
乞与金钱争借问,外头还似此间无?

乞与 给与,不是乞求意。《晋书·谢安传》:"以墅乞汝。"李贺

《仁和里杂叙皇甫湜新尉陆浑》："大人乞马癯乃寒。"

外头还似此间无　黄周星《唐诗快》卷十五评王建此诗，云："'乞与金钱争借问，外头还似此间无'，偏有此闲点缀。"爱新觉罗·弘历《御制四集》卷十《题陈居中书王建宫词图，即用建此韵》："檐可步巡人可呼，传神妙处若斯夫。虽然唐岂乏内监，以理言之此事无。建此诗，脍炙人口，居中所以为图也。宫廊窈窕，采女勃窣，可谓曲尽人情。然内侍司洒扫之役，掌宫闱之禁，自古已然，岂唐独无，而令外人进内拥帚哉！且汛扫乃日日所有之程，岂得不识而群讶以为奇货。又宫人非自外间选进者乎，乃至不知为何世界！盖文人遣兴求新，未免以辞害义。要当折衷乎理，故予以为必无之事，因题此图，并识如右。"

第七十首

小随阿姊学吹笙，见好君王赐与名。
夜拂玉床朝把镜，黄金殿下不教行。

笙　管乐器名，大者十九簧，小者十二簧，是乐部中的重要乐器。班固《白虎通·礼乐篇》："笙之道，施太簇之气也，象万物之生也。"古代迎嘉宾，必吹笙。《诗经·小雅·鹿鸣》："我有嘉宾，鼓瑟吹笙。"《周礼·春官·笙师》："笙师，掌教龡竽、笙、埙、籥、箫、篪、篴、管，舂牍、应、雅，以教祴乐。"刘向《列仙传》云："王子乔者，周灵王太子晋也，好吹笙，作凤鸣，游伊洛间。"唐人亦重笙，段安节《乐府名录》："笙者，女娲造也。仙人王子晋于缑氏山月下吹之，象凤翼，亦名参差，自古能者固多矣。太和中，有尉迟章尤妙。宣宗已降，有范汉恭，有子名宝师，尽传父艺，今在陕州。"马缟《中华古今注》卷下"问女娲笙簧"条云："问曰：'上古音乐未知，而独制笙簧，其义云何？'答曰：'女娲，伏羲妹，蛇身人首，断鳌足而立四极，欲人之生而制其乐，以为发生之象。其大者十九簧，小者十二簧也。"《周礼·春官·笙师》郑玄注："笙，十三簧。"

黄金殿 即大明宫中的金銮殿。程大昌《雍录》卷四"金銮坡"条云:"金銮殿者,在蓬莱山正西微南也。龙首山坡陇之北,至此余势犹高,故殿西有坡,德宗即之以造东学士院,而明命其实为金銮坡也。韦执谊《故事》曰:'置学士院后,又置东学士院于金銮殿之西。'李肇《志》亦曰:'德宗移院于金銮坡西。'石林叶氏曰:'俗称翰林学士为坡,盖德宗时尝移学士院于金銮坡,故亦称坡。'此其说是也。"宋人任斯庵《白下亭》诗云:"金銮殿上脱靴去,白下亭东索酒尝。一自青山冥漠后,何人来道柳花香?"(附载于《李太白文集》卷三十三)唐李绅有《忆夜直金銮殿承旨》诗,晚唐韩偓有《雨后月中玉堂闲坐》:"银台直北金銮外,暑雨初晴皓月中。"以上这些诗作,都标示出金銮殿的方位,可与《雍录》相参证。

第七十一首

日高殿里有香烟,万岁声来动九天。
妃子院中初降诞,内人争乞洗儿钱。

洗儿钱 姚汝能《安禄山事迹》:"(禄山生日)后三日,(明皇)召禄山入内。贵妃以绣绷子绷禄山,令内人以彩舆昇之,欢呼动地,玄宗使人问之,报云:'贵妃与禄儿做三日洗儿,洗了又绷禄山,是以欢笑。'玄宗就观之,大悦,因加赏赐贵妃洗儿金银钱物,极乐而罢。自是宫中呼禄山为禄儿,不禁出入。"《资治通鉴》卷二一六:"(天宝十载正月,)甲辰,禄山生日,上及贵妃赐衣服、宝器、酒馔甚厚。后三日,召禄山入禁中,贵妃以锦绣为大襁褓,裹禄山,使宫人以采舆昇之。上闻后宫欢笑,问其故,左右以贵妃三日洗禄儿对。上自往观之,喜赐贵妃洗儿金银钱,复厚赐禄山,尽欢而罢。"洪迈《容斋四笔》卷六:"韩偓《金銮密记》云:'天复二年,大驾在岐,皇女生三日,赐洗儿果子、金银钱、银叶坐子、金银铤子。'予谓唐昭宗于是时尚复讲此,而在庭无一言,盖宫掖相承,欲罢不能也。"《安禄山事迹》虽是小说家言,但参之王建《宫词》、韩偓《金銮密记》，宫廷中赐洗儿钱之习尚于此可见。

第七十二首

宫花不共外花同，正月长先一半红。
供御樱桃看守别，直无鸦鹊在园中。

樱桃园　宋敏求《长安志》卷六："禁苑南有文宗会昌殿、含光殿、昭德宫、樱桃园、东西葡萄园、光启宫、云韶院。"

第七十三首

殿前铺设两边楼，寒食宫人步打毬。
一半走来争跪拜，上棚先谢得头筹。

步打毬　唐代打毬之戏，除了骑马击毬这种形式外，还有步行击毬的形式，称为"步打"，或称"步击"。向达《长安打毬小考》仅云步打之风，至宋未衰，《宋史·乐志》曾言及此事，但语焉不详。向氏引《通鉴》卷二百四十三"僖宗纪"（误，当为《通鉴》卷二百五十三），亦仅云僖宗"尤善击毬"。然而，清缪荃荪《云自在龛丛书》本孙光宪《北梦琐言》卷一却云："僖宗皇帝好蹴球斗鸡为乐，自以能于步打。谓俳优石野猪曰：'朕若作步打进士，亦合得一状元。'"《宋史·乐志》云："打毬，本军中之戏……又有步击者，乘驴骡击者，时令供奉者朋戏以为乐云。"王建诗"寒食宫人步打毬"，就是描写宫女步行击毬的。唐代统治者亦教宫人打毬。花蕊夫人《宫词》："自教宫娥学打毬，玉鞍初跨柳腰柔。上棚知是官家认，遍遍长赢第一筹。"可见宫人除了能步行打毬之外，也能骑马打毬。

第七十四首

太仪前日暖房来,嘱向昭阳乞药栽。
敕赐一窠红踯躅,谢恩未了奏花开。

太仪 毛晋《三家宫词》于其下附校语"一作大姨",不妥;胡震亨《唐音癸签》卷十八、朱彝尊《十家宫词》引录此诗,均作"大仪"。按洪迈《容斋四笔》卷十五"官称别名"条云:"吏部尚书为大天,礼部为大仪。"礼部尚书为廷臣,怎能在内宫向昭阳"乞药栽"?于理也不妥。太仪实乃公主母的称号。杜佑《通典》卷三十四云:"吏部郎中柳冕等状称,历代故事及六典,无公主母称号,伏请降于王母一等,命为太仪,各以公本封加太仪之上,从之。"《全唐文》卷五二七柳冕《请定公主母称号状》、王溥《唐会要》卷三"内职杂录"条亦载。

暖房 古代祝贺乔迁新居的一种习俗。元陶宗仪《南村辍耕录》卷十一记载当时人的风尚:"暖屋,今之人宅与迁居者,邻里醵金治具,过主人饮,谓之暖屋,或曰暖房。王建《宫词》'太仪前日暖房来',则暖屋之礼,其来尚矣。"胡震亨《唐音癸签》卷十八亦记载这种风尚,即用陶宗仪《南村辍耕录》的文字,却未说明出处。清赵翼《陔余丛考》卷四十三:"俗礼有所谓暖寿、暖房者。生日前一日,亲友治具过饮,曰暖寿。新迁居者,邻里送酒食过饮,曰暖房。《辍耕录》亦曰暖屋,又曰暖室。按王建《宫词》'太仪前日暖房来',五代史后唐同光二年,张全义及诸镇进暖殿物,则暖房之名,由来久矣。"

红踯躅 映山红之别名。邹一桂《小山画谱》:"杜鹃,古名红踯躅,本系蜀花,今各处皆有,高五尺,低者一二尺,春尽方开花,色殊红,六出重合,花蒂托管蒂,甚微细,一枝数萼。"此花在唐时极受珍视,在宫廷中竟以之敕赐。洪迈《容斋随笔》卷十"玉蕊杜鹃"条:"物以希见为珍,不必异种也……润州鹤林寺杜鹃,乃今映山红,又名红踯躅者……鹤林之花,至以为外国僧钵盂中所移,上元命三女下司之,已逾百年,终归阗花,是不特土俗罕见,虽神仙亦不识也。王建《宫词》云'太仪前日暖房来(下略)',其重如此,盖宫禁中亦鲜矣。"

第七十五首

御前新赐紫罗襦,不下金阶上软舆。
宫局总来为喜乐,院中新拜内尚书。

软舆　软座轿子。《资治通鉴》卷二四五:"(太和九年十一月,)日加长,上乘软舆出紫宸门,升含元殿。"胡三省注:"软舆,盖以裀褥积而为之,下施网,令人举之。"

宫局　即尚宫局,设尚宫二人,正五品。《新唐书·百官志》:"掌导引中宫,总司记、司言、司簿、司闱,凡六尚事物、出纳文籍,皆莅其印署。"

内尚书　即指拜封"六尚"的内官,"六尚"指尚宫、尚仪、尚服、尚食、尚寝、尚功,各二员,正五品,分掌宫中礼仪起居、服御乐膳等事。相当于三国、北魏时代宫中所设的"女尚书"。《旧唐书·职官志》:"宫官,六尚如六尚书之职掌。"《新唐书·百官志》:"六尚亦曰诸尚书。"白居易《上阳白发人》:"今日宫中谁最老,大家遥赐尚书号。"

第七十六首

鹦鹉谁教转舌关,内人手里养来奸。
语多更觉承恩泽,数对君王忆陇山。

鹦鹉　唐宫中多养鹦鹉,宫女教其学语。《事文类聚》后集卷四十引《明皇杂录》(佚文):"天宝中,岭南献白鹦鹉,养之宫中,岁久颇聪慧,洞晓言词。上及贵妃皆呼为雪衣女。性即驯扰,常纵其饮啄飞鸣,然亦不离屏帐间。上令以近代词臣诗篇授之,数遍便可讽诵。上每与贵妃及诸王博戏,上稍不胜,左右呼雪衣娘,必入局中鼓舞(上六字《六帖》作"即飞至将翼"),以乱其行列,或啄嫔御及诸王手,使不能争道。忽一日,飞上贵妃镜台,语曰:'雪衣娘昨夜梦为鸷鸟所搏,将尽于此乎?'上使贵妃授以《多心经》,记诵颇精熟,日夜不息,若惧祸难,有所禳者。上与贵妃出于别殿,贵妃置雪衣娘于步辇竿上,与之同去。既至,上命从官校猎于殿下,鹦鹉方戏于殿上,忽有鹰搏之而毙。上与贵妃叹息久之,遂命瘗于苑中,为立塚,呼为鹦鹉塚。"

陇山　在今陕西省陇县西北,产鹦鹉。《禽经》:"鹦鹉出陇西,能言。"岑参《赴北庭度陇思家》诗云:"陇山鹦鹉能言语,为报家人数寄书。"《旧唐书·音乐志二》:"鹦鹉,秦、陇尤多,亦不足重。"

第七十七首

分朋闲坐赌樱桃,收却投壶玉腕劳。
各把沉香双陆子,局中斗累阿谁高。

投壶　古代宴会中的一种游戏,设置一壶,宾次相次以矢投入其中,中多者为胜,负者饮。《左传》昭公十二年:"晋侯以齐侯宴,中行穆子相,投壶。"《太平御览》卷七五三引《西京杂记》:"武帝时,郭舍人善投壶,以竹为矢,不用棘也。古之投壶取中而不求还,故实小豆,恶其矢跃而出也。郭舍人则激矢令还,一矢百余反,语之为骁,言如博之坚,于辈中为骁杰。每为武帝投壶,辄赐金帛。"

双陆　又名"双六",博戏之一种。《资治通鉴》卷一六二:"(太清三年)记室参军萧贲,骨鲠士也。以绎不早下,心非之。尝与绎双六,食子未下,贲曰:'殿下都无下意。'"胡三省注曰:"双六,亦博之一名。《续事始》云:陈思王制双六局,置骰子二,唐末有叶子之戏,遂加至六。《战国策》曰:博之所以贵枭者,便则食,不便则止。可以食子而未下者,拟议其便否也。"谢肇淛《五杂俎》卷六:"双陆一名握槊,本胡戏也。云胡王有弟一人得罪,将杀之,其弟于狱中为此戏以上,其意言孤则为人所击,以讽王也。曰握槊者,象形也。曰双陆者,子随骰行,若得双六则无不胜也。又名长行,又名波罗塞戏。其法以先归宫为胜,亦有任人打子,布满他宫,使之无所归者,谓之无梁,不成则反负矣。其胜负全在骰子,而行止之间,贵善用之。其制有北双陆、广州双陆、南番、东夷之异。《事始》以为陈思王制,不知何据。"

阿谁　阿谁,俗语也。吴曾《能改斋漫录》卷一:"《传灯录》:'宗风嗣阿谁。'阿谁,俗语也。《庞统传》:'向者之所论,阿谁为是。'"

第七十八首

禁寺红楼内里通,笙歌引驾夹城中。
裹头宫监当前立,手把牙鞘竹弹弓。

禁寺红楼内里通　唐代佛寺和宫禁用夹城沟通,见于记载的,有修德里之兴福寺。王溥《唐会要》卷三十:"(元和)十二年四月,诏右神策军,以众二千筑夹城,自云韶门过芳林门,西至修德里,以通于兴福佛寺。"《册府元龟》卷十四:"(元和)十二年四月,命右神策军护军中尉第五守进,以众二千筑夹城,自云韶门、芳林门,西至修德里,以通于兴福寺。"兴福寺,位于修德里,为皇家寺院。徐松《唐两京城坊考》卷四:"朱雀门街西第三街,即皇城西之第一街,街西从北第一修德坊。西北隅,兴福寺。本右领军大将军彭国公王君廓宅。贞观八年,太宗为太穆皇后追福,立为宏福寺。神龙元年,改为兴福寺。寺北有果园,复有藕花池二所。太宗时,广召天下名僧居之,沙门玄奘于西域回,居此寺西北禅院翻译。寺内有碑,面文贺兰敏之写《金刚经》,阴文寺僧怀仁集王羲之写太宗《圣教序》及高宗《述圣记》,为时所重。"

红楼　安国寺红楼院,位于长乐坊,段成式《酉阳杂俎》续集卷五:"长乐坊安国寺红楼,睿宗在藩时舞榭。"徐松《唐两京城坊考》卷三:"朱雀门街东第四街,街东从北第一长乐坊。大半以东,大安国寺。睿宗在藩旧宅，景云元年立为寺，以本封安国为名。宪宗时，吐突承璀盛营安国寺，欲使李绛为碑文，绛不肯撰，后浸摧圮。宣宗欲复修，未克而崩。咸通七年，以先帝旧服御及孝明太皇太后金帛，俾左神策军再建之。寺有红楼，睿宗在藩时舞榭。元和中，广宣上人住此院，有诗名，时号为《红楼集》。"

夹城 夹着一条通道的两重城墙。宋程大昌《雍录》卷二云："两墙对起，所谓筑墙如街巷者也。"近人马得志的《唐大明宫发掘简报》（见《考古》1959年第6期）说："大明宫的北部，环绕着东、西、北三面宫城之外，还建有一层城墙，叫做'夹城'，夹城亦是板筑的夯土墙，仅宽35米……三面夹城分别与宫墙平行。"马得志先生讲的是大明宫的"夹城"，而唐开元时代建筑的由大明宫到兴庆宫、芙蓉园去的"夹城"，其形制也相同。皇帝要到兴庆宫、芙蓉园去游乐，可以自由自在地通过"夹城"，不必经过街坊，不受外人惊扰。正因为夹城两墙平行对起，中如街道，所以能"潜通"，外人不得而知也。

可用大量的唐诗来说明"夹城"的形制。杜甫《乐游园歌》："青春波浪芙蓉园，白日雷霆夹城仗。"杜甫《秋兴八首》："花萼夹城通御气，芙蓉小苑入边愁。"郑嵎《津阳门诗》："五王扈从夹城路。"王建《宫词》："禁寺红楼内里通，笙歌引驾夹城中。"杜牧《长安杂题长句六首》："六飞南幸芙蓉园，十里飘香入夹城。""南苑草芳眠锦雉，夹城天暖卜霓旌。"花蕊夫人《宫词》："夹城门与内门通，朝罢巡游到苑中。""三面宫城尽夹墙，苑中池水白茫茫。"（蜀宫亦仿唐宫，筑夹城。）

综上所述，唐代"夹城"的形制大体是这样的：唐人在长安的外廓城、宫城城墙的平行线上，加筑另一堵城墙，两墙间的距离不一，视不同地点"夹城"的用途而定。大明宫东、西、北三面的"夹城"，住着禁军，较宽，宽度为160米和55米。大明宫至曲江的"夹城"，两墙对起，中有通道，按杜甫"白日雷霆夹城仗"和郑嵎"五王扈从夹城路"的诗句看，这条通道可以排着皇帝巡幸的仪仗，想来也很宽敞，不会太窄。

裹头宫监 是宫中头裹罗巾的宫女以及掌管她们的女官。有以为宫监指男性之太监，实误。王建《宫词》之六十八："阿监两边相对立，遥闻索马一时回。"八十六："未戴柘枝花帽子，两行宫监在帘前。"白居易《长恨歌》："梨园弟子白发新,椒房阿监青娥老。"花蕊夫人《宫词》:"后宫阿监裹罗巾,出入经过苑囿频。"《资治通鉴》卷二百三十一"德宗兴元元年六月":"上命陆贽草诏赐浑瑊,使访求奉天所失裹头内人。"胡三省注:"裹头内人,在宫中给使令者也。内人给使令者,皆冠巾,故谓之裹头内人。"孟元老《东京梦华录》卷七"驾登宝津楼诸军呈百戏"条云:"续有黄院子引出宫监百余,亦如小打者,但加之珠翠装饰,玉带红靴,各跨小马,谓之大打。人人乘骑精熟,驰骤如神,雅态轻盈,妍姿绰约,人间但见其图画矣。"据上数证,宫监为女性明矣。

第七十九首

春风院院落花堆,金锁生衣揳不开。
更筑歌台起妆殿,明朝先进画图来。

金锁生衣　许慎《说文解字》卷十四上:"金,五色金也,黄为之长,久埋不生衣。"不生衣,即不生锈。各处院落,久闭而不用,连金锁也生锈,极意形容闭置时间之久长。

画图　指建造歌台、妆楼的图样,按图修造。王应麟《玉海》卷五六"建隆洛阳宫殿图"条云:"建隆三年五月,诏广皇城,命有司画洛阳宫殿,按图而修之。"

第八十首

舞来汗湿罗衣彻,楼上人扶下玉梯。
归到院中重洗面,金盆水里泼银泥。

楼上人扶下玉梯　宫中艺人登上楼台、彩楼演艺。崔令钦《教坊记》:"楼下戏出队,宜春院人少,即以云韶添之。""内妓与两院歌人更代上舞台唱歌。"段安节《乐府杂录》:"又一日,赐大酺于勤政楼,观者数千万众,喧哗聚语,莫得闻鱼龙百戏之音。上怒,欲罢宴,中官高力士奏请命永新出楼歌一曲。""遂令昆仑登彩楼,弹一曲新翻羽调《绿腰》。"本诗描写舞女舞后由人扶下楼梯。

第八十一首

宿妆残粉未明天,总在昭阳花树边。
寒食内人长白打,库中先散与金钱。

白打 与"打毬"、"步打"有区别,是另一种宫中游戏。《事林广记》"白打社规"条云:"两人场户,对立,每人两踢名打二,拽开大踢名白打,一人单使脚名挑踢,一人使杂踢名厮弄。"《事物绀珠》卷十六云:"踢鞠:两人对踢名白打,三人角踢为官场,球会曰员社。"焦竑《焦氏笔乘》卷三引《齐云论》:"白打,蹴鞠戏也。两人对踢为白打,三人角踢为官场。"由此可见,唐代除了用彩杖击毬(分马上击毬和步行击毬两种形式)的游戏外,还有踢毬的游戏,两人对踢,谓之"白打"。踢毬,一名"蹴毬"(见《文献通考》、《北梦琐言》),又名"踢蹴"(见《事物绀珠》)。《文献通考》:"蹴毬,盖始于唐,植两修竹,高数丈,络网于上为门以度毬,毬工分左右朋,以角胜负,岂非蹴鞠之变欤!"唐代宫廷内教宫女蹴毬以取乐,优胜者受赐金钱,称为"白打钱"。王建《宫词》:"寒食内人长白打,库中先散与金钱。"韦庄亦有诗《长安清明》云:"内宫初赐清明火,上相闲分白打钱。"两诗所记,亦当时风尚也。

第八十二首

众中偏得君王笑,偷把金箱笔砚开。
书破红蛮隔子上,旋催当直美人来。

书破 形容笔墨写字在白纸、素帛上。陆龟蒙《怀杨一文杨鼎文二秀才》："重思醉墨纵横甚,书破明霞入幅裙。"

隔子 窗户上疏棂,用以取名,又名"绮疏",俗呼为"窗格"、"隔子"。李贺《荣华乐》："瑶姬凝醉卧芳席,海素笼窗空下隔。"即是此隔子。尹占华《王建诗集校注》卷十谓"即格子,带格线的笺纸",不当。赵翼《陔馀丛考》卷二十二:"窗户之有疏棂可取明者,古曰绮疏,今曰槅子。按槅当作隔,谓隔限内外也。《夷坚志》云,廊上列金漆凉隔子。《甕牖闲评》作亮隔。《渊海》则竟作格,谓学士院窗格有火燃处,太宗尝夜至,苏易简已寝,遽起无烛,宫嫔自窗格以烛入照之。后以为玉堂盛事,遂不复易。是隔、格俱有典故,俗作槅者非。"

第八十三首

教遍宫娥唱尽词,暗中头白没人知。
楼中日日歌声好,不问从初学阿谁。

教遍宫娥唱尽词 教坊中教授宫人唱歌的人,称为音声博士。《新唐书·百官志三》:"又置内教坊于蓬莱宫侧,有音声博士、第一曹博士、第二曹博士。"

第八十四首

青楼小妇砑裙长,总被抄名入教坊。
春设殿前多队舞,棚头各别请衣裳。

青楼小妇 妓院的年轻妇女,唐杜牧《遣怀》:"十年一觉扬州梦,赢得青楼薄幸名。"此即任氏所谓"平人女"。崔令钦《教坊记》提到:"平人女以容色选入内,教习琵琶、五弦、箜篌、筝者,谓之'挡弹家'。"

又云:"宜春院女教一日,便堪上场,惟挡弹家弥月不成。至戏日,上亲加策励曰:'好好作,莫辱没三郎!'令宜春院人为首尾,挡弹家在行间,令学其举手也。"可见平人女选入教坊后,既习乐器,也学舞蹈。任氏以王建这首诗为"平人女入选"的例证(见《教坊记笺订》)。照本诗的诗意看,"青楼小妇"被选入教坊后,演习多队舞,夹在行间,"舞头"照例由宜春院中擅长舞蹈的内人担任。

砑裙 唐时有砑光罗、砑光绫、砑绢等,用这些丝织品制成的长裙,即名"砑裙"。韩偓《信笔》诗:"绣叠昏金色,罗揉损砑光。"罗虬《比红儿诗》:"君看红儿学醉妆,夸裁宫襜砑裙长。"与王建诗相同。

第八十五首

> 水中芹叶土中花,拾得还将避众家。
> 总待别人般数尽,袖中抽出郁金芽。

水中芹叶 指水芹菜。芹菜有水芹、旱芹之分。水芹生于江湖陂泽间,夏日开白花,嫩叶可食。李时珍《本草纲目》卷二十六"水蕲(即芹)"条,云:"芹有水芹、旱芹,水芹生江湖陂泽间,旱芹生平地,有赤白二种,二月生苗,其叶对节而生,似芎藭,其茎有节棱而中空,其气芬芳,五月开细白花,如蛇床花,楚人采以济饥,其利不小。"

郁金芽 郁金香,多年生草本植物,其花黄色。王溥《唐会要》卷一〇〇:"贞观二十一年……伽毘国献郁金香,叶似麦门东,九月花开,状如芙蓉,其色紫碧,香闻数十步,华而不实,欲种取其根。"本诗前二句,万绝嘉本、万绝万本、毛三宫本作"艾心芹叶初生小,只斗时新不斗花"。本诗写宫廷中斗花游戏,与长安的民间风俗相仿。王仁裕《开元天宝遗事》卷下:"长安士女,春时斗花,戴插以奇花多者为胜。皆用千金市名花植于庭苑中,以备春时之斗也。"因为芹菜花五月开,郁金香九月开,不同时,故诗云"袖中抽出郁金芽",用此花之芽以比胜。

第八十六首

玉箫改调筝移柱,催换红罗绣舞筵。
未戴柘枝花帽子,两行宫监在帘前。

红罗绣舞筵 跳舞用的地毯。筵,本是垫底的竹席,故部首从"竹"。跳舞用的毯子,用丝毛织品制成。白居易《柘枝妓》:"平铺一合锦筵开,连击三声画鼓催。"《青毡帐二十韵》:"侧置低歌座,平舞小舞筵。"王建诗里的"绣舞筵",便是铺在台上供跳舞用的丝毛织品毯子。

移柱 柱为琴、筝面上承弦的器具,可以移动,调节弦的松紧。王充《论衡·谴告》:"鼓瑟者误于张弦设柱,宫商易声,其师知之,易其弦而复移其柱。"

未戴柘枝花帽子 柘枝,柘枝舞,表演艺人例著红紫五色罗衫,窄袖,头冠绣花卷檐虚帽。郭茂倩《乐府诗集》卷五十六《柘枝词小引》引《乐苑》云:"羽调有《柘枝曲》,商调有《屈柘枝》。此舞因曲为名,用二女童,帽(《御览》五七四引帽上尚有'鲜衣帽'三字)施金铃,抃转有声。其来也于二莲花中藏,花坼而后见。对舞相占,实(《御览》引无'舞相占实'四字)舞中雅妙者也。"陈旸《乐书》卷一百八十四《柘枝舞》:"柘枝舞童衣五色绣罗宽袍,胡帽银带。案唐杂说,羽调有《柘枝曲》,商调有《掘柘枝》,角调有《五天柘枝》。用二童舞,衣帽施金铃,抃转有声。始为二莲花,童藏其中,花坼而后见。对舞相占,实舞中之雅妙者也。然与今制不同矣,亦因时损益然耶? 唐明皇时那胡柘枝,众人莫不称善。"白居易《柘枝词》:"绣帽珠稠缀,香衫袖窄裁。"白居易《柘枝妓》:"红蜡烛移桃叶起,紫罗衫动柘枝来。带垂细胯花腰重,帽转金铃雪面回。"演员未戴帽子,表明演出尚未正式开始。

第八十七首

窗窗户户院相当,总有珠帘玳瑁床。
虽道君王不来宿,帐中长是炷衙香。

玳瑁　即"鹰嘴龟"的龟壳,汉文叫玳瑁,唐代一种极为贵重的珍宝。(美)谢弗《唐代的外来文明》第十五章"玳瑁"条云:"唐朝人使用的玳瑁,是从安南的陆州得到的。这种玳瑁可以制妇女的发簪和头饰,还可以用来镶嵌贵重的家用器具。除了陆州之外,在818年(元和十三年),诃陵国也曾经'遣使进僧祗女二人、鹦鹉、玳瑁及生犀等'。"王建诗中提到的"玳瑁床",是用玳瑁镶嵌的床,只有宫廷中才能拥有。李贺《恼公》:"玳瑁钉帘薄,琉璃叠扇烘。"《艺文类聚·居处部》:"《汉武故事》曰:上起神屋……扇屏悉以琉璃作之,光照洞彻,以白珠为帘,玳瑁压之。"沈佺期《春闺》:"兰池琉璃静,园花玳瑁斑。"足见玳瑁之贵重。

衙香　万绝万本作"牙香",这里似以"衙香"为是。衙香,天子居处所用之香。《新唐书·仪卫志上》:"唐制,天子居曰衙,行曰驾,皆有卫有严。"

第八十八首

雨入珠帘满殿凉,避风新出玉盆汤。
内人恐要秋衣着,不住熏笼换好香。

第八十九首

金吾除夜进傩名,画袴朱衣四队行。
院院烧灯如白日,沉香火底坐吹笙。

傩　本是民间的一种迎神驱除疫鬼的仪式。早见于《论语·乡党》,云:"乡人傩,朝服于阼阶。"疏曰:"傩,逐疫鬼也,为阴阳之气不节,厉鬼随而作祸,故天子使方相氏黄金为四目,蒙熊皮,口作傩傩之声,以驱疫鬼,一年三度为之。"汉代亦尚其仪,张衡《东京赋》云:"卒岁大傩,驱除群厉,方相秉钺,巫觋操茢,侲子万童,丹首元制,桃弧棘矢,所发无臬。飞砾雨散,刚瘅必毙,煌火驰而星流,逐赤疫于四裔。"到唐宋时代,民间也还流行着这种风俗,赵彦卫《云麓漫钞》卷九:"世俗岁将除,乡人相率为傩,俚语谓之打野胡。"

王建《宫词》反映的是宫廷除夜进傩的情景,这在唐宋人的记载中有详明的描述。现在摘引数则,帮助我们理解这首诗。段安节《乐府杂录》"驱傩"条云:"用方相四人,戴冠及面具,黄金为四目,衣熊裘,执戈扬盾,口作傩傩之声,以除逐也。右十二人,皆朱发衣白画衣,各执麻鞭,辫麻为之,长数尺,振之声甚厉。乃呼神名,其有甲作食凶者,胇胃食梦者,腾简食不祥者,揽诸食咎者,祖明强食其磔死寄生者,滕根食蛊者等。侲子,五百小儿为之,衣朱褶素襦,戴面具,以晦日于紫宸殿前傩,张宫悬乐,太常卿及少卿押乐正到西阁门,丞并太乐署令、鼓吹署令、协律郎并押乐在殿前。事前十日,太常卿并诸官于本寺先阅傩,并遍阅诸乐。其日大宴,三五署官其朝寮家皆上棚观之,百姓亦入看,颇谓壮观也。太卿上此岁除前一日,于右金吾龙尾道下重阅,即不用乐也。御楼时于金鸡竿下打赦,鼓一面,钲一面,以五十人唱色十下,鼓一下,钲以千下。"《新唐书·礼乐志》:"大傩之礼。选人年十二以上、十六以下为侲子,假面,赤布裤褶。二十四人为一队,六人为列,执事十二人,赤帻、赤衣,麻鞭,工人二十二人,其一人方相氏,假面,黄金四目,蒙熊皮,黑衣、朱裳,右执楯,其一人为唱帅,假面,皮衣,执棒;鼓、角各十,合为一队。队别鼓吹令一人,太卜令一人,各监所部;巫师二人。以逐恶鬼于禁中。有司预备每门雄鸡及酒,拟于宫城正门、皇城诸门磔禳,设祭。太祝一人,斋郎三人,右校为瘗坎,各于皇城中门外之右。前一日之夕,傩者赴集所,具其器服以待事。其日未明,诸卫依时刻勒所部,屯门列仗,近仗入陈于阶。鼓吹令帅傩者各集于宫门外。内侍诣皇帝所御殿前奏'侲子备,请逐疫'。出命寺伯六人,分引傩者于长乐门、永安门以入,至左右上阁,鼓噪以进。方相氏执戈扬楯唱,侲子和,曰:'甲作食殃,胇胃食虎,雄伯食魅,腾简食不祥,揽诸食咎,伯奇食梦,强梁、祖明共食磔死寄生,委随食观,错断食巨,穷奇、腾根共食蛊,凡使一十二神追恶凶,赫汝躯,拉汝干,节解汝肉,抽汝肺肠,汝不急去,后者为粮。'周呼讫,前后鼓噪而出,诸队各趋顺天门以出,分诣诸城门,出廓而止。傩者将出,祝布神席,当中门南向。出讫,宰手、斋郎騔牲匈磔之神席之西,藉以席,北首。斋郎酌清酒,太祝受,奠之。祝史持版于座右,跪读祝文曰:'维某年岁次月朔日,天子遣太祝臣姓名昭告于太阴之神。'兴,奠版于席,乃举牲并酒瘗于坎。"钱易《南部新书》(甲)云:"岁除日,太常卿领官属乐吏,并护僮侲子千人,晚入内,至夜于寝殿前进傩,然蜡炬,燎沉檀,荧煌如昼,上与亲王妃主以下观之。其夕赏赐甚多。是日,衣冠家子弟多觅侲子之衣,著而窃看宫中。顷有进士臧童者,老矣。偶为人牵率,同入其间,为乐吏所驱,有时一跌,不敢抬头望视,执挲牛尾拂子,鞠躬宛转,随队唱夜好,千匝于广庭之中。及将旦得出,不胜困乏,扶舁而归,一病六十日,而就试不得。"孟元老《东京梦华录》卷十"除夕"条:"至除日,禁中呈大傩仪,并用皇城亲事官,诸班直戴假面,绣画色衣,执金枪龙旗。教坊使孟景初身品魁伟,贯全副金镀铜甲,装将军。用镇殿将军二人,并介胄,装门神。教坊南河炭丑恶魁肥,装判官。又装钟馗小妹、土地、灶神之类。共千余人,自禁中驱祟,出南熏门外转龙弯,谓之埋祟而罢。"尽管唐宋两代的仪式有所差异,然而宫廷除夜进傩的景象,大体相同,都比王建《宫词》具体得多。

沉香火底　宫廷举行大傩仪,焚沉香火,称为沉燎。高似孙《纬略》卷七"沉香山火"条云:"隋主除夜设火山数十,尽用沉香木根,火山暗,则以甲煎沃之,香闻十里。江淹诗:'金炉绝沉燎,绮席生浮埃。'则沉燎始于梁矣。李商隐诗:'沉香甲煎为沉燎,玉液琼酥作寿杯。'当用前事。李白诗:'博山炉中沉香火,双烟一气凌紫霞。'李贺诗:'沉香火暖茱萸烟,酒觞绾带新承欢。'王建诗:'院院烧灯如白日,沉香火底坐吹笙。'三诗皆用沉香火,即所谓沉燎也。"这和钱易《南部新书》所记的"然蜡炬,燎沉檀"是一致的,可见王建诗云"沉香火底坐吹笙"殆非虚言,确是宫廷生活的真实反映。高士奇辑注周弼《三体唐诗》卷一:"《续世说》:太宗问萧后,隋主何如?后曰:每除夜,殿前设火山数十,尽焚沉香,以甲煎沃之,焰起数丈,用沉香百余车。太宗口刺其奢,心服其盛。"

第九十首

树头树底觅残红,一片西飞一片东。
自是桃花贪结子,错教人恨五更风。

第九十一首

金殿当头紫阁重,仙人掌上玉芙蓉。
太平天子朝元日,五色云车驾六龙。

金殿 此泛指大明宫正殿含元殿,尹占华《王建诗集校注》卷十注金殿为"金銮殿",不妥。因为农历正月初一日,唐朝君王登含元殿受百官朝贺,不在金銮殿。

紫阁 终南山山峰名。张礼《游城南记》:"东上朱坡,憩华严寺,下瞰终南之胜,雾岩玉案,圭峰紫阁,粲在目前。"自注:"唐文宗诏建终南山祠,册为广惠公,圭峰、紫阁,在祠之西。圭峰下有草堂寺,唐僧宗密所居,因号圭峰禅师。紫阁之阴即渼陂,杜甫诗曰'紫阁峰阴入渼陂'是也。"顾炎武《天下郡国利病书·陕西上》："鄠县,故崇侯国,文王取之作丰邑,在长安南七十里。有涝陂在紫阁峰下,环抱山麓,方广可数里,中有芙蕖、凫雁之胜。杜子美有'半陂以南纯浸山'之句,指此。"

仙人掌 汉武帝刘彻建金人捧露盘。《三辅黄图》卷三:"《汉书》曰:建章有神明台。《庙记》曰:神明台,武帝造,上有承露盘,有铜仙人舒掌捧铜盘玉杯,以承云表之露,以露和玉屑服之,以求仙道。"张澍辑《三辅故事》,引《艺文类聚》云:"建章宫承露盘高二十丈,大七围,以铜为之,上有仙人掌承露,和玉屑服之。"杜甫《秋兴八首》写到"承露金茎",施鸿保以为唐代实有其盘,杜甫《秋兴八首》五:"蓬莱宫阙对南山,承露金茎霄汉间。"施鸿保《读杜诗说》:"此承上'蓬莱宫阙'句,蓬莱既实有其宫,不应此句虚言金茎。玩'霄汉间'字,亦似非虚言者。明皇好道,安见不亦效汉武为之?且《洛城北谒玄元庙》诗'金茎一气旁',朱说引曹子建集,谓洛城有金城(茎),则巡幸之地尚沿有之,岂长安帝居不特置耶?诸书失载,故无考耳。"顾况《宫词》:"玉阶容卫宿千官,风猎青旗晓仗寒。侍女先来荐琼蕊,露浆新下九霄盘。"可见唐代宫廷确有承露盘。

玉芙蓉 指仙人掌中的承露玉杯。高士奇辑注周弼《三体唐诗》卷一:"玉芙蓉,玉杯也。按古人挹注之器多作芙蓉,如华清池中玉芙蓉是也。"

朝元日 唐朝帝王每年元月正日受群臣、诸番朝贺。《新唐书·礼乐志九》:"皇帝元正、冬至受群臣朝贺而会。"最先,元日朝贺设于太极殿,后来改在大明宫含元殿。王溥《唐会要》卷二十四"受朝贺"条云:"(建中)二年正月朔,御含元殿,四方贡献,列为庭实,复旧制也。"徐松《唐两京城坊考》卷一:"丹凤门内正牙曰含元殿,大朝会御之。"《王建诗集》卷三有《元日早朝》:"大国礼乐备,万邦朝元正。""六蕃倍位次,衣服各异形。"全诗正是描写"朝元日"之盛况,可参看。《新唐书·礼乐志九》:"设诸蕃方客位:三等以上,东方、南方在东方朝集使之东;西方、北方在西方朝集使之西,每国异位重行,北面,四等以下,分方位于朝集使六品之下。"王建《宫词》第一首、第二首亦描写此盛况,可参看。

五云车 参见第十首"五云金辂下天来"注。

六龙 六匹马。《周礼·夏官·庾人》:"马八尺以上为龙。"皇帝车驾用六匹马,因称"六龙"。李白《上皇西巡南京歌》之四:"谁道君王行路难,六龙西幸万人欢。"高士奇辑注周弼《三体唐诗》卷一:"五色云车,画云气车也。《郊祀志》:'文成言上欲与神通,宫室被服非象神,神不至,乃作画云气车,甲、丙、戊、寅、壬日各以其色驾之。'《甘泉赋》曰:'登凤凰兮䔒华芝,驷苍螭兮六素虬。'注曰:'六马也。'此篇全用甘泉宫事,杜元凯所谓具文见意者也。"

第九十二首

忽地金舆向月陂,内人接着便相随。
却因龙武军前过,当殿教开卧鸭池。

这首诗,洪迈曾以之录入《万首唐人绝句》中,补王建百首《宫词》之不足。吴曾《能改斋漫录》、赵与时《宾退录》、毛晋《三家宫词》均录这首诗为王建作。任半塘先生疑此诗非王建作,理由是:月陂在洛阳(据崔令钦《教坊记》、《新唐书·李适之传》、《太平御览》七三引《河南图津》);内人限在内教坊、宜春院活动,其接金舆不应至月陂。他在《教坊记笺订》中说:"王建《宫词》补篇'忽地金舆向月陂,内人接着便相随'疑非唐人作。因内人限在内教坊、宜春院,其接金舆,何以至月陂?在月陂者,宜非内人。此诗洪迈《万首唐人绝句》、赵与时《宾退录》及杨慎诗话等均曾收之,以足《宫词》百首之数,仍俟考。"笔者以为,此说尚可商兑。

月陂 东都洛阳固然有之,而西京长安亦有之,在禁苑中。宋敏求《长安志》卷六"禁苑内苑章"云:"苑内有南望春亭、北望春亭、坡头亭、柳园亭、月坡、球场亭子。"骆天骧《类编长安志》卷四"亭"条云:"坡头亭、柳园亭、月坡、球场亭子,以上六所,苑内长乐监所领。"徐松

《唐两京城坊考》卷一云:"禁苑,苑中宫亭二十四所,可考者曰南望春亭,曰北望春亭,曰坡头亭,曰柳园亭,曰月坡。"坡与陂通。既然长安有月坡,又在禁苑之中,则"内人"于月坡接金舆,原是不足为怪的。况且,"内人"在唐代原有两义。本诗又没有凭据证明她们一定是满足"耳目之娱"的宫伎;从诗意看,当是"懒逐君王苑北游"、"争乞洗儿钱"、"相续报花开"那一类的宫女,因此,其活动范围当不限于内教坊和宜春院。再则,诗中又提到"当殿教开卧鸭池",月坡与卧鸭池,写在同一首诗里,距离当不甚远。而这两个处所恰恰又都在长安禁苑中。徐松《唐两京城坊考》卷一:"按望春宫内有昇阳殿放鸭亭,见《禁扁》。本纪,太和元年,毁昇阳殿东放鸭亭。"徐松的材料出于《唐会要》卷三十:"太和元年四月,诏毁昇阳殿东放鸭亭,望仙门侧看楼十间,并敬宗所造也。"《旧唐书·文宗纪》,云:"(太和元年四月)壬寅,毁昇阳殿东放鸭亭。"王建《御猎》:"新教内人唯射鸭,长随天子苑东游。"(《王建诗集》卷九)据上数证,可知月坡、望春宫、昇阳殿、卧鸭池(放鸭亭)都在东内苑。殿、亭早在唐文宗太和元年(827)就毁掉,因而一般的《长安志》图志上都失载。王建《宫词》中描写到东内苑这些建筑,和史籍互为印证,足资考订,一可证此诗确为王建所作,二可证王建作此诗于唐文宗太和年以前。

  龙武军 指龙武军的驻地。程大昌《雍录》卷八:"左右龙武军,睿宗时置,即太宗时飞骑也……初置惟以从猎,其地最为亲密,固已易于宠狎矣。又其军皆中官主之,廪给赏赐,比他处特丰,事力重,技艺多。"唐代北司所领左三军是左神策军、左龙武军、左羽林军,驻地在大明宫东,月坡、望春宫、放鸭亭(卧鸭池)均在东内苑,都在左龙武军防卫区,所以王建诗会写到"却因龙武军前过"。

第九十三首

  画作天河刻作牛,玉梭金镊采桥头。
  每年宫里穿针夜,敕赐诸亲乞巧楼。

穿针夜 七夕为传说中牛郎织女相会之时，民间有穿针乞巧的习俗，唐代宫廷中亦有这种节令风俗。《西京杂记》卷一："汉彩女常以七月七日穿七孔针于开襟楼，俱以习之。"宗懔《荆楚岁时记》："七月七日为牵牛织女聚会之夜。""是夕人家妇女，结彩缕，穿七孔针，或以金银鍮石为针，陈瓜果于庭中，以乞巧。"

乞巧楼 经徐松考核，唐宫内实有其地，到唐昭宗时代尚存在。《唐两京城坊考》卷一云："乞巧楼，《通鉴》：昭宗在乞巧楼，刘季述、王仲先伏甲士于门外。胡注云：按刘季述传，乞巧楼在思元门内，近思政殿，门即宣化门。"《新唐书·刘季述传》详载光化三年（900）左右神策军中尉刘季述作乱事，云："季述卫皇太子至紫廷院，左右军及十道邸官俞潭、程岩等诣思玄门请对，士皆呼万岁。入思政殿，遇者辄杀。帝方坐乞巧楼，见兵人，惊堕于床，将走，季述、仲先持帝坐，以所持扣杖画地责帝曰：'某日某事尔不从我，罪一也。'至数十未止。"关于宫中乞巧事，王仁裕《开元天宝遗事》有记载，可与王建诗参证："宫中以锦结成楼殿，高百尺，上可以胜数十人，陈以瓜果、酒炙，设坐具，以祀牛女二星。嫔妃各以九孔针、五色线，向月穿之，过者为得巧之候。动清商之曲，宴极达旦，士民之家皆效之。"七夕乞巧事，并非始于唐代，考古籍，乃始于汉。《事物纪原》卷八引《西京杂记》："汉彩女常以七月七日夜穿七孔针于开襟楼，今七夕望月穿针以彩缕过者，为得巧之候，其事盖始于汉。"宋高承《事物纪原》卷八云："吴均《续齐谐记》曰：桂阳成武丁有仙道，忽谓其弟曰：七月七日织女当渡河，暂诣牵牛，今云织女嫁牵牛。周处《风土记》曰：七夕洒扫于庭，施几筵，设酒果，于河鼓，织女言二星神会，乞富寿及子。《岁时记》曰：七夕妇人以彩缕穿七孔针，陈瓜花以乞巧。"可见，七夕乞巧，其来已久。

第九十四首

春来睡困不梳头，懒逐君王苑北游。
暂向玉花阶上坐，簸钱赢得两三筹。

簸钱　古代妇女的一种博弈的游戏，又称掷钱、摊钱、打钱。王仁裕《开元天宝遗事》卷上"戏掷金钱"条："内庭嫔妃，每至春时，各于禁中结伴三人至五人，掷金钱为戏，盖孤闷无所遣也。"李匡乂《资暇集》卷中："钱戏有每以四文为一列者，即史传所云意钱是也。俗谓之摊钱，亦曰摊赌，摊铺其钱，不使叠映欺惑也。"游戏时参与者先持钱在手中颠簸，然后掷在台阶上，依次摊平，以钱正反面的多寡决定胜负。司空图《游仙》："仙曲教成慵不理，玉阶相簇打金钱。"赵光远《咏手》："斜指瑶阶笑打钱。"唐无名氏《宫词》："花萼楼前花正浓，蒙蒙柳絮舞晴空。金钱掷罢娇无力，笑倚阑干屈曲中。"晁补之《斗百花》："与问，阶上簸钱时节，记微笑，但把纤腰向人娇倚。"这些诗句，与唐宋人的文字记载相合。结合诗文而观之，可知"簸钱"是唐宋时期青少年女子（包括宫廷中的嫔妃、宫女）的一种游戏。进行该游戏时，参与者持钱在手中颠簸，然后掷在玉阶上，依次摊平，以正反面之多寡定胜负。因此，它又称"摊钱"、"掷钱"，盖以动作定名。

第九十五首

弹棋玉指两参差，背局临虚斗著卮。
先打角头红子落，上三金字半边垂。

弹棋　古代一种博戏，汉代已有。唐柳宗元《序棋》："得木局，隆其中而规焉，其下方以直，置棋二十有四。贵者半，贱者半，贵曰上，贱曰下，咸自第一至第十二。下者二乃敌一，用朱墨以别焉。"沈括《梦溪笔谈》卷十八"技艺"门云："《西京杂记》云：'汉元帝好蹴鞠，以蹴鞠为劳，求相类而不劳者，遂为弹棋之戏。'予观弹棋绝不类蹴鞠，颇与击鞠相近，疑是传写误耳。唐薛嵩好蹴鞠，刘钢劝止之曰：'为乐甚众，何必乘危邀顷刻之欢。'此亦击鞠，唐书误述为蹴鞠。弹棋今人罕为之，有谱一卷，盖唐人所为。其局方二尺，中心高，如覆盂；其巅为小壶，四角微隆起。今大名开元寺佛殿上有一石局，亦唐时物也。李商隐诗曰：

'玉作弹棋局,中心最不平。'谓其中高也。白乐天诗:'弹棋局上事,最妙是长斜。'长斜谓抹角斜弹,一发过半局,今谱中具有此法。柳子厚《叙棋》用二十四棋者,即此戏也。《汉书注》云:'两人对局,白、黑子各六枚。'与子厚所记小异。如弈棋,古局用十七道,合二百八十九道,黑白棋各百五十,亦与后世法不同。"陆游《老学庵笔记》卷十:"吕伯进作《考古图》云:'古弹棋局,状如香炉。'盖谓其中隆起也。李义山诗云:'玉作弹棋局,中心亦不平。'今人多不能解。以进伯之说观之,则粗可见,然恨其艺之不传也。魏文帝善弹棋,不复用指,第用手巾角拂之。有客自谓绝艺,乃召见,但低首以葛巾角拂之,文帝不能及也。此说今尤不可解矣。大名龙兴寺佛殿有魏宫玉石弹棋局,上有黄初中刻字,政和中取入禁中。"胡震亨《唐音癸签》卷十九:"戏之有弹棋,始汉武,以代蹴鞠之劳。其法用石为局,中隆外庳,黑白棋各六枚,先列棋相当,下呼上击之,以中者为胜。李颀《弹棋歌》:'蓝田美石青如砥,黑白相分十二子。联翩百中皆造微,魏文手巾不足比。缘边度陇未可嘉,乌跂星悬正复斜。回飚转指速飞电,拂四取五旋风花。'按魏文帝《弹棋赋》:'缘边间造,长斜迭取。'丁廙赋:'风驰火燎,令牟取五。'梁元帝《谢弹棋局启》:'凤峙鹰扬,信难议拟。乌跂星悬,何曾仿佛。'顾诗多本此。魏文善此技,用手巾拂之,无不中。唐顺宗在春宫日,甚好之,时多名手。至长庆末,好事家犹见有局,尚多解者,今则不传矣。"沈、陆、胡三位所述甚详明,考索并介绍了弹棋的起始、流变、形制,这对于了解王建诗,很有帮助。

  红子　红色的棋子。王建此诗提到的棋子是红色的,"先打角头红子落",而《汉书注》、李颀诗、《唐音癸签》却说棋子是黑白色的,这是什么道理?笔者以为这是弹棋棋子在历代递变中的不同色彩。在唐代,两者并存。柳子厚《序棋》:"置棋二十有四,贵者半,贱者半,贵曰上,贱曰下,咸自第一至十二,下者二乃敌一,用朱墨以别焉。"柳子厚和王建时代相近,可见中唐时代弹棋棋子的色彩确有红色的,即王建诗所云"红子"。

第九十六首

宛转黄金白柄长,青荷叶子画鸳鸯。
把来不是呈新样,欲进微风到御床。

黄金白柄 饰以金线的白色扇柄。从"青荷叶子画鸳鸯"看,此扇为汉唐时代盛行的团扇,又称宫扇,扇面上可画各种图像。班婕妤《团扇歌》:"裁成合欢扇,团团如明月。"王昌龄《长信秋词》:"奉帚平明秋殿开,且将团扇共徘徊。"

第九十七首

供御香方加减频,水沉山麝每回新。
内中不许相传出,已被医家写与人。

供御香方 诗中所述唐代宫廷中的"和香方",今已不传。宋人洪刍《香谱》"香之法"条,还记载了唐代"化度寺"流传下来的配方:沉香一两半、白檀香五两、苏合香一两、甲香一两、龙脑半两、麝香半两,将各种配料"细挫捣为末,用马尾筛罗烁蜜溲和,得所用之"。这是一种寺院里用的"和香方",与供御香方不同。有各种和香的方法,其如有"蜀王熏御衣法"和"江南李主帐中香法",尚可推知唐代"供御香方"的一斑。现在把这两种和香方迻录如下,以便见斑窥豹。

蜀王熏御衣法:

  丁香 饯香 沉香 檀香 麝香 以上各一两
  甲香三两,制如常法。
  右件香捣为末,用白沙蜜轻炼过,不得热用,合和令匀入用之。

江南李主帐中香法:

右件用沉香一两,细剉,加以鹅梨十枚,研取汁于银器内盛,却蒸三次,梨汁干,即用之。

刘宋范晔尝撰《和香方序》:"麝本多忌,过分必害;沈实易和,盈斤无伤。零藿惨虐,詹唐(糖)粘湿。甘松、苏合、安息、郁金,奈多和罗之属,并被珍于外国,无取于中土。又枣膏昏钝,甲煎浅俗,非惟无助于馨烈,乃当弥增于尤疾也。"唐人正是根据各种香料品性之异同,不断改变其配和之品种及数量,这就是王建诗中所谓的"加减频"、"每回新"。

第九十八首

药童食后进云浆,高殿无风扇少凉。
每到日中重掠鬓,衩衣骑马绕宫廊。

药童 专指宫廷中尚药局服役之童子,不是市肆药店中劳作的童子。《新唐书·百官志二》"尚药局":"龙朔二年,改尚药局曰奉医局。有按摩师四人,咒禁师四人,书令史二人,书吏四人,直官十人,主药十二人,药童三十人,合口脂匠二人,掌固四人。"《新唐书·百官志四上》"东宫官":"药藏局,药童六人。"

云浆 指美酒,亦称云液、流霞。《汉武故事》:"西王母曰:'太上之药有玉津金浆,其次药有五云之浆。'"庾信《温汤碑序》:"其色变者流为五云之浆,其味美者结为三危之露。"

衩衣 便服。《资治通鉴》卷二五二:"(王)凝先及第,尝衩衣见彦昭。"胡三省注:"衩,差卖翻,衩衣,便服,不具礼也。"胡三省《通鉴释文辩误》卷十一《通鉴二五二》:"衩衣二字,今人所常言也。凡交际之间,实以世俗之所谓礼服来者,主欲从简便,必使人传言曰:'请衩衣。'客于是以便服进。又有服宴亵之服而遇服交际之服者,必谢曰:'衩袒无礼。'可见衩衣之语起于唐人,而通行于今世也。"韩偓《早归》:"衩衣吟宿醉,风露动相思。"

第九十九首

步行送出长门远,不许来辞旧院花。
只恐他时身到此,乞求自在得还家。

　　送出　送宫女出宫。王溥《唐会要》卷三"放宫人"条:"贞元二十一年三月,出后宫人三百人。其月,又出后宫及教坊女妓六百人,听其亲戚迎于九仙门,百姓莫不叫呼大喜。"张祜有《退宫人》诗,杜牧有《出宫人》诗二首,均咏其事。

　　长门　汉代宫名,汉武帝时,陈皇后失宠,居长门宫,使人奉黄金百斤,令司马相如赋《长门赋》,以悟武帝。司马相如《长门赋序》云:"孝武皇帝陈皇后,时得幸,颇妒,别在长门宫,愁闷悲思。闻蜀郡成都司马相如,天下工为文,奉黄金百斤,为相如、文君取酒,因于解悲愁之辞。而相如为文,以悟主上,陈皇后复得亲幸。"后代诗文里常以长门作为失宠宫人的居处。

　　乞求自在　陶宗仪《南村辍耕录》卷十二:"世之曰乞求,盖谓正欲若是也,然唐时已有此言。王建《宫词》:'只恐他时身到此,乞求自在得还家。'又,花蕊夫人《宫词》:'种得海柑才结子,乞求自过与君王。'"

第一〇〇首

缣罗不著索轻容,对面教人染退红。
衫子成来一遍出,今朝看处满园中。

　　轻容　唐代一种极为轻薄的丝织品。周密《齐东野语》:"纱之至轻者,有所谓轻容,出《唐类苑》,云:'轻容,无花薄纱也。'王建《宫词》

云:'缣罗不著爱轻容',元微之寄白乐天白轻容,乐天制而为衣。而诗中容字乃为流俗妄改为庸,又作褣、榕,盖不知其所出。"周氏所云良是。乐天诗题为《元九与绿丝丰白轻褣见寄》,云:"绿丝文布素轻褣,珍重京华手自封。"李贺《恼公》诗云:"蜀烟飞重锦,峡雨溅轻容。"方扶南批本《李长吉诗集》:"轻容,唐时纱名,王建诗有白轻容,一作褣。"《新唐书·地理志五》:"越州会稽郡,中都督府,土贡:宝花、花纹等罗,白编、交梭、十样花纹等绫、轻容、生縠、花纱。"《元丰九域志》:"越州岁贡轻容纱五匹。"

  退红 粉红色,唐人诗中常见。陆游《老学庵续笔记》:"唐有一种色,谓之退红。王建《牡丹诗》云:'粉光深紫腻,肉色退红娇。'王贞白《娼楼行》云:'龙脑香调水,教人染退红。'《花间集乐府》云:'床上小熏笼,韶州新退红。'盖退红若今之粉红,而髹器亦有作此色者,今无之矣。绍兴末,缣帛有一等似皂而淡者,谓之不肯红,亦退红类耶?"

丁稿

王建《宫词》传承稿

笔者曾发表过《长吉诗与词曲》一文(载《文学评论》总第三十一辑),论文结尾处,提出过一个观点:前代诗家的创作,可以影响后代诗人的创作,这种影响的程度,与作品本身的艺术水平及其魅力成正比,某人作品的艺术魅力愈大,其影响后代的程度愈深远;反之,某些对后代产生过深远影响的作品,恰好证明它们具有独特的吸引力,具有较高的艺术水平。笔者这个结论,是由李贺诗对后代产生过深远影响推断出来的,同样也适合于其他诗人。

王建《宫词》一百首,究竟有多高的艺术水平?有没有艺术魅力?恰恰可以从它们对后代的影响,后代诗人对它们的接受、传承的状况,加以考察,求得科学的依据,做出准确的评判。下面,我们将从三个方面加以考察与论述。

一、从宫怨到宫词

钟惺说:"王建《宫词》,非宫怨也。"(《唐诗归》卷二十七)

王建的《宫词》,确实与通常的唐代"宫怨"诗不一样,从唐代许多描写宫廷生活的诗歌审视,"宫怨"与《宫词》有着明显的区别。

唐代宫怨诗,乃是摅写宫廷女子(包括嫔妃、宫女)怨苦、怨恨心情的作品,传承《诗经》以来的优良传统,充分表现历代宫廷女子被黜、失宠、幽闭、殉葬的生活,细致入微地反映出她们的心态和情感。王昌龄《春宫曲》:"昨夜风开露井桃,未央殿前月轮高。平阳歌舞新承宠,帘外春寒赐锦袍。"诗的首两句,点题上的"春"字,"昨夜",说承宠已成往事。第三句转出别意,一个"新"字,衬出自己的失宠。结句申写"新人"承宠,暗中托出自己的怨情。全诗描写的对象是宫廷女子,出自"望幸者"之口,语意深婉,不露怨意。沈德潜《说诗晬语》说:"只说他人之承宠,而己之失宠,悠然可思,此求响于弦指外也。"是一首地道的宫怨诗。李白《长门怨》:"天回北斗挂西楼,金屋无人萤火流。月光欲到长门殿,别生深宫一段愁。"由传统题材陈皇后失宠故事生发,上两句即境写景,点出秋夜无寐,下两句即景抒情,以"月"烘染愁思怨意,不言怨而怨自见,令人咏味不尽。唐汝询《唐诗解》云:"月本无心,哀怨之极,觉其有心耳。"李益《宫怨》:"露湿晴花春殿香,月明歌吹在昭阳。似将海水添宫漏,共滴长门一夜长。"诗写失宠宫女愁思不寐而觉夜长,"海水添宫漏",设想新奇,极度夸张地增加"夜长"。刘永济《唐人绝句精华》评此诗说:"不过'愁人知夜长'之意,却将昭阳与长门宫漏比说,便觉难堪。"不愧为唐人宫怨诗中的名篇。列举以上三诗,无非说明唐代"宫怨"诗的共同艺术特征和审美个性。

王建《宫词》一百首,与唐人"宫怨"诗,面目迥异。尽管百首《宫词》中也有少数几首带有"宫怨"的意味,如第九十首:"树头树底觅残红,一片西飞一片东。自是桃花贪结子,错教人恨五更风。"钟惺《唐诗归》卷二十七:"此首微有怨意,然亦深。"然就整体而言,王建《宫词》一百首,呈现着独异的风貌,简言之:其一,扩大了描写对象;其二,拓展了题材内容;其三,提高了表现功能。王建《宫词》,对唐代"宫怨诗"做了彻底的改造,创造出宫廷文学的全新面貌,他的首创之功不可没。

首先,王建《宫词》的抒情主人公和被描写对象,已从单一的宫廷失宠女子,扩大到整个活动在宫廷中的人群,上至皇帝,下至扫地工。即使是写宫廷女子,也将生活在宫廷中的各个阶层、各有职司的人物描写入诗。唐人宫怨诗中从来不写到或则很少写到男性人物,而王建《宫词》写到的男性人物极多。先看皇帝,第七首"延英引对碧衣郎"、第八首"未明开着九重关"、第十首"丹凤楼门把火开"、第十五首"对御难争第一筹"、第三十四首"粟金腰带象牙锥"、第四十五首"丛丛洗手绕金盆"、第九十二首"忽地金舆向月陂"诸诗,都写到君王的多种活动。其他如起草臣子(第四首"白玉窗中起草臣"),侍主玉案旁起居郎、起居舍人(第六首"千牛仗下放朝初"),等候册封的蕃臣(第八首"未明开着九重关"),集贤殿学士(第十二首"集贤殿里图书满"),参加打球的诸王(第十四首"新调白马怕鞭声"),设宴内家的中尉(第四十九首"两楼新换珠帘额"),宫外雇来的扫地夫(第六十九首"宫人早起笑相呼"),参加驱傩仪式的太常寺官员和侲子(第八十九首"金吾除夜进傩名"),尚药局的药童(第九十八首"药童食后进云浆"),教授宫娥唱歌的音声博士(第八十三首"教遍宫娥唱尽词")。以上诗里写到的人物,都是男性。至于宫廷女子更是名目繁多,有侍奉君王、后妃的宫女(第五首"内人封御叠花笺"),从事步打毬、白打的宫女(第七十三首"殿前铺设两边楼"、第八十一首"宿妆残粉未明天"),夜间值班的宫女(第二十七首"红灯睡里唤春云"),锁在鱼藻宫的宫女(第十八首"鱼藻宫中锁翠娥"),闲玩博戏的宫女(第七十七首"分朋闲坐赌樱桃"、第九十四首"春来睡困不梳头"),踏青迎春的宫女(第四十八首"新晴草色绿温暾"),豢养禽鸟的宫女(第二十四首"内人笼脱解红绦"),射生宫女(第二十二首"射生宫女宿红妆")等。王建《宫词》还写到许多教坊、宜春院、梨园的舞女和歌手,有跳《圣寿舞》的舞女(第十七首"罗衫叶叶绣重重")、跳《柘枝舞》的舞女(第八十六首"玉箫改调筝移柱")、学吹笙的女伎(第七十首"小随阿姊学吹笙")、学弹箜篌的梨园弟子(第三十一首"十三初学擘箜篌")、合乐善唱的歌女(第二十九首"琵琶先抹六幺头")。王建《宫词》中也写到一些宫廷中的上层女性,有新拜的内尚书(第七十五首"御前新赐紫罗襦")、来暖房的公主母"太仪"(第七十四首"太仪前日暖房来")、进献食品的公主(第五十七首"东风泼火雨新休")、新降诞的妃子(第七十一首"日高殿里有香烟")、看新房的贵妃姊妹(第六十四首"小殿初成粉未干")等。

其次,王建《宫词》的题材内容,已从单一的宫女失眠、怨思,拓展到宫廷生活许多层面,丰富多彩。欧阳修《归田录》:"王建《宫词》,多言唐宫中事,群书阙记者,往往见其诗。"欧阳修举《滕王蛱蝶图》为例,还不适当,因为滕王擅蛱蝶,早有记载。另如第四十四首"御厨不食索时新",记及"女医人",史书阙记。第七首"延英引对碧衣郎",记及皇帝于延英殿亲试制策举人,确为群书阙记。今按宫廷中的政务活动与日常活动分别举例说明。第一首"蓬莱正殿压金鳌",描写元日朝会群臣、蕃夷的场面;第三首"笼烟紫气日瞳瞳",描写百官早朝的景况;第八首"未明开着九重关",描写册封蕃臣的仪式;第十首"丹凤楼门把火开",表现帝王亲祀南郊的祭礼;第十三首"秋殿清斋刻漏长",表现公卿拜陵的活动;第十一首"楼前立仗看宣赦",反映唐朝金鸡放赦的典制;第十二首"集贤殿里图书满",表现集贤殿收藏、刊辑图书的功能。以上诗篇,关涉王朝治政理民、典章礼仪的大事,"宫怨"诗从不涉及,而王建《宫词》却都能真实描写,具体真切。关于宫廷中日常生活的描写,更是王建《宫词》的长处,如第二十五首"竞渡船头掉彩旗",描写宫中君臣宫女观看彩旗摇动、水溅罗衣的竞渡游戏;第二十六首"灯前飞入玉阶虫",描写中元节夜宫女们绣老子像;第十五首"对御难争第一筹",表现君臣打球,内人唱好,鼓乐助兴;第二十二首"射生宫女宿红妆",表现射生宫女受赐美酒,跪拜君王;第三十二首"红蛮捍拔帖胸前",表现受宠的女伎奋力独奏琵琶;第五十八首"风帘水阁压芙蓉",表现宫女水阁纳凉避热。还有许多有关游乐、习俗的日常生活,不再赘述。总之,宫廷日常生活的方方面面,都被王建摄入镜头,写入诗句中,融化成富有画意的美感情境。

其三,王建《宫词》的表现功能,已经从单一的抒情功能(尤其是抒写宫廷女子愁苦而深细的内心情感),提高到融写景、抒情、叙事、议论于一体,多方面地表现宫廷生活的诗歌功能。王建《宫词》生动地描绘宫廷建筑的恢宏景象,如第一首"蓬莱正殿压金鳌"、第九十一首"金殿当头紫阁重";细致地刻画宫廷礼仪的雍容肃穆,如第三首"笼烟紫气日瞳瞳";着意摹写宫廷乐舞的热闹场景,如第十七首"罗衫叶叶绣重重";深刻地揭示出宫廷服饰的穷奢极侈,如第六十二首"玉蝉金雀三层插";传神地再现了妃子降诞的欢乐景况,如第七十一首"日高殿里有香烟";明快地传达出女伎受宠时的欢快神态,如第三十二首"红蛮捍拔帖胸前";诙谐地展现宫女忽逢吉兆时的自宽自解,如第五十一首"家常爱著旧衣裳";巧妙地把握往宫女冀求恩宠的细节描写,如第九十六首"宛转黄金白柄长"。王建《宫词》一百首,不再停留在一种表现模式上、一个基调上,而是全方位、多功能地再现唐代宫廷生活,呈现出全新的、独特的风貌,与"宫怨"诗完全异样。

王建《宫词》一百首,扩大了被描写对象的范围,拓展了题材内容,提高了表现功能,与唐代的"宫怨"诗截然不同。从唐代"宫怨"诗变化发展到《宫词》,王建有首创之功。

在王建以前,写作《宫词》的有三人,一是崔国辅,他的《魏宫词》云:

朝日照红楼,拟上铜雀台。
画眉犹未了,魏帝使人催。

此诗借魏说唐,写魏文帝的荒淫,宫妃的无奈,讽刺入骨。高步瀛《唐宋诗举要》说:"然丕已腐骨,又安足刺?其殆意感武才人(武则天初为太宗才人)之事,不能明言,而姑托于丕乎?"全诗无一"怨"字,而"怒"意自显,极含蓄之妙。

一是戴叔伦,他的《宫词》云:

紫禁迢迢宫漏鸣,夜深无语独含情。
春风鸾镜愁中影,明月羊车梦里声。
尘暗玉阶綦迹断,香飘金屋篆烟清。
贞心一任蛾眉妒,买赋何须问马卿?

这是一首律诗,写宫妃失宠,犹能傲兀自重,保存"贞心",不怕"蛾眉妒"。沈德潜《唐诗别裁集》评曰:"宫词不多作怨声,能存贞心。"撷出诗人匠心。

以上两诗,名为"宫词",实是"宫怨"诗。

另外一人是顾况,他有五首《宫词》:

禁柳烟中闻晓乌,风吹玉漏尽铜壶。
内官先向蓬莱殿,金合开香泻御炉。

玉楼天半起笙歌,风送宫嫔笑语和。
月殿影开闻夜漏,水精帘卷近银河。

玉阶容卫宿千官,风猎青旗晓仗寒。
侍女先来荐琼蕊,露浆新下九霄盘。

九重天乐降神仙,步舞分行踏锦筵。
嘈嘈一声钟鼓歇,万人楼下拾金钱。

金吾持戟护新檐,天乐声传万姓瞻。
楼上美人相倚看,红妆透出水精帘。

我们惊奇地发现,在王建创作百首《宫词》之前,顾况的五首《宫词》,已经初具王建《宫词》百首的艺术特质。按,顾况约生于开元十三年(725),而王建生于大历元年(766),顾况比王建要早出生四十余年。顾况与柳浑、李泌友善,贞元三年(787),柳浑辅政,征顾况为校书郎;后李泌入朝,顾况又迁为著作佐郎。贞元五年,李泌卒,顾况作《海鸥咏》,嘲诮权贵,被贬为饶州司户,出京。他写作《宫词》五首,当在京任校书郎、著作佐郎这段时间内,约在贞元三至五年间。这时,王建在二十二至二十四岁间,生活于邢州、楚州一带,尚未入京,王建《宫词》不可能写于此时。顾况《宫词》第一首,描写清晨内官至蓬莱殿,打开金盒,将香料倒入香炉中。第二首,追写华清宫旧事,风吹玉漏声,帘卷银河近,而《霓裳羽衣曲》的歌舞,自在清虚想象中,所以,吴瑞荣《唐诗笺要》评此诗:"《宫词》多作怨望,此独不然,当是逋翁特地出脱处。"第三首,清晓,侍女送来刚从承露盘上取下的露浆。第四首,描写万人争睹宫廷乐舞演奏的场景。第五首,承上首,描写宫妃倚栏观看乐舞。综观这五首诗,有一个共同的特征,它们不以宫中失宠女子为描写对象,也不单纯地抒写她们的怨愁心情,却将诗笔投向为香炉投放香料的内官、送露浆的宫女,描写万人争睹乐舞演奏,人物增多了,题材内容扩大了,表现功能提升了。这些艺术特质,都与王建《宫词》相仿佛。他虽说只写了五首,却开启了《宫词》独特风貌的先河。

继顾况之后,还有一个早于王建写作《宫词》的人,便是与王建生活年代相近的王涯。管世铭《读雪山房唐诗序例》云:"《宫词》始于王仲初,后人仿为之者,总无能掩出其上……王涯诸作,佳者几可乱真。"辛文房《唐才子传》编王建于卷四,却编王涯于卷五。《全唐诗》将王涯排列在王建之后,因而人们几乎异口同声地以为王涯写作《宫词》,乃仿学王建。这个论断似乎还可以商兑。

王涯(约765—835),字广津,郡望太原,籍贯未详。德宗贞元八年(792)擢进士第,十八年(802)登博学宏辞科。初授蓝田尉,二十年(804)入为翰林学士。永贞元年(805)任左补阙,元和初迁起居舍人。三年(808)贬为虢州司马,后徙袁州刺史。七年(812)入为兵部员外郎、知制诰。九年(814)拜中书舍人,充皇太子侍读。十一年(816)迁工部侍郎、知制诰,俄拜中书侍郎,同中书门下平章事。十三年(818)

罢相,官吏部侍郎。穆宗立,出为剑南东川节度使,长庆三年(823)入为御史大夫,迁户部尚书、盐铁转运使。敬宗时,出为山南西道节度使。文宗嗣位,释太常卿,以吏部尚书总盐铁,进尚书右仆射。太和七年(833)再入相。九年(835)甘露事变中,为宦官仇士良杀害。王涯博学好古,工诗文,尤长于绝句,后人将他的绝句与张仲素、令狐楚的绝句合编成《三舍人集》。《全唐诗》收录其《宫词》三十首,实存二十七首。

笔者细致地考察王涯的生平历仕,发现他早在王建任太府丞、太常丞、秘书丞(约元和十三年至长庆三年)之前,就已经历任朝中高官,且均为内职,可以接近皇帝、百官,出入禁中,交接宫廷中各色人等,很具备写作《宫词》的条件和生活基础,今选其中十首:

(其二)
春来新插翠云钗,尚着云头踏殿鞋。
欲得君王回一顾,争扶玉辇下金阶。

(其七)
一丛高鬓绿云光,官漾轻轻淡淡黄,
为看九天公主贵,外边争学内家妆。

(其八)
宜春院里驻仙舆,夜宴笙歌总不如。
传索金笺题宠号,灯前御笔与亲书。

(其九)
永巷重门渐半开,宫宫着锁隔门回。
谁知曾笑他人处,今日将身自入来。

(其十)
春风帘里旧青娥,无奈新人夺宠何!
寒食禁花开满树,玉堂终日闭时多。

(其十九)
炎炎夏日满天时,桐叶交加覆玉墀。
向晚移灯上银篝,丛丛绿鬓坐弹棋。

(其二十)
瞳瞳日出大明宫,天乐遥闻在碧空。

禁树无风正和暖,玉楼金殿晓光中。
(其二十一)
迥出芙蓉阁上头,九天悬处正当秋。
年年七夕晴光里,宫女穿针尽上楼。
(其二十二)
教来鹦鹉语初成,久闭金笼惯认名。
总向春园看花去,独于深院唤人声。
(其二十七)
禁树传声在九霄,内中残火独遥遥,
千官待取门犹闭,未到宫前下马桥。

十首诗中,有的诗写宫廷建筑,直用其名,如其二十写到大明宫,其二十一写到七巧楼,其八写到宜春院,这些写法与王建相仿佛;有的诗写宫廷生活,很真实,如其二写宫女争宠,其十九写宫女夏日坐弹棋,其二十七写宫前下马桥边百官待朝,其二十二写宫女养鹦鹉;有的诗明显写宫女怨苦愁思,如其九写宫女被关入永巷,其十写失宠宫女的无奈心理。可以由此推断,王涯的《宫词》写作时间应在王建之前,他的作品,直接启迪王建写作百首《宫词》的创作思路。如果说,王建首创百首《宫词》的话,那么,顾况、王涯正是他的启蒙老师。

宫词之体,到王建手中,最后定型,后人纷纷效尤。很多诗人,效学王建写作《宫词》一百首,详见下文。也有许多诗人,只是效学他《宫词》的体制,或写单篇,或联多首为组诗,多则数十首,并没有写满一百首。用这种方式效学王建的人,历朝都有,先说说唐五代。

唐罗隐《宫词》:"巧画蛾眉独出群,当时人道便承恩。经年不见君王面,落日黄昏空掩门。"巧画蛾眉,本冀承恩,但经年不见君王,落点仍在"怨"字上。韩偓《宫词》:"绣裙斜立正销魂,侍女移灯掩殿门。燕子不来花著雨,春风应自怨黄昏。"不说君王不来,却说"燕子不来",不说宫妃"怨",却说春风"怨",构想巧妙。张蠙《宫词》:"日透珠帘见冕旒,六宫争逐百花球。回看不觉君王去,已听笙歌在远楼。"六宫嫔妃宫女,眼看君王远去,无可奈何,不着一个"怨"字,而怨意满篇。五代李建勋《宫词》:"宫门长闭舞衣闲,略识君王鬓便斑。却羡落花春不管,御沟流得到人间。"写宫女之怨,意在言外。李中仕南唐为淦阳宰,有《宫词》二首,云:"门锁帘垂月影斜,翠华咫尺隔天涯。香铺罗幌不成梦,背壁银釭落尽花。""金波寒透水精帘,烧尽沉檀手自添。风递笙歌门已掩,翠华何处夜厌厌。"二诗写宠幸无望,仍然抒发宫女之怨。徐仲雅为后唐天册府学士,作《宫词》云:"内人晓起怯春寒,轻揭珠帘看牡丹。一把柳丝收不得,和风搭在玉栏杆。"蜀后主王衍亦善《宫词》,张唐英《蜀梼杌》卷上:"衍命宫人李玉箫歌所撰《宫词》,送宗寿(嘉王)酒。宗寿惧祸,乃尽饮之。在迎(姓潘)曰:'嘉王闻玉箫歌即饮,请以玉箫赐之。'衍曰:'王必不纳。《宫词》曰:辉辉赫赫浮五云,宣华池上月华新。月华如水浸宫殿,有酒不醉真痴人。'宗寿,字永年,王建之族子。"欧阳炯为后蜀翰林学士,亦尝作《宫词》,宋田况《儒林公议》卷下云:"伪蜀欧阳炯尝应命作《宫词》,淫靡甚于韩偓。江南李坦时为近臣,私以艳藻之词闻于主听,盖将亡之兆也。君臣之间其间先亡矣。"欧阳炯之《宫词》,今已不传。

宋人盛行写作百首《宫词》,效学王建,蔚然成风,如王珪、宋白、张公庠、王仲修、周彦质、宋徽宗、岳珂、胡伟诸人,都有《宫词一百首》传世。还有一位王绅,也写过《宫词一百首》,今已失传,司马光《温公续诗话》提到此事云:"元丰初,宦者王绅,效王建作《宫词》百首,献之,颇有意思。"所以写作单篇《宫词》的人不多,即使有人写,也与王建七言绝句《宫词》稍异。如寇准有《宫词》一首,载《寇忠愍公诗集》卷下,此诗乃五言绝句,夏竦有《宫词》一首,载《文庄集》,然此诗非王建旧制,乃为七言律诗。稍有规模的是杨皇后《宫词》五十首。杨皇后,于宋宁宗庆元元年(1195)封婉仪。六年进贵妃,立为皇后。理宗即位,上尊号曰寿明慈睿皇太后,宝庆六年(1230)崩,谥曰恭圣仁烈,史称"恭圣皇后"。善诗,常为画题诗。其妹名杨妹子,亦善书画、诗词。杨皇后《宫词》,有写本,有刊本,傅增湘《藏园群书题记》卷十五著录《校宋写本杨太后宫词跋》,云:

　　顷检箧藏,得影刊宋人写本一帙,乃友人瞿良士所贻,盖良士近岁于吴门收得刻板十二番,重为修治印行者。其板不审为何时何人所梓,然笔意朴拙,雅近燉煌经卷,要出宋人手迹无疑。

今据厉鹗《宋诗纪事》卷一所录,选出八首,以示读者:

天中圣节礼非常,躬率群臣上寿觞。
天子捧盘仍再拜,侍中宣达近龙床。

水殿钩帘四面风,荷花蘸锦照人红。
吾王一曲薰弦罢,万俗泠泠解愠中。

宫殿钩帘看水晶,时当三伏炽炎蒸。
翰林学士知谁直,今日传宣与赐冰。

云影低涵百子池,秋声轻度万年枝。
要知玉宇凉多少,正在观书乙夜时。

凉秋结束斗鲜新,宣入球场尚未明。
一朵红云黄盖底,千官下马起居身。

秋高风劲角弓鸣,臂健常嫌斗力轻。
玉陛才传看御箭,中心双中谢恩声。

用人论理见宸衷,赏罚刑威合至公。
天下监司二千石,姓名都在御屏中。

家传笔法学光尧,圣草真行说两朝。
天纵自然成一体,谩夸虎卧与龙跳。

四库馆臣疑杨皇后五十首《宫词》有窜入之作,《四库全书总目提要》卷一八九著录《二家宫词》二卷,乃宋徽宗三百首、宁宗杨皇后五十首。跋云:

"迎春燕子尾纤纤"一首、"落絮濛濛立夏天"一首、"紫禁仙舆诘旦来"一首,向刻唐人。"兰经香消玉辇跧"一首,"阙月流光入绮疏"一首,向刻元人。今姑仍原本云云。今考集中"阿姊携侬近紫微,蕊宫承宠对芳菲。绣帏独自裁新锦,怕看花开蝴蝶飞。"一首,亦似杨妹子作,故有首句。《书史会要》称杨妹子诗,语关情思,人或讥之,盖即此类,不应出杨后之举。盖此三百五十首(指含徽宗三百首)皆后人裒辑得之,真伪参半,不可尽凭,姑以流传已久存之耳。

笔者很赞同馆臣之言。按,杨妹子,出生于苏州平望里,吴人称自己为侬,"阿姊携侬近紫微"一首,完全是杨妹子的口吻,所以此诗决非杨后所作。事关重要,录出供读者参考。

元人效学王建写《宫词》的人很多,但"皆损诗体",留下的并不多。较为著名的有杨维桢的《宫词》十二首,载《铁崖复古诗》中。这是他在天历年间和萨天锡的《宫词》,原和二十章,今存十二章。诗前有小序云:

> 宫词,诗家之大香奁也,不许村学究语。为本朝宫词者多矣,或拘于用典故,又或拘于用国语,皆损诗体。天历间,予同年萨天锡善为宫词,且索予和什,通和二十章。今存十二章。

这则序言,传达了两个信息:一是诗人表述了作《宫词》的艺术准则,即不能作村学究语;一是告诉大家同时代人萨天锡也曾写过《宫词》二十首。今选其中八首:

> 鸡人报晓五门开,卤簿千官泊帝台。
> 天上驾鹅先有信,九重鸾驾上都回。(自注:每岁此禽先驾往返。)
>
> 开国遗音乐府传,《白翎》飞上十三弦。
> 大金优谏关卿在,伊尹扶汤进剧编。
>
> 海内车书混一时,奎章御笔写乌丝。
> 朝来中贵传宣急,南国宫娥拱凤池。
>
> 薰风殿阁日初长,南贡新来荔子香。
> 西邸阿环方病齿,金笼分赐雪衣娘。
>
> 宫锦裁衣锡圣恩,朝来金榜揭天门。
> 老娥元是南州女,私喜南人擢殿元。
>
> 北幸和林幄殿宽,句丽女侍婕好官。
> 君王自赋昭君曲,敕赐琵琶马上弹。

> 后土瑠仙属内家，扬州从此绝名花。
> 君王题品容谁并，萼绿宫中萼绿华。
>
> 十二璃楼浸月华，桐花移影上窗纱。
> 檐前不插盐枝竹，卧听金羊引小车。

杨维桢友人李庸，也写过《宫词》，杨维桢《东维子文集》卷十一《李庸宫词序》记其事。诗风从容雅则的老诗人张昱，亦留下《宫词》作品。《庐陵集》载其《宫中词》二十一首，前有小序，云：

> 宫中词唯唐陕西司马王建一百首为得体，盖从内臣出入宫阃，所赋俱实见其事。厥后蜀主花蕊夫人效其体，赋诗一百首，亦其身亲见之。宋王安国校官书，见其本序而置之内阁。元初，奉天杨奂录宋宫人语五言诗十八首，颇得其情，足次二家后。大抵宫中词，论富有天下，贵为天子，不可以文工拙称。必非想像，必亲见，皆非闾巷之士可拟而赋者。后学庐陵张昱光弼志。

今录其中八首，略见诗人之匠心：

> 裹头保母性温存，不敢移身出后门。
> 寻得描金龙凤纸，学摹国字教皇孙。
>
> 颁赐三宫端午节，金丝缠扇绣红纱。
> 谢恩都作男儿跪，拜起深深鹊尾斜。
>
> 内人哄动各盈腮，谈自西宫撒雪回。
> 报与内司当有宴，羊车今晚早将来。
>
> 宫衣新尚高丽样，方领过腰半臂裁。
> 连夜内家争借看，为曾著过御前来。
>
> 和好风光四月天，百花飞尽感流年。
> 宫中无以消长日，自擘龙头十二弦。
>
> 鸳鸯鸂鶒满池娇，彩绣金茸日几条。
> 早晚君王天寿节，要将著御大明朝。

宫罗支请银霜褐,彻夜房中自剪裁。
明日看花西内去,牡丹台畔木瓜开。

延华阁下日如年,除是当番到御前。
寻出涂金香坠子,安排衣线撚春绵。

张昱又作《唐天宝宫词》八首,咏唐天宝时宫中事,实多"想象"得之:

寿王妃子在青春,赐与黄冠号太真。
不是白头高力士,翠华那得远蒙尘。

兴庆池头芍药开,贵妃步辇看花来。
可怜三首清平调,不博西凉酒一杯。

清源小殿合《凉州》,羯鼓琵琶响未休。
为是阿瞒供乐籍,八姨多费锦缠头。

昇上儿绷满翠容,黄裙高髻一丛丛。
君王入内闻欢笑,赐与金钱满六宫。

四海承平倦万机,只将彩戏悦真妃。
不平最是弹双陆,骰子公然得赐绯。

小部梨园出教坊,曲名新赐荔枝香。
《霓裳》按舞长生殿,击碎梧桐夜未央。

香囊遗下佛堂阶,不使君王不怆怀。
想著当年雪衣女,羽衣犹得苑中埋。

天宝年中宠贾昌,黄衫年少满鸡坊。
绛冠斗罢罗缠项,又得君王笑一场。

明代效学王建《宫词》之风很盛。黄省曾,字勉之,吴人,嘉靖辛卯举人。有《玉峰山人集》二十八卷。作《洪武宫词》十二首,云:

君王新拱虎龙都,万户千门天上图。
不似六朝繁粉黛,内宫聊选备承呼。

六院沉沉六观傍,西宫紫殿起中央。
夫人别与兰闱贮,尽饰金龙彩璧箱。

鸡鸣天子下床梯,内直红妆两队齐,
阊阖虎头门大启,春星犹带紫宫低。

金铺玉户月流辉,宝坐瑶堂映紫衣。
圣主观书居大善,三更龙辇未言归。

内花园里动春游,四面参差五石头。
玉砌琳阶储碧水,龙葭吹向小亭留。

君王蚤起视千官,金灶争催具凤餐。
红粉珠盘排欲进,再三擎向手中看。

云檐排比玉妃房,户户俱铺紫木床。
圣后从来敦内治,不教雕镂杂沉香。

凿教金井受天光,小小银瓶挂玉床。
此是圣人新制度。诸宫各院尽相当。

清萱到处碧鬖鬖,兴庆宫前色倍含。
借问皇家何种此,太平天子要宜男。

九五飞龙宝殿高,朝回常倚赭黄袍。
星祥一过天王目,午夜披衣不厌劳。

长春门里清明日,上苑兰风花鸟繁。
焚却纸钱啼泣罢,又随龙辇向西园。

金铺日月门将启,诸院争先画翠蛾。
高髻纱笼向何处,六龙床上看皇哥。

　　洪武,是明太祖朱元璋的年号,《洪武宫词》歌颂开国皇帝、皇后的圣德,确与一般《宫词》不同。
　　蒋之翘,字楚穉,秀水布衣。曾辑《樵李诗乘》四十卷。他写过《天启宫词》一百三十六首,前有序,表述自己效学王建作《宫词》,但风格

与王建不同,"多怨音",幽凄哀惋,这是历史时代赋予他的印记。序云:

> 杨铁崖称宫词为诗家大香奁,仆谓此皇家大竹枝也。道细事而不涉于俚,作艳语而不伤于巧,总不许村学究道只字。始唐人为之,原本《离骚》美人之思,自写其情而不及事,虽曰宫词,亦曰宫怨。至王秘监仲初,则以上家起居充依密记,如汉秘辛璨璨瑟瑟者悉著之,只言事而不言情,命曰宫词。后人递相祖述,宠之谓可补二史诸小说之阙,繇是宫词与宫怨有间矣。仆今此词,窃欲颦效仲初,而仲初所咏,事皆行乐,仆则幽凄哀惋,缠绵悱恻,大抵多怨音云。盖熹庙在御时,阉妪交讧,椒难终发,掖庭姬娥惴惴,晨夕不自保,稽事揣情,当有一种牢愁忧受之况,所以其言似颂、似讽、似慰、似怼,往往有欲言者不能出诸口,或心不欲言而不觉言又及之。忧谗畏讥,自怨怨人,情之所至,亦何能已已。邶风有《绿衣》、《终风》,雅有《白华》,皆怨祖也。纲常变而惩创明,独不可与言天启宫词耶!崇祯癸未三月,秀水蒋之翘楚稚氏自序。

读其序,知其心。蒋之翘借天启宫廷时事,揭露魏忠贤、宫氏之罪行,一抒忧国忧民之怀,初不当以文词之工拙论之哉!今选其《宫词》八首:

> 先皇百二旧神都,三殿重辉紫极图。
> 宣押鸿胪趋护戟,拜恩五等一门俱。(自注:时皇极三殿告成,忠贤晋秩上公,魏良卿封宁国,世袭,给铁券。)
>
> 阿谁走马御阶前,云绕花鞯电作鞭。
> 明主自知好手眼,应弦惊落玉连钱。(自注:忠贤驰马御前,上射杀其马。)
>
> 草枯风疾露方晞,西籞寻常正掩围。
> 手研兔狐贪目睚,漓漓血染衮龙飞。(自注:忠贤以惨杀导上游猎,时上必手剚狐兔,以

首体异处目尚转动为乐。瞚,目动也。)

小队戎装扈跸回,烟销三眼夕阳颓。
竞夸左射双鸧落,宁顾长杨讽谏才。(自注:忠贤素善左手觳弦,每多奇中。)

便殿时临草木呈,葳蕤云缛九花明。
中珰密奏缘何事,指点梁山泊上名。(自注:崔呈秀进天鉴、同志、点将诸录于忠贤,备录东林诸公姓名,指为邪党。其点将录则《水浒传》天罡、地煞分配诸人。忠贤托王体乾奏处,为一网打尽之计。)

彤史更环似有情,无端辇路碧苔生。
相应梦失砂接枕,鹦鹉窥人帘外明。(自注:中宫张后性骨鲠,好读书习字。客氏惮后,遂于帝前离间之,阴置名下陈德润为坤宁宫管事,伺后动静。彤史,女官名,属尚衣局,二人,掌后妃群妾御于君所,书其日月。)

画舸龙函诏使呼,元黄朱绿出三吴。
上公装束年来别,万寿金袍换却无。(自注:内臣佩服,向有定制,忠贤创造织金寿字喜字纱纻,俨然于帝前服之。)

漫论打鸭着鸳惊,春恨时随碧草生。
裹玉萦香已何限,始知无宠是深情。(自注:客氏在内,时有勒死、箠死女尸出大安门外,故云。)

唐宇昭(1604—1672),一名禹昭,字孔明,号云客,自号半园居士,武进（今属江苏常州）人。明崇祯九年（1637）举人，明亡，与弟宇量同隐乡里。作《拟古宫词》四十首，前有小序，自言写作《宫词》，以寄托铜驼荆棘之悲。序云：

  丁亥春月，止燕都，过长春禅寺，邂逅一老僧，乃昔御用监内侍也。因从闲话，得故宫轶事数十条，归寓追忆，遂一一占之。敢云宫体效颦，聊以寄铜驼荆棘之感。传自中官余论，庶可释禁掖深邃之疑耳。

唐宇昭值易代之际，并未入朝为官，未能亲睹宫掖秘事，他凭昔日内侍口述故宫轶事，作《宫词》，今择其八首：

  内侍争求献一人，岁朝早见牡丹新。
  妆成四壁花如锦，要识天家富贵春。

  海子澄波入御沟，南山一曲是源头。
  汲来怪别民间味，曾绕诸陵旺气流。

  天子风流出世姿，诸般雅尚及盘匜。
  镂金琢玉俱云俗，诏用宣成两代磁。

  猫睛一颗万缗偿，殿槛窗楹尽宝镶。
  便使月昏宫烬烛，晶晶四壁自生光。

  尚膳偏珍虎眼糖，民间不许擅传芳。
  每缘太监私还第，袖与家人暂一尝。

  上直龙帏夜不眠，屏遮烛影小窗前。
  偶因坐夕朦胧去，忽踏青莎到外边。

  宫掖花天倦绣多，迟迟日影奈春何。
  打成五色丝绳子，闲坐金阶放地锣。

  玉皇座后列诸神，尽是兼金冶铸成。
  更著铜丝帘子护，濛濛俨在雾中行。

玉雨舟亦作《宫词》一卷。顾元庆《夷白斋诗话》记载："吴兴王雨

舟,人物高远,奉养雅洁,刻意诗词。所著有《宫词》一卷……其《宫词》尤蕴藉可喜。"顾氏录出三诗:

> 驾幸长春二鼓时,提灯驰报疾如飞。
> 上方供奉忙多少,才拭龙来布地衣。

> 昨夜闽中进荔枝,君王亲受幸龙池。
> 先将并蒂承金盒,密赐修仪尽不知。

> 锦标夺得有谁争,跪向君王自报名。
> 宣索宫花亲自插,连呼万岁两三声。

明季方以智,字密之,桐城人。崇祯庚辰进士,授翰林检讨。明亡后,削发为僧,名弘智,字愚者、无可,号药山和尚。有《浮山全集》。他有四十八首仿王建《宫词》的诗。陈田《明诗纪事》辛签卷十七引《桐旧集》:"先生此题诗四十八首,其体似王仲初《宫词》,所咏多当时仪制。"如《临雍》云:"彝伦堂上开黄幄,祭酒安然坐讲筵。"《郊祀》云:"仿汉竹宫遥望拜,正阳竿上九灯笼。"《冬至》云:"复壁更衣通大道,阳生冬至造椒汤。"《雷鼓》云:"重重纸布胶成革,人听工官说尚疑。"《御辇》云:"三十二人肩大辇,版舆节鼓步随声。"《朝靴》云:"软底乌靴朝上粉,御阶行处不闻声。"《乐舞》云:"舞成天下太平字,蚬斗颁圭白打钱。"《赐坐》云:"宫官不具成堂椅,有召临时赐绣墩。"《称呼》云:"道长掌科寅不说,词林通号老先生。"《拜谒》云:"投帖长班无忌讳,当朝宰相亦呼名。"《舆卫》云:"三品肩舆开棍列,油幢张盖出京城。"从整体诗作中毫无黍离之悲的迹象看,可知这四十八首仿王建《宫词》当作于明亡之前,或即在他任翰林检讨时。

王誉昌(1634—1705),字露湑,号话山,江苏常熟人。诸生。从钱陆灿学诗。有《含星集》十二卷,今存。他在康熙三十年(1691)作《崇祯宫词》一百八十六首,追忆明崇祯朝十七年往事,据序言"十七载之旰食宵衣,传来天上;数万人之佩声钗影,散自人间。白发宫监,说于闲坐;青林耆旧,笔之偶闻。则禅榻鬓丝,纸窗灯火,斜行小字,比事属词,撷拾应有未该,毫素不容或诬。一篇三致,感慨系之矣。"王誉昌既非崇祯帝近臣,亦非明季宫中旧人,他用宫词形式表现崇祯时事,都得之于耆旧,采摭遗闻,比事属词,写成这些《宫词》作品。《崇祯宫词》的明显特征是,每首诗之后,附以自注,纪事详赡,其体制完全继承蒋之翘《天启宫词》的模式。兹举四诗为例:

玉步行看入五云,饼笼双袖麦香闻。
芜蒌玉粥滹沱饭,可抵明廷此策勋。(自注:熹宗崩,大奄魏忠贤谋迎福王。懿安召帝入继大统,密戒云:勿食宫中食。帝从周皇亲家作麦饼,怀以自饷。)

狐岂有威堪假道,鼠曾无穴可容身。
盈廷莫讶褫冠佩,半是当时向火人。(自注:帝既处分魏奄,阁臣仅以四五十人为余党,列案以请。帝谕以称颂、赞导、速化为题,皆列入,阁臣以外廷不知内事对。阅日,帝召阁臣入。先有黄袱累累,指示曰:此皆红本,珰实迹也。于是案所罗列者甚广。)

血渍衣襟诏一行,殉于宗社事煌煌。
此时天帝方沉醉,不觉中原日月亡。(帝缢于万寿山之红阁,所御元色镶边白绸半臂,有御笔血诏,云:"朕在位十七年,薄德匪躬,上邀天罪,逆贼直逼京师,诸臣误朕也。朕无颜见祖宗于地下,将发覆面而死,任贼分裂朕尸,勿伤吾百姓一人。"或曰:衣袖墨书一行云:"因失江山,无面目见祖宗,不敢终于正寝。")

不敢悲君敢自悲,提兵中外竟何为。
邀他一死恩尤重,祔葬桥山更有谁。(帝与王承恩语良久，命酒对酌，至三更俱醉，帝起携承恩手至万寿山。帝崩，承恩跪帝膝前，引带扼胫同死。今思陵墓门之右为承恩墓，以从死袝焉。时司兵柄者，外则李国栋，内则承恩也。）

两诗记崇祯帝初继大统时事，两诗记崇祯帝自缢于万寿山之时事，自注详细记述时事经过，均可补史乘之或阙。

清代还有一些诗人撰写《宫词》，如刘大櫆作《拟王建宫词》十首，盛大士作《五代宫词》十二首、《元代宫词》十八首，陆长春作《三朝宫词》（辽、金、元）各一卷，吴省兰作《五代宫词》一卷，孟彬、袁学澜作《十国宫词》等等，数量很多，不再细述。

效学王建写作《宫词》的诗人，从唐五代开始，直到清代，代不乏人，有的还是很著名的诗人，如元代的杨维桢、张昱，明代的黄省曾、方以智，清代的王誉昌等。随着时代的变迁，历代诗人写作《宫词》，诗思时见新变，富有时代特色，不是简单地重复王建的思路，可以说这是王建《宫词》传承历史中出现的新气象和好现象。

二、《宫词》一百首

洪仮《四家宫词序》："宫词古无有，至唐人始为之，王建所作，多至百篇。"（朱彝尊《十家宫词》附载）洪氏充分肯定了王建首创百首《宫词》之功绩。魏庆之《诗人玉屑》卷十六引《唐王建宫词旧跋》："《宫词》凡百绝，天下传播，效此体者虽有数家，而建为之祖耳。"旧跋谓"效此体者虽有数家"，不确当。据笔者初步统计，历代诗人仿学王建此体者，写有《宫词一百首》的，约有二十家左右，且有"三家宫词"、"五家宫词"、"十家宫词"、"四家宫词"等名目。"三家宫词"指王建、花蕊夫人、王珪三家的百首《宫词》，最早见于陈振孙的《直斋书录解题》卷十五，云：

《三家宫词》三卷，唐王建、蜀花蕊夫人、本朝丞相王珪三人所著。

"五家宫词"，指和凝、宋白、张公庠、周彦质、王仲修五家的百首《宫词》，陈振孙《直斋书录解题》卷十五云：

> 《五家宫词》五卷，石晋宰相和凝，本朝学士宋白、中大夫张公庠、直秘阁周彦质及王仲修共五人，各百首。仲修当是王珪之子。

"十家宫词"，朱彝尊刻《十家宫词》，指王建、花蕊夫人、和凝、赵佶、王珪、王仲修、宋白、张公庠、周彦质、胡伟等十家百首《宫词》（赵佶三百首）。王士禛《带经堂诗话·总集门三·题识类》引《居易录》云：

> 朱检讨（彝尊）竹垞贻所刻《十家宫词》，为倪检讨（粲）雁园家宋刻本。唐陕州司马王建、蜀花蕊夫人、石晋丞相和凝、宋宣和御制、丞相王珪、珪子仲修、学士宋白、中大夫张公庠、直秘阁周彦质、又胡伟集句，凡十家。

又有"四家宫词"，指王建、花蕊夫人、王珪、胡伟四家百首宫词。洪刍《四家宫词序》（附于朱彝尊刻《十家宫词》中）：

> 王建所作多至百篇，继之者蜀有花蕊夫人，本朝有王岐公，客自吴中来，又得胡元迈集句，亦且百篇，《宫词》其备矣。

又别有《四家宫词》，指宋徽宗、张公庠、王仲修、周彦质四家《宫词》。傅增湘《藏园群书题记》卷十八著录《宋书棚本四家宫词跋》，云："《宣和御制宫词》三卷、《张公庠宫词》一卷、《王仲修宫词》一卷、《周彦质宫词》一卷，宋刊本。"

综上所述，十家《宫词》，除王建、花蕊夫人、和凝为唐五代人，其余都是宋人，宋代还有岳珂；明代有朱权、朱有燉、朱让栩、王叔承、秦徵兰；清代有李调元、张鉴等，都效学王建，写作百首《宫词》，足见其影响之深远。今依次分别详释之。

1. 花蕊夫人《宫词一百首》

效学王建写作《宫词一百首》，蜀花蕊夫人可说是第一人。陈师道《后山诗话》："费氏，蜀之青城人，以才色入蜀宫，后主嬖之，号花蕊夫人。效王建作《宫词》百首。国亡，入备后宫。"许学夷《诗源辩体》卷三十三："蜀王孟昶花蕊夫人有七言绝《宫词》一百首,其词本于王建。"五代时,花蕊夫人有两人,一为前蜀王建淑妃徐氏(徐耕女),宫中称小徐妃、花蕊夫人;一为后蜀孟昶妃,姓费,号花蕊夫人。《宫词》究为谁作?旧说《宫词》为后蜀孟昶妃费氏作,蔡絛《铁围山丛谈》卷六:"及孟氏再有蜀,传至其子昶,则又有一花蕊夫人,作《宫词》者是也。"毛晋《汲古阁旧跋·花蕊夫人宫词》:"陶宗仪以孟昶纳徐匡璋女,拜为贵妃,别号花蕊夫人,而以费氏为误。盖未详王建之有徐妃,孟昶之有费妃也。意蜀主有前后之异,而世传夫人为蜀主妃,不及考其为王为孟,为徐为费,为顺圣为花蕊耶!今《宫词》百首,实孟昶妃费氏也,不闻小徐妃云。"清编《全唐诗》即据旧说,将《宫词一百首》误属后蜀孟昶花蕊夫人。

近人浦江清先生曾对此做出过详细考证,最后得出结论:

花蕊夫人《宫词》者,熙宁五年(1072)王安国于崇文院中校理蜀国故书时发见之,凡二敝纸所书,共有八九十首。安国察知为花蕊夫人诗笔,以其诗之内容似王建《宫词》,遂称之为花蕊夫人《宫词》,定为后蜀主孟昶妃号花蕊夫人者所作。王安国赏其文词,录出三十二章,誊写入三馆。及王珪、冯京闻之,遂传其本于外。至南宋时,《宫词》刊本已杂,其有九十八首者,最为近真,或作百首者,则以他人之诗二首足之;或混入王建、王珪两家之《宫词》,颇为乱杂。今考《宫词》所咏为前蜀后主王衍之宣华苑事,可正名为《宣华宫词》,历代相传以为孟昶妃所作者,非也。作者为谁,竟不可知。惟前蜀王建之小徐妃曾有花蕊夫人之号,且有诗才,此人即王衍之生母,衍嗣位后尊为顺圣太后者(883—926),《宫词》或其所作。亦恐有太后之姊翊圣太妃及后主王衍、昭仪李舜弦、宫人李玉箫之词章杂于其中。此乃宣华苑中花前月下之歌曲,不主于一人也。一说,后主时中书舍人欧阳炯(896—971)曾有《宫词》之献,此或欧阳炯之词。但何以题称花蕊夫人则不可知矣。诗之作必在宣华苑初成时,即921—922,可为定论。

此文载《浦江清文录·花蕊夫人宫词考证》,文后又附《花蕊夫人宫词校定本》,得九十八首。

花蕊夫人《宫词》,早见于宋人晁公武《昭德先生郡斋读书志》卷五下著录"花蕊夫人诗一卷",即《宫词》一卷(据跋语云:"此卷即王安国写入三馆者",可知即是《宫词》)。陈振孙《直斋书录解题》卷十五著录《三家宫词》三卷,云:"唐王建、蜀花蕊夫人、本朝丞相王珪三人所著。"《赵定宇书目》著录"花蕊《宫词》一本"。明毛晋编王建、花蕊夫人、王珪《宫词》为《三家宫词》,刻之,是为汲古阁本,后又有万历甲午晋陵吴氏云栖馆样板《三体宫词》,明万玉山居本《三体宫词》。至清代,花蕊夫人《宫词》又被朱彝尊编入《十家宫词》中。

花蕊夫人《宫词》,出于王建,足可媲美,王士禛《五代诗话》云:"世传其《宫词》百首,清新艳丽,是夺王建、张籍之席。"葛立方《韵语阳秋》卷三:"花蕊夫人亦有《宫词》百篇,如'月头支给买花钱'之类,亦可喜也。"今撷六首,以尝鼎而知禁脔味。其三云:"龙池九曲远相通,杨柳丝牵两岸风。长似江南好风景,画船来去碧波中。"写画船在摩诃池水中来来去去,景色如江南风光。钟惺评曰:"牵字,有情得妙。"(《名媛诗归》卷十六)其九云:"立春日进内园花,红蕊轻轻嫩浅霞。跪倒玉阶犹带露,一时宣赐与宫娃。"轻放花枝于玉阶前,犹如美人跪倒,此花喻美人;花带露,极写其清艳。钟惺评曰:"'跪倒'字新,'带露'字艳。"(《名媛诗归》卷十六)其十九云:"梨园弟子簇池头,小乐携来候宴游。旋炙银笙先按拍,海棠花下合《梁州》。"钟惺评曰:"'小乐'字新,悠然如闻细响,妙只神会。"(《名媛诗归》卷十六)其二十三云:"殿前宫女总纤腰,初学乘骑怯又娇。上得马来才欲走,几回抛鞚把鞍桥。"写宫女初次乘马的胆怯状态,栩栩如在目前,钟惺评曰:"娇才怯胆,如无所倚。"(《名媛诗归》卷十六)其二十六云:"内人追逐采莲时,惊起沙鸥两岸飞。兰桨把来齐拍水,并船相斗湿罗衣。"宫女采莲嬉水,天真活泼,钟惺评曰:"写得黠慧,当是解事宫人所为。"(《名媛诗归》卷十六)其三十一云:"月头支给买花钱,满殿宫人近数千。遇着唱名都不语,含羞走过御床前。"钟惺评曰:"韦庄诗有'解将惆怅感君王',可补此诗注脚。"(《名媛诗归》卷十六)

胡仔曾比较评论王建《宫词》"御厨不食索时新"一首与花蕊夫人

《宫词》"厨船进食簇时新"一首,曰:"二词记事则异,造语颇同。花蕊之词工,王建为不及也。"(《苕溪渔隐丛话》后集卷十四"王建"条)贺贻孙不赞同胡氏的意见,说:"余谓花蕊盗王建语,然不及王建远甚。惟'隔花唤'三字,颇能领全首生动耳。王建'御厨不食索时新'七字,写女子性情娇痴厌饫之状如见。若云'进食簇时新',则直而无味矣。下二句情、景、事,三者俱媚,'白日卧多',便为'苦春'二字传神,'隔帘唤医',撒痴极妙,非果病也。女子性情,决非女子能道,每被文人信手描出。渔隐何足以知此哉!"(《诗筏》)平心而论,花蕊夫人有"能诗"名,其《宫词》得苏轼称许,东坡曰:"予观其词甚奇,与王建无异,嗟乎!夫人去古之时而能振大雅之余韵,没其传不可也。因录其尤者,刻诸石,识者览之。东坡居士识。"(《晚香堂苏帖·花蕊夫人宫词跋》)花蕊夫人《宫词》确有可观处,清婉可喜,但与王建《宫词》相较,总觉其词纤巧有余,缺乏王建笔下那种大唐气象,措意深婉,亦嫌不足。

2. 和凝《宫词一百首》

和凝(898—955),字成绩,郓州须昌(今山东东平)人。十九岁进士及第,初为义成军节度使贺瓌从事。后唐明宗天成时,拜殿中侍御史,历礼、刑二部员外郎,改主客员外郎知制诰,寻充翰林学士,又历中书舍人、工部侍郎,皆充学士。后晋初,拜端明殿学士,并判度支,转户部侍郎,复入充翰林承旨学士。天福五年(940),拜中书侍郎同中书门下平章事。出帝即位,加右仆射。后晋开运二年(945),罢相,为左仆射。后汉高祖时,拜太子太保,封鲁国公。显德二年(955)卒,赠侍中。善文章,长于短歌艳曲,时人有"曲子相公"之称。所作《宫词一百首》,宋时已被刻入《五家宫词》中,见陈振孙《直斋书录解题》卷十五、王士禛《带经堂诗话·总集门三》、朱彝尊《十家宫词跋》。和凝《宫词》描写宫廷生活情景,非常真切,如:"紫燎先销大驾归,御楼初见赭黄衣。千声鼓定将宣赦,竿上金鸡翅欲飞。""大驾归",指君王有事南郊归宫。诗写宣赦事,与王建《宫词》第十一首相仿佛。又如:"视草词臣直玉堂,对来新赐锦袍香。班资最在云霄上,长是先迎日月光。"写词臣受宠事,清新和畅。和凝长期任朝廷高官,与君王接触的时间较长,因此

他的《宫词》中描写君王举止、歌颂君王德政的诗篇较多,这是和凝《宫词》的最大特色,与王建迥然不同。《东原录》说:

> 五代和鲁公凝长于歌诗,初辟征西从事,军务之余,往往为歌篇。诏使往来,传于都下,当时籍籍,以为宫体复生。俄而时主知之,遣中使驰驿索《宫词》百篇,即日上焉。

《东原录》这段记载是不真实的。和凝"初辟征西从事",当指他初为义成军节度使从事时,此时他未入京,未与君王接触,无宫廷生活的点滴体验。和凝的《宫词》当写作于他的晚年,《东原录》的记载,有"缠夹"之嫌。和凝《宫词》的审美特征,在他的作品中随处可以找到例证,如:

> 中兴殿上晓光融,一炷天香舞瑞风。
> 百辟虔心齐稽首,卷帘遥见御衣红。
>
> 日和风暖御楼时,万姓齐瞻八彩眉。
> 瑞气祥云笼细仗,阁门宣赦四方知。
>
> 圣主临轩待晓时,穿花宫漏正迟迟。
> 鸡人一唱乾坤晓,百辟分班俨羽仪。
>
> 宫廷皆应紫微垣,壮丽宸居显至尊。
> 赤子颙颙瞻父母,已将仁德比乾坤。
>
> 越溪姝丽入深宫,俭素皆持马后风。
> 尽道君王修圣德,不劳辞辇与当熊。

《东原录》评和凝《宫词》曰:"使事中的,有风人之旨。"但是,他没有把和凝《宫词》的真正特征揭示出来。

3. 宋白《宫词一百首》

宋白,字太素,一字素臣,开封人。建隆二年(961)进士及第。历仕左拾遗,出知兖州,改翰林学士,与李昉等奉诏编纂《文苑英华》、《太平御览》,历刑部尚书,致仕,卒赠左仆射,谥文安,有《广平集》。作《宫词一百首》,陈振孙《直斋书录解题》卷十五著录《五家宫词》,中有"本朝学士宋白"。朱彝尊《十家宫词》称他的《宫词》为"宋文安公宫词"。他作序云:

> 宫中词,名家诗集有之。皆夸帝室之辉华,叙王游之壮观;抉肜庭金屋之思,道龙舟凤辇之嬉。然而万乘天高,九重渊邃,禁卫严肃,乘舆至尊,亦非臣子所能知、所宜言也。至于观往迹以缘情,采新声而结意,鼓舞升平之化,揄扬嘉瑞之征,于以示箴规,于以续骚雅,丽以有则,乐而不淫,则与夫瑶池粉黛之词、玉台闺房之怨,不犹愈乎?是可以锵丝簧,炳缃素,使陈王三阁,狎客包羞;汉后六宫,美人传诵者矣。援笔一唱,因成百篇,言今则思继颂声,述古则庶几风讽也。大雅君子,其将莞然。

宋白假序言以明示自己"示箴规"、"续骚雅"的写诗宗旨。今选其诗八首:

> 楼前宣赦掣金鸡,大礼新成彩仗归。
> 万岁声高天地喜,庆云飞上衮龙衣。
>
> 龙脑天香撒地衣,锦书新册太真妃。
> 宫官一夜铺黄道,却踏金莲步步归。
>
> 春宵宫女著春绡,铃索无风自动摇。
> 昼下珠帘猧子睡,红蕉窠下对芭蕉。
>
> 微云点月汉宫秋,水殿疏萤黑处流。
> 凤管不调慵进曲,却排银烛夜藏钩。
>
> 玉殿金扉夜不扃,露华如水洗圆灵。
> 昭阳女伴新承宠,心祝君王拜寿星。
>
> 去年因戏赐霓裳,权戴金冠奉玉皇。
> 久著淡黄心觉厌,春来不敢便红妆。
>
> 金堂曲宴夜厌厌,仙乐声清御酒黏。
> 不用司宫排蜡烛,海人新贡夜明帘。

红笺一幅卷明霞，纤手题诗寄大家。
　　檀口微吟绕廊柱，蒙蒙春雨湿梨花。

宋白有诗才，诗思清丽，能别出心裁，不蹈旧习。为示箴规，时有讽意；为续骚雅，辞笔蕴藉。他借汉唐宫名、汉唐人事，写宋代宫廷生活，与王建之风格迥异。

4. 王珪《宫词一百首》

王珪，家禹玉，华阳人，徙舒州。王琪从弟。庆历二年（1042）进士，官翰林学士，知开封府，兼侍读学士。神宗朝，拜尚书左仆射门下侍郎。哲宗即位，封岐国公。卒赠太师，谥曰文。有《华阳集》。与欧阳修同在翰苑，长于诗文，欧文赞其诗"美丽"，方回《瀛奎律髓》称其诗"细润典雅"。作《宫词一百首》，收入《三家宫词》，陈振孙《直斋书录解题》卷十五著录《三家宫词》，跋云："唐王建、蜀花蕊夫人、本朝丞相王珪三人所著。"又被收入《十家宫词》，见朱彝尊《十家宫词序》。

宋人葛立方曾评论王珪《宫词》云："唐王建以《宫词》名家。本朝王岐公亦作《宫词》百篇，不过述郊祀、御试、经筵、翰苑、朝见等事，至于宫掖戏剧之事，则秘不可传，故诗词中亦罕及。"（《韵语阳秋》卷三）葛立方此论不当，试读王珪《宫词》：

　　花里宫莺晓未啼，千牛仗下报班齐。
　　银袍五百趋龙尾，天子临轩赐御题。

　　侍辇归来步玉阶，试穿金缕凤头鞋。
　　阶前摘得宜男草，笑插黄金十二钗。

　　内苑宫人学打毬，青丝飞控紫骅骝。
　　朝朝结束防宣唤，一样真珠络辔头。

　　黄昏锁院听宣除，翰长平明趋起居。
　　撰就白麻先进草，金泥降出内中书。

　　纱幔薄垂金麦穗，帘钩纤挂玉葱条。
　　楼西别起长春殿，香壁红泥透蜀椒。

> 内人稀见水秋千,争擎珠帘帐殿前。
> 第一锦标谁夺得,右军输却小龙船。
>
> 盘龙新织翠云裘,简点黄封玉匣收。
> 防备秋来供御著,金箱捧入曝衣楼。
>
> 尽日闲窗赌选仙,小娃急觅倒盆钱。
> 上筹争占蓬莱岛,一掷乘鸾出洞天。

王珪长期在朝任高官,为君王近臣,能常常出入宫禁,所作《宫词》,多写宋宫廷实事。他固然写过郊祀、御试、经筵、翰苑、朝见等事,但也大量描写宫禁中多方面的生活情境,全面展现宫廷文化,颇有生活情趣。细读王珪《宫词》,可知葛氏失察。

5. 张公庠《宫词一百首》

张公庠,字元善,皇祐元年(1049)进士,历临邛郡守、中大夫提举南京鸿庆宫,有《泗州集》。作《宫词一百首》,在宋代已收入《五家宫词》中,见陈振孙《直斋书录解题》卷十五。亦被收入《四家宫词》中,傅增湘《藏园群书题记》卷十八著录《宋书棚本四家宫词跋》:"《宣和御制宫词》三卷,《张公庠宫词》一卷,《王仲修宫词》一卷,《周彦质宫词》一卷,宋刊本。"后来被朱彝尊收入《十家宫词》中。清厉鹗《宋诗纪事》卷十八选张公庠《宫词》四首入书:

> 上番宫女卷帘时,闪闪寒鸦拂晓啼。
> 才索赭袍催进辇,紫宸门外报班齐。
>
> 佳人唯是惜韶年,懒向红窗理管弦。
> 锦席安排蝴蝶局,深宫不忌赌金钱。
>
> 太皥祠坛数级红,青旂摇曳日朦胧。
> 人间未觉春风至,先入宜春小苑中。
>
> 月华浮动上阶棱,侍宴归来掩绣屏。
> 子夜酒醒兰烛暗,碧纱窗外度流萤。

厉鹗《宋诗纪事》选名家《宫词》，数量不等，张公庠选得最少，从中也可见出他的评判意见。相对而论，张公庠并未任京职，接触宫禁的机会不多，所以他的《宫词》在诸家中略逊一筹。

6. 王仲修《宫词一百首》

王仲修，丞相王珪之子，元丰中登第，官崇文院校书。有《宫词一百首》，收入《五家宫词》中，见陈振孙《直斋书录解题》卷十五。亦收入《四家宫词》，傅增湘《藏园群书题记》卷十八《宋书棚本四家宫词跋》："《宣和御制宫词》三卷，《张公庠宫词》一卷，《王仲修宫词》一卷，《周彦质宫词》一卷，宋刊本。"后又被收入《十家宫词》中。

王仲修《宫词》的特色，是诗下有自注，以往诸家《宫词》均无。自注分三类：一是注诗句出处，如："前殿风传万岁声，九重歌管乐升平。欲知庆事丛元日，瑞气先从帝鼐生。"自注："隋萧悫《元日诗》'瑞云生宝鼎'。"乃是注末句的语源。又如："太平无事似熙丰，天乐声和下帝宫。禽鸟也能知乐事，宫莺娇醉弄春风。"自注："李白诗云：'宫莺娇欲醉。'"乃是注末句语源。又如："日斜未掩苑东门，池面风烟向晚昏。谁道荷花娇欲语，夜来露冷却无言。"自注："李白诗云：荷花娇欲语。"乃是注第三句的语源。二是注名物出处，如："画栋宵寒燕未来，江南谁寄一枝梅。闰年雪后春工晚，羯鼓催花满槛开。"自注："羯鼓催花，见《羯鼓录》。"乃是注末句羯鼓催花事之出处。又如："四辅论思政事堂，尽收才杰置周行。掖庭职事分司局，铨择皆由紫极房。"自注："紫极房，见《宋书·后妃传》。"乃是注末句紫极房的出处。又如："银河清浅夜纵横，鱼钥传呼锁禁城。试上红楼三十级，凭栏好看月初生。"自注："红楼三十级，见李商隐诗。"乃是注第三句"红楼三十级"的出处。三是记录当朝宫禁实事，如："圣人独看临轩陛，殿后双龙捧翠华。明日集英排大宴，御前先降出琵琶。"自注云："教坊使花日新为臣言，神宗见教坊琵琶制作不精，每遇大宴前一日，降出琵琶。"这些自注，有助于诗意的理解，甚有创意。

7. 周彦质《宫词一百首》

周彦质，崇宁间直秘阁，权遣江南东路计度转运副使。有《宫词一百首》，收入《五家宫词》中，见陈振孙《直斋书录解题》卷十五。亦收入《四家宫词》，傅增湘《藏园群书题记》卷十八《宋书棚本四家宫词跋》："《宣和御制宫词》三卷，《张公庠宫词》一卷，《王仲修宫词》一卷，《周彦质宫词》一卷，宋刊本。"后又收入《十家宫词》中。厉鹗《宋诗纪事》卷三十七录其《宫词》六首：

> 太一元宵驾幸初，喧阗丝管拥銮舆。
> 主家夹道金车驻，步障徐开奏起居。

> 文思主吏籍通闱，逐节供须各品题。
> 知是禁园挑菜日，雕床十扛进金篦。

> 翠弁仙衣下玉廊，修真宫女夜焚香。
> 舒徐有月随莲步，绰约无人见靓妆。

> 名园蹴踘称春游，近密宣呈技最优。
> 当殿不教身背向，侧巾飞出足跟毬。

> 端午苣花簇彩鸢，高标宝鉴镂金鼚。
> 不宜夏景销酥腕，似觉新来百索宽。

> 资善诸王就传初，常宣步辇按观书。
> 六宫准拟经由处，一一排门候起居。

六诗约略可见周彦质《宫词》的面貌。周彦质于崇宁间直秘阁，崇宁是宋徽宗年号，则他的《宫词》描写的正是宋徽宗时宫廷事。他的《宫词》以歌功颂德为主调，很少见讽谕之意。他称颂宋徽宗的词翰、丹青出众，如："圣主词源涌巨澜，恤民手诏月常颁。一回传出惊新丽，多少词臣愧汗颜。""丹青御笔趣尤深，不许流传到翰林。乞得睿思全幅轴，宝藏端胜蒲籛金。"这还符合事实，但是，他称颂帝王治国之策，如："万里封疆匝普天，君王神武不开边。河西房下文书少，枢府经年罢密宣。""圣主威声慑四溟，洮湟鄜廓指呼平。如今都护无公事，但奏诸蕃进奉名。"在宋王朝对外政策软弱,边患频仍的年代里,这种称颂,违背事实,就有近乎谀辞之嫌。

8. 宋徽宗《宫词三百首》

赵佶,宋神宗第十一子。接位后,建元建中靖国。靖康二年(1127),被掳至北方,绍兴五年(1135)崩于五国城。善诗,擅书画,有《崇观宸奎集》、《御制集》。作《宫词三百首》,朱彝尊《十家宫词序》:"上元倪检讨闇公得十家《宫词》于肆中,益以宣和御制三卷,胡伟集句一卷,盖犹是宋时雕本。"宋徽宗是能诗者,尚有清新之诗可读,《宋诗纪事》卷一录其《宫词》六首,题为《宣和御制宫词》:

> 佑神珍观五云开,高倚层霄叠玉台。
> 笑语半空知远近,纵观飞骑拂尘来。
>
> 玉钩红绶挂琵琶,七宝轻明拨更嘉。
> 捍面折枝新御画,打弦惟恐损珍花。
>
> 湘簟凉生暑气微,午天欹枕向纱帏。
> 辘轳车扇间关处,双月回廊彩凤飞。
>
> 苑西廊畔碧沟长,修竹森森绿彩凉。
> 戏掷水球争远近,流星一点耀波光。
>
> 清晨檐际肃霜鲜,晓日初销万瓦烟。
> 隆德重阳开小宴,竞将黄菊作花钿。
>
> 今岁闽中别贡茶,翔龙万寿占春芽。
> 初开实篚新香满,分赐师垣政府家。

朱彝尊《十家宫词序》记下倪闇公的评论云:"花蕊春女之思也,可以怨;王建而下词人之赋也,可以观;至道君以天子自为之,风人之旨远矣。"朱彝尊赞曰:"可谓善言诗者也。"倪闇公论赵佶《宫词》的整体特色,言之成理。

9. 胡伟《宫词集句》一百首

胡伟,字元迈,嘉定间新安布衣,是胡仔的堂兄弟,寓居吴中。有

《宫词集句》一百首，嘉定己巳年（1209），洪伋类而刻之，序曰：

> 宫词古无有，至唐人始为之。王建所作多至百篇。继之者，蜀有花蕊夫人，本朝有王岐公。客自吴中来，又得胡元迈集句，亦且百篇，宫词其备矣。予谓建与王守澄游，故多知掖庭事。花蕊少长伪蜀宫中，岐公久在禁苑，其事皆得于见闻。元迈一布衣，乃能集诸家之善，是固博洽所得。至述清燕之间，游豫之度，平彻若此，岂马周若素宦于朝之谓欤！因类而刻之，以备好事者观览。嘉定己巳九日，鄱阳洪伋书。

清朱彝尊得倪闾公《十家宫词》，中有胡伟《宫词集句》，犹是宋时雕本，乃请胡循斋重刻之。

胡伟集诸唐宋人诗句，成《宫词》一百首，大体可分为两类，一类诗句即出自唐宋人《宫词》作品中，一类诗句并非出自《宫词》，乃是寻常诗句。每首《宫词》四句，有的全是寻常诗句，非出自《宫词》，有的则二、三句出自《宫词》，一、二句是寻常诗句，今举出如下六首以说明之：

鸡人唱晓五门开，宫女更番上直来。
御仗催斑元会集，遥闻索扇一时回。　罗邺　花蕊夫人
　　　　　　　　　　　　　　　　　王禹玉　王建

披香仙殿试春衣，等候官家未出时。
整了翠鬟匀了面，大家装著斗时宜。　晏同叔　花蕊夫人
　　　　　　　　　　　　　　　　　宋子京　王禹玉

殿前香骑逐飞球，一样真珠络辔头。
夸道自家能走马，掉鞭横过小红楼。　张籍　王禹玉
　　　　　　　　　　　　　　　　　王建　花蕊夫人

映林先发几枝梅，准拟君王便看来。
竞走巾车迎凤辇，殿前排宴赏花开。　元微之　王建
　　　　　　　　　　　　　　　　　吴可　花蕊夫人

美人弄镜插梅花,抹月批云自一家。
三十六宫春信早,不应青女妒容华。郑毅夫　饶节
　　　　　　　　　　　　　　　　　　蔡文饶　洪玉父

新生帝子浴漪澜,频奏仙韶喜诞筵。
愿上玉宸千万岁,大家恩赐洗儿钱。宋白　吴可
　　　　　　　　　　　　　　　　　王禹玉　吴顗

　　第一首,罗邺句,乃普通诗句;花蕊夫人、王禹玉、王建句,均出自三家《宫词》中。

　　第二首,晏殊、宋祁句,乃普通诗句;花蕊夫人、王禹玉句,均出自二家《宫词》中。

　　第三首,张籍句,乃普通诗句;王禹玉、王建、花蕊夫人句,均出自三家《宫词》中。

　　第四首,元稹、吴可句,乃普通诗句;王建、花蕊夫人句,均出自二家《宫词》中。

　　第五首,四句全为普通诗句。

　　第六首,吴可、王禹玉、吴颐句,乃普通诗句;宋白句,出自其《宫词》中。王禹玉,即王珪,"愿上玉宸千万岁",不在他的《宫词一百首》中,乃是他其他诗中句。

　　胡伟只是借用了王建《宫词一百首》的形式,而诗句不是他自己写的,这在王建《宫词一百首》的传承系列中,算是个特例。

10. 岳珂《宫词一百首》

　　岳珂,字肃之,号亦斋,又号倦翁,祖籍相州汤阴,是抗金名将岳飞的孙子,敷文阁待制岳霖的次子。他出生于宋孝宗淳熙十年(1183),主要生活在宋光宗、宁宗、理宗三朝,曾先后出任管内劝农使、嘉兴知府、户部侍郎、淮东总领兼制置使等职。他长于经学,工于词章,著述极富,流传至今的有《九经三传沿革例》《金陀粹编》《宋少保岳鄂王行实编年》《愧郯录》《宝真斋法书赞》《玉楮集》。他作《宫词一百首》,又名《棠湖诗稿》,单独行世,未收入诗文集《玉楮集》中。吴骞

《拜经楼诗话》卷三云：

> 宫词始著于唐王仲初，继之者不一而足，如三家、五家、十家之刻，昔人论之详矣。宋岳倦翁有《宫词》百首，曰《棠湖诗稿》，世颇罕传，亦未载入《玉楮集》。

岳珂《棠湖诗稿》一书，四库馆臣曾疑为伪托之作，《四库全书总目》卷七四《棠湖诗稿》识云："疑鹗及曾符等七人，尝合作《南宋杂事诗》，而其北宋杂事诗则未及成书，或遗稿偶存，好事者嫁名于珂耶！"馆臣此疑实非。按此书流传有序，早有宋刻本传世，道光钱仪吉跋云："予家旧藏宋本《棠湖诗稿》一卷，凡《宫词一百首》，倦翁宋氏，感其犹子从军于汴而归，因追求东京文物典章，必寓黍离宗周之思者也。"（《棠湖诗稿跋》）瞿镛《铁琴铜剑楼藏书目录》卷二十一著称《棠湖诗稿》（影抄宋本）跋云："卷末有临安府棚北大街陈宅书籍铺印行小字二行。每半叶十行，行十八字，案：此书原刻本旧藏汲古毛氏，今在嘉兴钱衍石给谏家。"最后瞿镛断曰："其（纪文达）说非也。"

岳珂《棠湖书稿》写于端平元年（1234），时岳珂五十二岁。棠湖，江西德化湓城之负山，山麓有棠湖，是岳家故居地，诗稿即以此取名。岳珂的写诗缘由和写诗宗旨，见于《棠湖诗稿序》：

> 宫词自唐以来有之，如王建则世托近幸，花蕊则身处宫闱，故其所述，皆耳闻目见。后之效其体者，徒想像而言，未必近似，反流于亵俚者多矣。珂幼好其词，尝拟采其音律，以肆于毫简，窃谓苟非止乎礼仪，有以寓讽谏，美形容，均为无益，而困于公务，有志未遂。比因棠湖纶钓之暇，适犹子规从军自汴归，诵言宫殿钟簴，俨然犹在，慨想东都盛际，文物典章之伟，观圣君贤臣之懿范，了然在目。辄用其体，成一百首，以示黍离宗周之未忘。其间事核文详，监今陈古，固有不待美刺而足以具文见意者。軿轩下采，或者转而上彻乙夜之观，庶几有补于万一云。

"辄用其体，成一百首"，明白表示自己效学王建《宫词一百首》。"以示黍离宗周之未忘"，明白昭示自己写作《宫词》的目的，标示出这组诗是写北宋时宫廷事。以《宫词》咏前朝事，是岳珂《宫词一百首》的

特点,与王建《宫词》及诸家《宫词》专写本朝事迥然不同。现录其五首:

　　五色云烟覆帝城,御沟流水接金明。
　　晓来珂伞沙堤闹,万岁声中贺太平。

　　一朵祥云捧赭袍,九天春色醉仙桃。
　　教坊度曲声嗺酒,折槛双瞻舞袖高。

　　天街御膳写臣封,随例朝朝进六宫。
　　后苑日高催泛索,茶床擎出绣云龙。

　　五夜钟声上直时,焚香重熨早朝衣。
　　襄头殿直催排立,等候君王出木围。

　　雒肩双分识圣颜,紫宸上阁正催班。
　　退朝花底纷归骑,春在金门万柳间。

诗写前朝圣君贤臣之懿范、宫廷生活之情景,还合《宫词》旧例。然而岳珂写《宫词》,有时超越宫掖之空间,涉及宫外、京外之人事,如四十八:"狄家天使夜行边,穆卜亲占百字钱。五岭共看蕃落马,便将时雨洗蛮烟。"十一:"上党王师未凯旋,鸾旗黄钺正行边。红尘一骑传天使,为送宫中则剧钱。"十二:"六师夜撤广陵围,积甲芜城一样齐。淮海只今清彻底,更留京观筑鲸鲵。"等等,等同于普通的咏史诗,与王建《宫词》所倡导的风调,颇有不合。

11. 朱权《宫词一百七首》

朱权(?—1448),太祖弟十六子,封宁王,号臞仙、涵虚子、丹丘先生。卒谥献,史称"宁献王"。权好古博学,尤好戏曲,著作杂剧十二种,传奇《荆钗记》为明初四大传奇之一。写有《宫词》一百〇七首,今存七十首,载张海鹏《宫词小纂》(《借月山房汇钞》本)。前有小序云:

　　山人不能扬舲,海人不能骖骥,所处之地非也。大概宫词之作,出于帝王、宫女之口吻,务在亲睹其事,则叙事得其真矣。予生长于深宫之中,岂无以述乎?虽不尽便娟之体,其传染写实之意,间有所似,可谓把镜自照,不亦嬺乎!乃以百篇叙其事,未知识者为何如耶?永乐戊子五月,臞仙题。

朱权自幼生长深宫,亲睹种种宫掖生活情事,耳濡宫廷声乐之盛,乃以百篇《宫词》叙永乐年间宫中事,写来颇具真实感,也时见便娟之思,今举其前八首为例,以便窥一斑以见全豹。

闾阖云深锁建章,曈昽旭日射神光。
紫宸肃肃开黄道,万岁声声拜玉皇。

楼阁崔嵬起碧霄,微闻仙乐奏箫韶。
天风吹落宫人耳,知是彤庭正早朝。

才开雉扇见宸銮,天乐催朝尽女官。
宝驾中天临百辟,五云深处仰龙颜。

太平有象乐时雍,刁斗声闲罢夜烽。
从此宫中无事日,南风惟奏五弦桐。

宵旰常存为国心,大庭决政每亲临。
退朝镇日凭绨几,御笔常书丹扆箴。

天鸡初报五更筹,万户帘旌控玉钩。
合殿报传妃子过,御香先到凤犀头。

银潢斗转挂疏棂,翡翠窗纱夜未扃。
三弄琴声弹大雅,一帘明月到中庭。

忽闻天外玉箫声,花下听来独自行。
三十六宫秋一色,不知何处月偏明。

《明诗评选》卷八载王夫之评曰:"只就一端起兴,好。"评其构思之法,得其奥秘。

12. 朱有燉《元宫词一百首》

朱有燉(?—1439),明周定王朱橚之长子,洪熙元年(1425)袭封周王,博学善书,尤工词曲,卒谥宪,史称"周宪王"。有《诚斋录》、《诚斋新录》等。作《元宫词一百首》,载张海鹏《宫词小纂》(《借月山房汇钞本》)中,钱谦益《列朝诗集》列《元宫词》于周宪王名下。前有小序,备述作诗缘起,云:

> 元元起自沙漠,其宫庭事迹,乃夷狄之风,无足睹者,然要知一代之事以纪其实,亦可备史氏之采择焉。永乐元年,钦赐予家一老妪,年七十矣,乃元后之乳姆,女常居宫中,能通胡人书翰,知元宫中事最悉。闲尝细访之,一一备陈其事,故予诗百篇,皆元宫中实事,亦有史未曾载,外人不得而知者。遗之后人,以广多闻焉。永乐四年春二月朔日,兰雪轩制。

朱有燉凭藉元后乳姆,悉知曾宫中事,乃作《宫词》百首,使元朝宫廷事灿然在目,诗云:

> 大安楼阁耸云霄,列坐三宫御早朝。
> 政是太平无事日,九重深处奏箫韶。

> 春日融和上翠台,芳池九曲似流杯。
> 合香殿外花如锦,不是看花不敢来。

> 梭殿巍巍西内中,御筵箫鼓奏薰风。
> 诸王驸马咸称寿,满酌葡萄饮玉钟。

> 雨顺风调四海宁,丹墀大乐列优伶。
> 年年正旦将朝会,殿内先观玉海青。(自注:海青,海东俊鹘也,白者尤贵。)

> 东风吹绽牡丹芽,漠漠轻阴护碧纱。
> 向晓内园春色重,满栏清露湿桃花。

> 鬼赤遥催驼鼓鸣,短檐毡帽傍车行。
> 上京咫尺山川好,纳钵南来十八程。(自注:周伯琦《扈从诗序》曰:《国语》曰:纳钵者,犹汉言宿顿所。)

> 上都随驾自西回,女伴遥骑骏马来。

踏遍路傍青野韭,白翎飞上李陵台。(自注:杨维桢《宫词》:天上鹭鹚先有信,九重銮驾上都回。注:每岁此禽先驾往返。)

独木凉亭锡宴时,年年巡幸孟秋归。
红妆小伎频催酌,醉倒胡儿阿剌吉。(自注:张昱《塞上谣》:胡姬二八貌如花,留宿不问东西家。醉来拍手趁人舞,口中合唱阿剌剌。)

读朱有燉《宫词》,可以闻知元朝宫廷事。隆庆四年(1570),龙庄甄在诗后题上识语,云:"元宫词百首,胜国事迹灿然在月。昔迁固最号博洽,后葛洪等《三辅黄图》等书,纪秦故事,多迁、固所不载,观者每有今古兴废之感。然则是编者不独可为多闻之助云尔。"诚哉斯言!

按,陈田《明诗纪事》甲签卷二上将《元宫词》著于周定王橚名下,而"周宪王有燉"名下,却无《元宫词》,实误。朱彝尊《静居志诗话》卷一亦将《元宫词》著于周定王橚名下,亦非。陈田未著原诗出处,且不知清初王夫之评朱有燉《元宫词·十六天魔按时舞》曰:"有意。"(见《明诗评选》卷八)

13. 朱让栩《拟古宫词一百首》

朱让栩,朱椿五世孙,昭王宾瀚之子,正德五年(1510)袭封蜀王,嘉靖二十六年(1547)薨,卒谥成,史称"蜀成王"。有《长春竞辰稿》。作《拟古宫词一百首》,今存三十首,载张海鹏辑《宫词小纂》(《借月山房汇钞》本)。陈田《明诗纪事》甲签卷二上录其《宫词》二首:

睥睨鸦喧曙色明,丽谯隐隐尽钟声。
各宫装束焚香候,只恐君王道院行。

内池春水鸭头绿,上苑晨花腥血红。
蜂蝶丛花鸳戏水,一齐著意向东风。

朱彝尊《静志居诗话》卷一选其《宫词》二首,其一即"睥睨鸦喧曙色明",与《明诗纪事》重,另一首为:

> 金锁重门静院空,翠华一去寂无踪。
> 玉楼歌吹随风断,满地桐阴注泪红。

朱彝尊评曰:"《宫词》一百,虽题曰拟古,然如'翠华一去寂无踪',疑讽康陵作。'只恐君王道院行',疑讽永陵而作也。"康陵,明武宗朱厚照,葬康陵;永陵,明世宗朱厚熜,葬永陵。朱氏此说可信,细读《拟古宫词》全部作品,讽意叠见,可见朱让栩名为拟古,实为讽时,很有深意。

14. 王叔承《宫词一百首》

王叔承,初名光胤,以字行,更字承父,晚更名灵岳,又字子幻,吴江人。与王世贞同时人。工诗,尤长于歌行,才情奔逸,作诗豪宕莽苍,有《壮游》《吴越游》等集。尝作《宫词一百首》,今存五十首,载《借月山房汇钞》本张海鹏《宫词小纂》中。陈田《明诗纪事》已签卷十六录王叔承名,仅选《宫词》一首。诗前有序,备言自己作诗缘由:

> 昔王仲初作宫词百首,乃其后王禹玉拟之。盖仲初实与宦官相善,而禹玉司北门直,故二子写唐宋宫中情景,缥缈如画,然风格稍稍降矣。夫词家不以多寡为盛衰,王少伯古宫词不数首,而秾雅俊逸,真遗响千春。余自华阳礼茆君还,月夜入兰陵桃花园,适桃花万树盛开,氤氲花月,醉倾流霞,宛然汉宫春色也。余故客游长安,念禁庭事,非山谣所宜,则聊掇故宫流泽残芳,竟点染落成此卷。命吴姬倚酒歌之,回首吾诸王,其嚬东家之施者耶!

从王叔承自序看,他写作《宫词》以长安故宫为基点,描写汉唐时代故宫的"流泽残芳",也就是描述汉朝、唐朝宫掖的人和事。

> 入宫新拜大长秋,歌舞平阳夜不休。
> 一曲春声低按拍,御前飞堕玉搔头。
>
> 何处文星动帝庐,却怜狗监荐相如。

汉王亲御蓬莱殿，夜半烧灯读子虚。

汉王击筑慕边勋，妾抱箜篌歌塞云。
莫遣玉关消息断，侬家况有卫将军。

以上三诗均写汉宫事。"入宫"一首，用《史记·卫将军骠骑列传》，写卫子夫于平阳公主家得幸的故事。"何处"一首，用《史记·司马相如列传》，写司马相如写作《子虚赋》的故事。"汉王"一首，用《史记·卫将军骠骑列传》，写卫青击匈奴建边功而拜将军的故事。三诗均咏汉宫时事。

二八佳人三五宵，仙风随幸广陵桥。
分明记得霓裳曲，春梦微茫月影遥。

别苑东风报牡丹，传宣晓出望春门。
惜芳却覆黄罗帕，护取花王待至尊。

碧尘缕缕暗香沟，湘簟空床萤火流。
梧叶一窗眠未得，月明秋水听凉州。

以上三诗均写唐宫事。"二八"一首，写《霓裳曲》。此曲全名为《霓裳羽衣曲》，唐乐曲名，本名《婆罗门》，开元中，河西节度使杨敬述献，经唐玄宗润色，于天宝中改名《霓裳羽衣曲》，杨贵妃善为《霓裳羽衣舞》，唐宫中常奏此曲。"别苑"一首，写到望春门，此为唐望春宫门名，在禁苑内，望春宫附近为唐代游览胜地。"碧尘"一首，写《凉州曲》。郑棨《开天传信记》云："西凉州俗好音乐，制新曲曰《凉州》，开元中列上献。"三诗均咏唐宫时事。

王叔承是明朝人，他的《宫词》却咏唱汉唐时宫掖事，与王建《宫词》不一样。所以他在序言中说，"回首吾诸王，其噉东家之施者耶！"诸王，指前朝写《宫词》的王姓诗人，像王建、王珪、王仲初等人，他们会不会暗笑我这个效颦的东施呀！

15. 秦征兰《天启宫词一百首》

秦征兰，字楚芳，常熟人。诸生。他在崇祯时，撰《天启宫词一百

首》。其写诗宗旨,具见序中:

> 阉狐冯宠,牝鸡煽焰,熹庙在位之年,何一而非在野之臣所心忧也。若乃薄海快睹,国史大书,知之已熟,言之似赘。惟夫禁掖之地,妇寺之侪,寝食之恒,器物之琐,或事秒仅资谐谑,或情冤堪激忠愤,或骄奢逾纵,疑帝疑天,或幽艳瑰奇,可歌可舞。诸如此类,岂无朝政互为表里,君德由兹成败者哉!顾左右史漫云,细碎不堪置喙。稗官家复曰,忌讳不敢濡毫。居诸既遐,沉湮是惧,用是采辑旧闻,谱诸声律,草率芜陋,萃为百首。非特风云月露,愿踵仲初之后尘,抑谓诽谤传言,欲备董狐之择采也。崇祯癸未冬日,江南小臣秦征兰序。

序言首先明白揭示自己写作《天启宫词》的真正目的,在于揭露奸佞魏忠贤、客氏危害社稷的罪行,以备史官采撷;其次,明白表示自己步王建《宫词》后尘的衷愿。秦征兰的《天启宫词》,还有一个很重要的艺术特征,即他在每首诗后,都加上自注,或长或短,或引经据典,或记宫掖实事。朱彝尊《静志居诗话》卷二十曾作概要评述云:

> 《德陵实录》为黑头爱立者所攫,天启四年、七年事遂尔遗佚。秦秀才《宫词》据撼禁庭琐语,颇称详核。第合而观之,嫌其述客、魏居多,而事关德陵者寡,不无微憾耳!

今将陈田《明诗纪事》所选之诗录出,以供读者赏鉴:

> 宝冠随猎竞相夸,云拥双龙雉尾斜。
> 众里闲评谁最称,玉人含笑看高家。(自注:内臣所戴金丝束发冠,旧有此式,至当时而加侈焉。蟠龙蟠绕,下加翠额,插雉尾,前捧朱缨,傍缀宝玉。王体乾辈侍驾围猎,多戴之,兼衣窄袖戎衣,束小玉带,苍颜丰躯,最不雅观,相当者惟高永寿一人而已。)
>
> 秋风拂面猎场开,匹马横飞去复来。

玉腕控弦亲射杀,山呼未毕厂公回。(自注:上猎于宝善门,魏忠贤驰马过御前,上恶而射之,马中额立毙。群下叩首呼万岁。忠贤怏怏称病先还。印公、厂公皆宫中称忠贤之词。)

星君次第列银光,(自注:《丹阳记》:"齐高帝造银光纸,赐王僧虔。")

点将标题当饮章。(自注:《蔡邕传》注:"隐告人姓名,无可对口曰'饮章'。")

圣主青年方好武,卷头先问李天王。(自注:或有用《水浒传》罡、煞星名配东林诸人以供谈谑之资。如托塔天王则李三才也,及时雨则叶向高也。崔呈秀得之,名曰《点将录》。佳纸细书,与《天鉴录》同付魏忠贤。忠贤乘间以达御览,上不解托塔天王为何语。忠贤详述溪东西移塔事,意欲上知东林强暴有如此徒,所当翦也。上倾听啧啧,若恨不同时者。忠贤计阻,匿其书,逡巡而退。)

无限春光转眼空,寻思翻欲悔铺宫。
花容占断君前艳,摧向雕檐细雨中。(自注:张裕妃被宠,客、魏嫉之。既而有娠,铺宫膺册妃礼,而过期不育。二奸遂力谮于上,尽逐侍从,闭妃空宫,屏去水火者数日。妃馁甚,匍匐雨中,伏地啖溜水斗许,未及上阶而卒。)

万几余晷建长廊,圣主经营食不遑。
粉膴未干宣十作,庀材重筑蹴圆堂。(自注:圣性好营建,回廊曲室,皆手操斧锯为之。然喜厌不恒,成而毁,毁而复成,以是累岁卒未竣功。宫中旧有蹴圆亭,上又手造蹴圆堂五间。高永寿好蹴圆踘,故怂恿造堂,以习此戏。十作内尝监所辖,以给宫中营建之材料者。)

异卉传来自粤中,内官宣索种离宫。
春风香艳知多少,一树番兰分外红。(自注:当时都下植异种花草,相传自两广药材中混至。内臣好事者遍栽于圣驾常幸之处。有蛱蝶、菊红、水仙、番兰、柹等名。番兰红花碧叶,上爱而玩之,移供案间。或云即美人蕉。)

贴里三襕夹里花,中官应节斗豪华。
因逢庙忌更青素,瑟瑟波纹衬海霞。(自注:红蟒贴裹,贵近臣内衣也。诸权珰皆衣之。色之浅深,随时异宜。又于刴襕下加一襕,名曰三襕。又创为双袠襕蟒衣,两袖各加一蟒。旧制遇大忌辰及修省,中官衣青素,挑庙忌辰衣青绿花样。所谓青素者,夏则屯绢,冬则玄色纻也。当时用天青竹绿花纱罗,当青素,衬海天霞色浅红里衣,内外掩映,望之如波纹木理焉。)

封事连章奏至尊,宫前暂罢选龙孙。(自注:青海之外,马多龙种,名曰龙孙。)

角羊斑鹿分收过，千骑云屯北上门。（自注：内官有升骑马者，凡遇庆典，人进马一匹。驾御乾清宫门，览毕付御马监，本官给赏。马不堪用，该监不收，换补。大内官赏过禄米者，亦于是日进一羊一鹿。鹿必大白斑，羊必四角、六角。鹿付南海子，羊付牲口房。此旧例也。魏忠贤因各边缺马，躐升骑马数百人。每岁进十余次，每次千余匹。临期，忠贤不复奏闻，竟自至北上门，盛服危坐，按职名牵马鱼贯而进，不堪用者重加责处，于是马价倍昔。）

玉兔迎霜秋宴开，花城侍宴暂徘徊。
蕙兰香细莺声软，报到高家小姐来。（自注：重阳前后，内官设宴相邀，谓之迎霜宴。席间食兔，谓之迎霜兔。好事者绕屋列菊花数十余层，后者轩，前者轾，望之若山坡，五色灿烂无隙，名曰"花城"。御前牌子高永寿，年未弱冠，丹唇鲜眸，皎好若处子，宫中称高小姐。宴饮之际，高或不与，合座为之不欢。）

坤宁花落砌痕斑，书卷炉香伴玉颜。
镜里寻思灯伴语，承恩端不为幽闲。（自注：张后既失宠，绝不露怨望之色，惟以文史自娱，或清座絮絮独语。）

画里明妃绝代无，琵琶千骑拥云荼。
君王不爱倾城色，只看狰狞《揭盖图》。（自注：李伯时画《昭君出塞》八幅,赵子昂画《鬼子母揭盋图》,皆累朝珍藏旧物也。两种并陈,上恒弃此取彼。圣性乐观险怪之状,而厌近窈窕,略见于此。)

分明角胜厌棋枰,井字阑边斗棹城。
十五燕姬偏慧黠,双抛常占上中营。(自注:神庙中叶,御意创为棹城之戏。用色罗方幅绣井字界,作九营,中一营为上营,四方四营为中营,四角四营为下营。命宫人持银钱或小银球掷之,落上营,赏银九两,中营六两,下营三两;落营外或落井字上,罚如中营所赏之数,双掷赏罚皆倍。由是诸宫争效之。至戊午,边事大坏。说者谓棹城者,撩城也,殆先征云。天启时犹沿之,烈皇帝登极禁止。)

16. 李调元《南宋宫词一百首》

李调元(1734—1802),字雨村,一字羹堂,号童山、卧雪山人、童山老人等,绵州罗江(今属四川)人。乾隆二十八年(1763)中进士,改翰林院庶吉士。三十九年,充广东乡试副考官,回朝后迁考功员外郎。四十二年,任广东学政,四十六年任满回京,擢直隶通永兵备道。五十年,落职回四川。家有万卷楼,藏书极富,肆力于学问,尤嗜吟咏。著有《童山诗文集》、《雨村诗话》。尝作《南宋宫词一百首》,载《童山诗集》卷五,论者比作王建、厉鹗。《国朝正雅集》卷二二引《寄心盦诗话》:"集中《南宋宫词》百首,可媲唐之王建,而与樊榭之《南宋杂事诗》并垂不朽。"《清史列传·李调元传》:"又尝作《南宋宫词百首》,论者谓不亚于厉鹗。"

《南宋宫词百首》有序,云:

> 宫词者,所以纪宫中行乐之词也。而宋自南渡以来,长脚专权,大眼丧气,颁下金牌一十二面,偏安王室百五十年。其间闻鹤泪而惊心,尚何紫禁巡游之乐;抚攒宫而流涕,岂有翠华临幸之欢。然而天地无情,白头空老,河山如故,触目生愁。余在杭所寓第一山,即当年历圣之三殿,凡鸾舆之所幸,多宫掖之轶闻。逝者虽湮,后来可鉴,因作宫词百首,以补正史三长,不无讥刺微词,半借风谣规戒云尔。

雨村《南宋宫词百首》之前五首云:

> 表里湖山画不如,六飞临幸建炎初。
> 蟠空帝阙红光绕,华盖云头下属车。
>
> 元朔朝正各国来,景阳钟罢晓光催。
> 百僚鹄立听宣制,万岁声传绕殿雷。
>
> 礼祀青郊瑞脑香,乐章初奏佩声长。
> 云开五辂从天下,点点繁星簇玉皇。
>
> 楼卷朱帘雉尾开,鹤衔恩诏下瑶台。
> 阁门才见鸡竿立,各路腰铃报赦来。
>
> 凤山行阙郁青葱,聒耳鸦声入禁中。
> 自遣诸儿弹射后,一齐飞去赤崖东。

李调元诗,学李白之豪放、飘逸,气势高昂,意境清新,艺术造诣很高。然而,他以悲抑的心情来写作《南宋宫词》,已无王建《宫词》恢宏的盛世风范,也无花蕊夫人《宫诗》妍丽的诗思,时有讥刺微词,微露规戒之意,与他固有的诗风不一样。

17. 张鉴《冬青馆古宫词》三百首

张鉴,字春治,号秋水,乌程人。嘉庆甲子副贡,官武义教谕。善画,著述甚富,有《冬青馆甲乙集》。尝作《冬青馆古宫词》三百首,丛书

集成初编本录此书。自序云:

> 十家宫词,以王建居首,然竹垞以为《关雎》亦房中之作,则其源远矣。余楹梂余间,辄引伸之,得三百首,工拙不计也。

张鉴这三百首《宫词》,描述自春秋战国直到清代为止的历代宫中事,且每首诗下均附以自注,与明代秦征兰之《天启宫词》相仿佛。今略举数例:

> 风雨重阳一片斜,定须添寿度年华。
> 内人连夜团蓬饵,相约明朝醉菊花。(自注:《西京杂记》:贾佩兰说在宫时,九月九日佩茱萸、食蓬饵、饮菊花酒,令人长寿。)

> 芝田罗袜梦生时,费尽陈王八斗辞。
> 金错镜边相对罢,几人银烛写乌丝。(自注:曹植《洛神赋》:尔乃税驾乎蘅皋,秣驷乎芝田。体逸飞凫,飘忽若神,陵波微步,罗袜生尘。《太平御览》引魏武帝《上杂物疏》:御物有尺二金错镜一枚。)

> 景华宫冷夜迢迢,法曲新吹碧玉箫。
> 但放流萤三两斛,胜他明月照清宵。(自注:《隋书·炀帝纪》:上于景华宫征求萤火,得数斛,夜出游山放之,光遍岩谷。)

> 攀尽红榴鬟发攒,年年重午醉阑干。
> 花前邀得看花伴,多向金盘射粉团。(自注:《开天遗事》:天宝宫中,每到端午节,造粉团、角黍,贮于金盘中,以小角弓子,纤妙可爱,架箭射盘中粉团,中者得食。)

"风雨重阳"一首,写汉宫事;"芝田罗袜"一首,写魏宫事;"景华宫冷"一首,写隋宫事;"攀尽红榴"一首,写唐宫事。这等诗,毫无宫廷生活基础,只依典故敷演成诗,直是七言一句的《初学记》。《宫词》发展至此,真是强弩之末,令人不胜慨叹!

从五代经宋元,直到清代,效学王建写作《宫词》一百首的诗人,络绎不绝,余风长继,千载传承,足见王建百首《宫词》具有很大的艺术魅力。综观各位诗人传承《宫词》百首艺术传统的历程,不难发现,五代、北宋的诗人,都直承王建衣钵,始终保持着王建诗展现当代宫廷生活的本色。然而到了南宋胡伟手中,他受宋人好写集句诗的熏陶,便改用集句的形式,以反映宫廷生活,这在王建《宫词》百首的传承系列中,可称是个特例。另外,南宋岳珂用百首《宫词》的体式,反映北宋时代的宫廷生活,以表现自己不忘"黍离宗周"的本意,以寄托故国之思。这种写法,与诸家《宫词》只写本朝事不同。他还超越宫禁的范畴,写宫外事、京外事,远离王建《宫词》的风调,可算是王建《宫词》传承过程中出现的一种异常变化,开启了后代诗人用《宫词》写作前朝宫廷生活的先河。像明代朱有燉写作《元宫词》,王叔承撰《宫词》百首写汉唐宫廷时事,秦征兰撰《天启宫词》写魏忠贤、客氏事较多,较少写到天启帝事。王建《宫词》传承过程中出现的变异现象,反映出历代诗人"新变"的创作精神,是件好事。

三、百首绝句组诗

王建《宫词》,运用百首绝句的组诗体式,反映现实生活,这在过去的文学史上还没有出现过,其首创之功,应给予充分重视和肯定。

组诗,在我国诗史上早已有之。较为著名的有曹植作《赠白马王彪》,七首;王粲作《从军诗》,五首;阮籍有《咏怀》诗,多至十七首;左思作《咏史》,八首;陶渊明作《饮酒诗》,多至二十首,又作《读山海经》,十三首。入唐,王昌龄作《从军行》七首;王维作《田家乐》七首,作《辋川诗》二十首;李白作《永王东巡歌》十一首,作《秋浦歌》十七首;杜甫作《秋兴》八首,作《解闷》十二首。稍早于王建的吴筠,作《游仙诗》二十四首。环顾王建以前的组诗,最多的一组也只有吴筠的《游仙诗》二十四首。

自从王建运用百首绝句的组诗体式,反映较为广阔的宫廷生活,受到后代诗人的青睐,大家纷纷效尤,"百首"、"百题"、"百咏"大量涌现,较大地扩大了绝句诗的表现功能。

首先效学王建百首组诗形式的诗人,是吴人孙发。龚明之《中吴纪闻》卷一"孙百篇"条云:"吴士孙发,尝举百篇科,故皮日休赠以诗云:'百篇宫体喧金屋,一日官衔下玉除。'陆龟蒙亦有诗云:'直应天授与诗情,百咏唯消一日成。'"孙发与皮陆是同时人,是最早写百篇绝句组诗的人,可惜他的诗没有留存下来。其次是曹唐。曹唐(生卒年不详),字尧宾,桂州(今广西桂林)人。初为道士,后复初服还俗。懿宗朝,为使府从事。咸通中,暴病卒于家。曹唐《游仙诗》借古代群仙会聚离别之事,"以寓写情之妙",著称于时,颇得好评。孙光宪《北梦琐言》卷五:"唐进士曹唐《游仙诗》才情缥缈。"明曹学佺称曹唐"诗尤清丽"(《重刻三唐诗集序》)。宋人著录曹唐《游仙诗》百篇,晁公武《郡斋读书志》卷十八著录《曹唐诗》一卷,"《游仙诗》百余篇",计有功《唐诗纪事》同。《全唐诗》载曹唐《小游仙诗》九十八首,《唐诗选脉会通评林》周珽曰:"其《小游仙》诗,近乎百篇。"谅已失其二。明许学夷《诗源辨体》:"游仙诗其来已久,至曹唐则有七言绝九十八首,后人赋游仙绝句,实起于此。"曹唐瓣香百首《宫词》,远祧王建之祖,写作百篇《游仙诗》,其用意很明显。所以明人陆时雍《唐诗镜》说:"王建《宫词》百首,曹唐《游仙》九十八首,皆对境生情,令人有如在当年之趣。"

晚唐人胡曾,作《咏史诗》三卷,一百五十首。计有功《唐诗纪事》卷七十一云:"曾有《咏史诗》百篇,行于世。"陈振孙《直斋书录解题》卷十九著录胡曾《咏史诗》:"凡一百五十首。"当时传诵很广,但是后来论家对它们评价很低,贺裳说:"旧见胡曾集一卷,皆《咏史诗》,浅直可厌。"(《载酒园诗话又编》)翁方纲说:"胡曾《咏史》绝句,俗下令人不耐读。"(《石洲诗话》)胡曾承传王建百首组诗的艺术形式,扩展至一百五十首以咏史事,但限于自己的诗才,"百篇一律"(谢榛《四溟诗话》评),难成佳作。

  罗虬的《比红儿诗》百篇,作于"广明中"。诗人用历史上若干著名的美女子,比喻官妓"红儿"。王定保《唐摭言》说:"(虬)作绝句百篇,号《比红儿诗》,大行于时。"其写法与王建《宫词》迥异,"杂出诸史氏传记,若稗官小说,旁取曲引"(《唐诗选脉会通评林》引黄预语)。只取其百首绝句组诗的形式而已,翁方纲《石洲诗话》评曰:"俚劣之甚。"甚是。

  钱珝所作的《江行无题百首》,明显仿学王建。《全唐诗》收《江行无题百首》于钱起名下,误。胡震亨《唐音统签》云:"旧作钱起诗,今考诗系迁谪途中杂咏,起无谪宦事,而珝自中书谪抚州,其《舟中集》自序云:'秋八月,从襄阳浮江而行。'诗中岘山、沔、匡庐、鄱阳、浔阳诸地,经途所历,一一吻合,而秋半、九日,尤为左验,其为珝诗无疑。"傅璇琮《唐代诗人丛考·钱起考》又据钱珝《舟中集序》、《旧唐书·钱徽传》、《旧唐书·昭宗纪》等,考定此组诗为钱珝被贬抚州司马途中所作。这百首组诗,钱珝题咏自己谪贬抚州时途中的所见所感,颇受好评,为后人所传诵。如"翳日多乔木"一首,明高棅《增定评注唐诗正声》曰:"无限悲慨。""咫尺愁风雨"一首,宋顾乐《唐人万首绝句选评》:"此望匡庐而托慕方外也。"刘永济《唐人绝句精华》对钱珝《江行无题》做出总评曰:"此题共百首,皆咏谪抚州途中见闻,诗人对乡村景物,兴会甚佳,故入咏者多。"钱珝工诗,绝句诗写得精健秀朗,而采用百首绝句组诗的形式,实仿自王建。

  迨至宋代,效学王建,作百首绝句组诗的还不乏其人。建平人杨备,字修之,于明道初任华亭县令,不久,因母病故,遂居家于吴中。爱其风土之美,安家而不再迁居,因作《姑苏百题》诗,每题笺释其事。龚明之《中吴纪闻》卷五"姑苏百题诗",具载其事。苏人潘勺,字叔治,自号癸甲先生,登进士第,为吴兴郡掾。后绝意仕进,遍游天下山水,爱雁荡山景色奇丽,赋《雁荡百咏》,最后两句云:"都为画工图不得,一时收拾作诗归。"南宋时人许尚,自号和光老人,华亭人。作《华亭百咏》,"是编作于淳熙时,取华亭古迹,每一事为一绝句"(《四库全书总目提要》卷一六一),皆七言绝句,凡一百首。厉鹗作《宋诗纪事》,取其中十首。宋伯仁,字器之,号雪岩,广平(今属河北)人。他于嘉熙年间,曾任监淮扬盐运使课官,工于诗,善画梅花。他为梅花写生,自蓓蕾、欲开、大开至欲谢、结实等各种形态,画成二百幅梅花图,于中选出一百幅,每图缀以五言绝句诗一首,撰成《梅花喜神谱》二卷,集画百梅、诗百绝为一书。此书有景定二年(1261)金华双桂堂重刊本,简称景定本,后有著名藏书家、目录学家、书法家,如黄丕烈、钱大昕、孙星衍、洪亮吉、包世臣等人题诗和跋,可断定为南宋刊本。曾报,字景建,临川布衣。作《金陵百咏》一卷,《四库全书总目提要》卷一六○云:"皆七言绝句,凡一百首,词旨悲壮,有磊落不羁之气。"

　　元、明、清三代,直到近代,仿王建百首绝句的形式写作组诗的人,络绎不绝。今分而论之:有诗人用百首绝句专咏梅花,元代有释明本《梅花百咏》(《元诗选》二集《中峰广录》),韦珪《梅花百咏》(黄丕烈称韦珪《梅花百咏》传本绝少,元刻尤稀。友人陈仲鱼为复翁购得元本,因著录于《士礼居藏书题跋记》卷六中)。明代有文徵明《梅花百咏》(天悶楼丛抄本),李天植《梅花百咏》(《明季三孝廉集》)。清代有张吴曼《梅花百和》(《集梅花诗》)。有诗人用百首绝句以纪行,如明代有陈循《东行百咏》(《四库全书总目提要》卷一七五著录,乃陈循被谪东行时集古人诗句以成七绝,初得三百首,复叠和其韵至千首),龚自珍《己亥杂诗》,用此体式记述自己从北京归回杭州的经历,凡三百十五首。有诗人用百首绝句题咏风土人情,清代有蔡云《吴歈百绝》(同治十一年刻本)。有诗人用百首绝句题画、论画,明代有张丑《米庵鉴古百一首》,论画一○一首。清代有许应来《题画绝句百首》(据郑献甫《浦学轩文集》记载),王志熙《论画百首》(《清画家诗史》著录)、吴修《青霞馆论画绝句》一百首(见《美术丛书》)。近代有叶德辉《观画百咏》四卷,有民国六年(1917)观古堂刊本。

　　王建开创的百首组诗的形式,还影响到后代的艺术创作和民俗风情,人们都喜爱用"百"的数字,这种审美心理和民俗心态,寄托着吉祥如意、幸福美满的良好心愿。绘画艺术首先受到影响,明人孙克弘画《百花图》,今藏北京故宫博物院,周之冕画《百花图》,今藏北京故宫博物院,文震孟有题诗《题周之冕百花图卷》。佚名画《百牛图》,董逌《广川画跋》卷一有《书百牛图后》。边景昭画《三友百禽图》,今藏中国台北故宫博物院。佚名画《百马图》,今藏北京故宫博物院。人们向往多子多孙,用《百子图》祝贺他人子孙繁衍兴盛。宋辛弃疾《鹧鸪天·祝良显家牡丹一本百朵》:"恰如翠幕高堂上,来看红衫百子图。"祝良显家收藏一幅百朵牡丹图,好像是一件绣着《百子图》的红衫。人们摹写古今各体寿字一百个,称"百寿图",祝人长寿,钱曾《读书敏求记》卷一《字学百寿字图》,记载宋绍定时静江令史渭于夫子岩刻百寿字。人民群众喜闻乐见的"百"字文化形态,源出百首绝句,表现出王建的开创之功。

一位作家的文学创作,对不同方位、对不同时代的人产生多种多样的影响力,牵动无数人的人文心态、创作意向和审美情趣,那么,这位作家的作品,必定具有很高的艺术造诣,应该给予足够的评价。我们周详地考察王建百首《宫词》的创作实践,以及它们对后代的深远影响,在后代的有序传承,完全可以做出与上述艺术价值观相同的结论。

戊稿

王建《宫词》评论稿

一、王建写作《宫词》的主客观条件

关于王建写作《宫词》,范摅《云溪友议》卷下"琅琊忤"有如下记载:

> 王建校书为渭南尉,作《宫词》,元丞相亦有此句,河南、渭南合成二首矣。时谓长孙翱、朱庆余各有一篇,苟为当矣……
>
> 渭南先祖内官王枢密,尽宗人之分,然彼我不均,后怀轻谤之色。忽因过饮,语及桓、灵信任中官,多遭党锢之罪,而起兴废之事。枢密深憾其讥,诘曰:"吾弟所有《宫词》,天下皆诵于口,禁掖深邃,何以知之?"建不能对。元公亲承圣旨,令隐其文,朝廷以为孔光不言温树,何其慎静乎?二君相遭奏劾,以为诗以让之,乃脱其祸也。建诗曰:"先朝行坐镇相随,今上春宫见长时。脱下御衣偏得着,进来龙马每交骑。常承密旨还家少,独奏边情出殿迟。不是当家频向说,九重争遣外人知。"

范摅的记载,成为后代研究王建《宫词》写作的依据。殊不知范摅小说家言,所记内容错讹很多,便成我们研究王建《宫词》写作时间、条件的重大阻碍。如计有功《唐诗纪事》卷四十四、葛立方《韵语阳秋》卷三、辛文房《唐才子传》卷四均承其误,他们的文字大都从《云溪友议》来。我们要深入探讨王建《宫词》写作的时间和主客观条件,必须先从纠正范摅误说入手。

王建生平历仕大致如下:贞元中,佐淄青、幽州、岭南诸节度幕。元和初,复佐荆南、魏博幕。八年前后,任昭应县丞,十三年迁太府寺丞。长庆元、二年,先任秘书郎,后迁秘书丞。长庆二年七月,迁太常寺丞。太和二年自侍御史出为陕州司马。约卒于太和中。

王建生平资料中,未见王建任过"校书",亦无初仕渭南尉的点滴材料。王建初任昭应县丞,有诗为证,《初到昭应呈同僚》:"白发初为吏,有惭年少郎。自知身上拙,不称世间忙。"《别杨校书》:"故作老丞身不避,县名昭应管山泉。"元和十三年,迁太府寺丞,《留别张广文》:"谢恩新入凤凰城,乱定相逢合眼明。"身入凤凰城,指入京城任职;乱定,指元和十二年(817)平定吴元济之乱。任太府寺丞必在元和十三年。《初授太府丞言怀》:"除书亦不属微班,唤作官曹便不闲。检案事多关市井,听人言不在云山。病童嗔着唯行慢,老马鞭多转放顽。此去仙宫无一里,遥看松树众家攀。"诗句描述太府寺丞一职的大致情况。《旧唐书·职官志》:"太府寺,卿一员,少卿二员,卿掌邦图财货,总京师六市、平准、左右藏、常平八署之官属,举其纲目,修其职务。""丞四人,从六品上。丞掌判寺事。"

长庆元年至二年,王建先任秘书郎,后迁秘书丞。白居易有《寄王秘书》:"霜菊花萎日,风梧叶碎时。怪来秋思苦,缘咏秘书诗。"王秘书,即秘书郎王建。白居易于长庆元年十月至二年七月,任中书舍人,作《授王建秘书郎制》(此制集中无,载《文苑英华》卷四〇〇、《全唐文》卷六五七):"勅太府丞王建:太府丞与秘书郎,品秩同而禄廪一。(编者按:《旧唐书·职官志二》载,秘书省设秘书郎,从六品上,与太府寺丞同秩;设秘书丞,从五官上。王建自秘书郎授秘书丞,是为升迁。)……可秘书郎。"此制作于长庆元年十月,节令与《寄王秘书》相合。王建于长庆元年十月前,仍在太府寺丞任上,十月迁为秘书郎。长庆二年春,转为秘书丞,张籍《酬秘书王丞见寄》:"相看头白来城阙,却忆漳溪旧往还。今体诗中偏出格,常参官里每同班。街西借宅多临水,马上逢人亦说山。芸阁水曹虽云冷,与君长喜得身闲。"芸阁,指秘书省;水曹,指尚书省水部员外郎。张籍于长庆二年春,转为水部员外郎,白居易有《张籍可水部员外郎制》(朱金城《白居易集校》卷四十九按:张籍自国子博士除水部员外郎在长庆二年三月间。),可证。韩愈有《玩月喜张十八员外以王六秘书至》,此王六秘书,即秘书丞王建。钱仲联《韩昌黎诗系年集释》系此诗于"长庆四年",不当,因为王建于长庆二年七月便迁任太常寺丞。《旧唐书·职官志二》:"秘书监之职,掌邦国经籍图书之事","丞掌判省事"。

王建任太常寺丞,时在长庆二年七月前后。张籍有《使至蓝溪驿寄太常王丞》诗,据朱金城《白居易年谱》考证,张籍之使至蓝溪驿,时在长庆二年七月,可见此时王建已自秘书丞改官为太常寺丞。《旧唐书·职官志三》载,太常寺设卿一员,少卿二人,丞二人,从五品上。"太常卿之职,掌邦国礼乐、郊庙、社稷之事,以八署分而理之:一曰郊社,二曰太庙,三曰诸陵,四曰太乐,五曰鼓吹,六曰太医,七曰太卜,八曰廪牺","丞掌判寺事"。

范摅认为王建写作《宫词》的时间是在任渭南尉时,不可能。首先,从现有文献资料看,王建从未出任过渭南尉;其次,即使王建任渭南尉,也没有条件写出《宫词一百首》,因为渭南尉是外官,又是卑微小官,无法接触到宫廷生活中的许多人和事,缺乏创作的生活基础。笔者认为王建写作《宫词》,应该是他在元和十三年始任太府寺丞,到大和二年出为陕州司马以前任秘书郎、秘书丞和太常寺丞这一段十一二年的时间内,理由是:

一,王建任太府寺丞、秘书郎、秘书丞、太常寺丞,品位虽不高而事关朝廷、宫廷的要务,如管理财赋,管理市场,出纳贡赋财物,百官俸秩,掌管国家图书典籍,掌管国家礼乐、郊庙等大事。王建熟知这些方面的种种事务,可以经常出入宫禁,接触朝廷、宫廷中各方面的官员,结交百官、内侍,或则目睹,或听熟人口述,亲身感受到种种宫廷生活体验。他将宫廷中的各种人物和故事,熟记于心,写成《宫词》,因此这段时间内,他拥有创作《宫词》最为厚重的生活基础。

二,王建供职朝廷的时间里,结交许多高官、名臣,可以从他们的亲身经历中,获知朝廷、宫廷内部的情况。范摅《云溪友议》卷下"琅琊忤"条所记的诗,题为《赠王枢密》,后来被收入集子里。王守澄知枢密事,时在长庆年间,王建与王守澄这段经历,可能是有的,但这仅是王建众多交游中的一个个案,并不是王建写作《宫词》唯一的宫廷信息来源。我们从他的诗歌中,略略考察王建交游的友朋,都有条件为他提供宫廷生活的素材。卷四有《和裴相公道中赠张相公》,卷七有《上张弘靖相公》,张相公,指张弘靖,元和十四年(819),以河东节度使、校检吏部尚书、同平章事张弘靖为吏部尚书;裴相公,指裴度,元和十四年,任门下侍郎、同中书门下平章事。卷四有《和钱舍人水植诗》,钱舍人,指钱徽,他在元和三年(808)自祠部员外郎充翰林学士,十年,迁中书舍人。卷四有《赠王侍御》，王侍御，指殿中侍御史王起，他在元和六年(811)随李吉甫入朝为殿中侍御史，后迁起居郎、中书舍人。卷四有《将归故山留别杜侍郎》，杜侍郎，即礼部侍郎杜黄裳，他曾任太常卿、礼部侍郎知贡举。卷六有《寄上韩愈侍郎》，韩愈于长庆元年任兵部侍郎。卷七有《上杜元颖学士》，杜元颖于元和十二年自太常博士充翰林学士，十三年二月，赐绯，故诗云："学士金銮殿后居，天中行坐侍龙舆。承恩不许离床谢，密诏长教倚案书。"卷七有《赠卢汀谏议》，卢汀，曾任中书舍人、给事中、谏议大夫。从诗句看，他与君王关系甚密，"立送封章直上天"，谏议大夫兼知匦使，故云。"近见兰台诸吏说，御题新集未教传。"金圣叹评说："我先亦甚为惊诧，近因见台吏私说，而后始知天子就之学诗也。"（《贯华堂选批唐才子诗》卷四下）卷七有《贺杨巨源学士拜虞部员外》，卷八有《寄杨十二秘书》，杨十二即杨巨源，他于元和十年任秘书郎，十三年自太常博士迁虞部员外郎，时王建正任太府寺丞。他与王建不仅先后任秘书郎，而且还同参魏博节度使田弘正幕。卷七有《赠田将军》，田将军，指右金吾卫将军田布，为田弘正之子，王建曾任田弘正幕僚，早与田布相识，故诗云："初从学院别先生"，"自执金吾长上直，蓬莱宫里夜巡更"。卷七有《赠胡证将军》，卷八有《和胡将军遇直》，胡证，元和十三年入朝任金吾大将军，诗云："书生难得是金吾，近日登科记总无。半夜进傩当玉殿，未明排仗到铜壶。"胡证以书生当金吾卫将军，真难得。卷八有《上崔相公》，崔相公，即崔群，他在元和十二年任中书侍郎、同中书门下平章事，直到元和十四年十二月罢相。以上这些友人，都与王建有诗歌唱和、投赠的交往，他们都是君王的近臣，是王建获知朝廷、宫廷情况的人，所以王建写作《宫词》，有着非常宽广、深厚的社会基础。

三，唐代文化政策比较宽松，无众多禁忌，范摅之说不可信。宋人洪迈《容斋续笔》卷二"唐诗无讳避"条早就指出：

> 唐人歌诗，其于先世及当时事，直辞咏寄，略无避隐。至宫禁嬖昵，非外间所应知者，皆反复极言，而上之人亦不以为罪。如白乐天《长恨歌》讽谏诸章，元微之《连昌宫词》，始末皆为明皇而发。

杜甫诗中尤多讽刺之辞,如《丽人行》:"箫鼓哀吟感鬼神,宾从杂遝实要津。后来鞍马何逡巡,当轩下马入锦茵。杨花雪落覆白蘋,青鸟飞去衔红巾。炙手可热势绝伦,慎莫近前丞相嗔。"诗句着意描写杨国忠和杨氏姊妹出游时盛大的排场,奢华的服饰。诗人极尽铺排之能事,不着议论,将讥讽的诗意隐于靡丽的描摹之中,王嗣奭极口称赞杜甫这首诗的艺术手法,说:"本是讽刺,而诗中直叙富丽,若深不容口,妙!妙!"(《杜臆》)《哀江头》:"少陵野老吞声哭,春日潜行曲江曲。江头宫殿锁千门,细柳新蒲为谁绿。忆昔霓旌下南苑,苑中万物生颜色。昭阳殿里第一人,同辇随君侍君侧。辇前才人带弓箭,白马嚼啮黄金勒。翻身向天仰射云,一箭正坠双飞翼。明眸皓齿今何在?血污游魂归不得。"安史之乱后,诗人潜行曲江,目睹乱后萧条荒废的景象,兴起昔日繁盛的回忆,忆及当时杨贵妃宠幸时的风采。一句诘问,诗意陡转,归到"马嵬"的故事上,在盛与衰、乐与哀的比照中,凸显了诗的讽刺意。钱谦益说本诗"兴哀于马嵬之事,专为贵妃而作"(《钱注杜诗》卷一)。杜甫《北征》:"忆昨狼狈初,事与古先别。奸臣竟菹醢,同恶随荡析。不闻夏殷衰,中自诛褒妲。"《北征》诗的最后一段,表现出杜甫寄中兴希望于唐肃宗身上,而奸臣的被杀,杨贵妃的被缢,正好为社稷中兴奠定了基础,表现出诗人对杨国忠、杨玉环的鲜明态度。杜甫诗为唐明皇、杨贵妃、杨国忠等人而发,无所避忌。所以,胡震亨《唐音癸签·谈丛五》说:"唐时诗人于宫禁事皆尽说无忌,杨玉环、孟才人尚入篇咏,建诗有何嫌,必制人以自全也。"他的话,正是针对范摅之说而发的。

四,王建百首《宫词》,是陆续写成的,写作的时间过程很长,这正与他供职太府寺、秘书省、太常寺的经历相关连。《宫词》第十九首,写到中和节打开皇家库房散发舞衣之事;第五十五首,写到腊日赐皇亲口脂、面药之事;第六十七首,写到腊日赐近臣口脂、面药之事;第七十五首,写到新拜内尚书,新赐紫罗襦之事;第八十一首,写到内人白打获胜者受赐金钱之事。这些诗,当是写在他任太府寺丞的时期内。《宫词》第十二首描写集贤殿内堆满图书之事,第九首写到君王教觅勋臣写图本之事,当是王建在秘书省任郎、丞时间内写成的。第一、二、九十一首,写含元殿朝元日之盛况;第十、十一首,描写帝王祭祀南郊、归来宣赦之事;第十三首,描写公卿拜陵之事;第三、四六十八首,描写君王日常朝见群臣的礼仪;等等。此外,由表现宫廷中音乐舞蹈的许多诗篇,大都写于王建任太常寺丞的时期内。因为王建任太府寺丞、秘书省丞、太常寺丞,辅助长官"掌判寺事"、"掌判省事",很多宫禁中的活动,都要由他操办、经管,有些事他直接参加,有些事他知晓,这都是他能写出数以百计《宫词》作品的重要条件。

综上所述,可见王建写作百首《宫词》,有着极为深厚的生活基础、极为坚实的主客观条件。范摅之虚语,温树之不言,宫禁之避忌,均不足信。

二、王建其他"宫词"作品

偶然看到一则记载,宋周密《云烟过眼录·续集》"杨元诚家所藏"条云:

> 唐王建亲书宫体小诗一百二十首。盖《宫词》也,极其宛转妖丽,今人罕能及。后有钱武肃王印(赤心三九一)押。

王建的手迹,后代未见流传,周密亲眼所见的这份诗稿手迹,谅已散佚。

周密的记载启发我们,研究王建《宫词》一百首,还应观照王建其他的"宫词"作品,就是那些类似《宫词一百首》的诗。

笔者在《王建诗集》卷九"七言绝句"中,挑出二十首与《宫词一百首》风格极为相似的作品,校以洪迈《万首唐人绝句》,以更为深广的视觉,去考察王建其他"宫词"作品的面貌。

《王建诗集》卷九《御猎》:

> 青山直绕凤城头,沪水斜分入御沟。
> 新教内人唯射鸭,长随天子苑东游。

诗篇描写射生宫女追随天子在禁苑东部游猎,天子教她们不要射杀其他猎物,只能射杀鸭子。诗意与《宫词》第二十二首、第二十三首有关。"内人",就是《宫词》第二十二首中的"射生宫女",不是教坊里的女伎艺人。《宫词》第三十四首:"旋猎一边还引马,归来花鸭绕鞍垂。"与《御猎》并读,方悟"花鸭绕鞍重",不见其他猎物的缘故。

《王建诗集》卷九《长门烛》:

> 秋夜床前蜡烛微,铜壶滴尽晓钟迟。
> 残花欲灭还吹著,年少宫人不睡时。

"长门",汉宫名,汉陈皇后失宠后,别居长门宫,乐府因而有《长门怨》,后代常借以指失宠后妃、宫女的居处。全诗描写长门宫里失宠宫女的床前,微弱的烛光快要熄灭,但勉强还在闪烁,照着这个彻夜不眠、愁闷悲怨的年少宫人,诗篇表达"年少宫人"不甘寂寞的深层心态,诗味隽永。

《王建诗集》卷九《霓裳词十首》:

> 弟子部中留一色,听风听水作霓裳。
> 散声未足重来授,直到床前见上皇。
>
> 自直梨园得出稀,更番上曲不教归。
> 一时跪拜霓裳彻,立地阶前赐彩衣。
>
> 敕赐宫人澡浴回,遥看美女院门开。
> 一山星月霓裳动,好字先从殿里来。
>
> 旋翻曲谱声初起,除却梨园未教人。
> 宣示书家分手写,中官走马赐功臣。
>
> 传呼法部按霓裳,新得承恩别作行。
> 应是贵妃楼上看,内人舁出彩罗裙。
>
> 伴教霓裳有贵妃,从初直到曲成时。
> 日长耳里闻声熟,拍数分毫错总知。
>
> 中管五弦初半曲,遥教合上隔帘听。
> 一声声向天头落,效得仙人夜唱经。
>
> 弦索拟拟隔彩云,五更初发满宫闻。

武皇自送西王母,新换霓裳月色裙。

朝元阁上山风起,夜听霓裳露坐寒。
宫女月中更替立,黄金梯滑并行难。

知在华清年月满,山头山底种长生。
去时留下霓裳曲,总是离宫别馆声。

  这十首诗,都是描写唐宫中《霓裳羽衣曲》和《霓裳羽衣舞》演奏、表演情景的。《霓裳羽衣曲》是唐代著名的歌舞曲,按郑处诲《明皇杂录》的说法,道士叶法善,尝引唐玄宗至月宫,聆听天乐,玄宗默记其音,作《霓裳羽衣曲》。郑嵎《津阳门诗》则说唐玄宗听天乐,仅得其半,适其时西凉府都督杨敬述进《婆罗门曲》,与其声调相符,遂以月中所闻为散序,敬述所进为腔,而名《霓裳羽衣曲》。白居易《霓裳羽衣歌》:"杨氏创声君为谱",句下自注:"开元中,西凉府节度杨敬述造。"王灼《碧鸡漫志》卷三所述最为明确,云:"《霓裳羽衣曲》,说者多异。予断之曰:西凉创作,明皇润色,又为易美名,其他饰以神怪者,皆不足信也。"

  杨贵妃善《霓裳羽衣舞》,乐史《杨太真外传》卷上:"又上宴诸王于木兰殿,时木兰花发,皇情不悦,妃醉中舞《霓裳羽衣》一曲,天颜大悦。"白居易《江南遇天宝乐叟》:"贵妃宛转侍君侧,体弱不胜珠翠繁。冬雪飘飘锦袍暖,春风荡漾霓裳翻。"唐诗和宋人的记载,都证明杨贵妃善《霓裳羽衣舞》。

  《霓裳羽衣曲》和《霓裳羽衣舞》的表演,原本都在华清宫。白居易《江南遇天宝乐叟》:"白头老叟泣且言,禄山未乱入梨园。能弹琵琶和法曲,多在清华随至尊。是时天下太平久,久久十月坐朝元。"王建诗中有"朝元阁上风初起"、"知在华清年月满"等句,可以互参。

  《霓裳羽衣曲》和《霓裳羽衣舞》,中唐时犹存,白居易曾亲眼看到此舞,并作了细致的描述。白居易《霓裳羽衣歌和微之》:"我昔元和侍宪皇,曾陪内宴宴昭阳。千歌百舞不可数,就中最爱《霓裳舞》。舞时寒食春风天,玉钩栏下香案前。案前舞者颜如玉,不著人家俗衣服。红裳霞帔步摇冠,钿璎累累佩珊珊。娉婷似不任罗绮,顾听乐悬行复止。""飘然转旋回雪轻,嫣然纵送游龙惊。小垂手后柳无力,斜曳裾时云欲生。烟蛾敛略不胜态,风袖低昂如有情。上元点鬟招萼绿,王母挥袂别飞琼。繁音急节十二遍,跳珠撼玉何铿铮。"描写舞女之服饰、声容、舞姿,写舞蹈与音乐的密切配合,形象生动,真实地记下了《霓裳羽衣》舞、曲的风采。后来,曲仍传而舞不传,白居易《霓裳羽衣歌和微之》写于庆历元年(1041),已经感叹"但恐人间废此舞"。南唐时,其曲尚存,徐铉《又听〈霓裳羽衣曲〉送陈君》:"此是开元太平曲,莫教偏作别离声。"到了宋代,欧阳修也说:"今教坊尚能作其声,其舞则废而不传。"(《六一诗话》)葛立方《韵语阳秋》卷十五云:"《霓裳羽衣舞》,始于开元,盛于天宝,今寂不传矣。"明了唐代《霓裳羽衣曲》和舞的出现和废止的情况,才有助于理解那些描写《霓裳羽衣》曲舞的诗歌。

以上十首诗所写的都是有关《霓裳羽衣曲》和舞的题材内容,追溯到唐玄宗始创并教习指导演奏的情景,也写到杨贵妃亦善此舞。中唐元和时代宫中犹能表演《霓裳羽衣曲》和舞,王建在宫中还能亲眼看到,所以他绾合今昔,写成这组诗。

《王建诗集》卷九《赠人二首》:

> 金炉烟里要班头,欲得归山可自由。
> 每度报朝愁入阁,在先教示小千牛。

> 多在蓬莱少在家,越绯衫上有红霞。
> 朝回不向诸余处,骑马城西检校花。

此二诗,洪迈《万首唐人绝句》题作《赠工部郎中》。工部郎中,为尚书省官员。"班头",唐代百官上朝时,每班队以尚书省官员为班头。《新唐书·仪卫志上》:"宰相、两省官对班于香案前,百官班于殿庭左右,巡使二人分莅于钟鼓楼下。先一品班,次二品班,次三品班,次四品班,次五品班。每班,尚书省官为首。"王建友人是工部郎中,上朝时,成为同品官班队的"班头"。两诗写友人上朝前后的情景,他平时很少回家,下朝后,还得在皇城西巡行,履行其职责。《新唐书·百官志一》:"工部郎中、员外郎各一人,掌城池土木之工役城式。""检校花",是检查工程的美称,若直言至城西检查土木工程之进度、质量,则不成诗。

《王建诗集》卷九《楼前》：

> 天宝年前勤政楼，每年三日作千秋。
> 飞龙老马曾教舞，闻著音声总举头。

勤政楼，全称为勤政务本楼，在兴庆宫。王溥《唐会要》卷三十："开元二年七月二十九日，以兴庆里旧邸为兴庆宫。初，上在藩邸，与宋王等同居于兴庆里，时人曰五王宅。""后于西南置楼，西面题曰花萼相辉之楼，南面题曰勤政务本之楼。""千秋"，节庆名，八月五日为唐玄宗的诞辰，开元十七年（729），改称为千秋节。《旧唐书·玄宗纪上》："（开元十七年）八月癸亥，上于降诞日，宴百官于花萼楼下，百僚表请以每年八月五日为千秋节，王公以下献镜及承露囊。天下诸州咸令宴集，休假三日，仍编为令，从之。"诗中云"三日"，便是休假三日以庆祝千秋节。"飞龙老马"，指飞龙使管辖的马匹。唐有飞龙使，掌管内厩马匹。王溥《唐会要》卷七十二："元和四年三月诏，内厩之马，其数尚多，委飞龙使具条疏减省闻奏。"《资治通鉴》卷二八七"后汉天朔十二年"云："帝遣左飞龙使李彦从将兵赴之。"胡三省注："唐有飞龙使及小马坊使。"本诗的后两句，描写内厩老马，闻乐声而举头欲舞。唐玄宗曾教习马随音乐起舞，《新唐书·礼乐志》："玄宗又尝以马百匹，盛饰，分左右，施三重榻，舞《倾杯》数十曲。"郑嵎《津阳门诗》："马知舞彻下床榻"，自注云："又设连榻，令马舞其上，马衣纨绮而被铃铎，骧首奋鬣，举趾翘尾，变态动容，皆中音律。"这首诗，就眼前之老马楔入，追忆天宝时事，玄宗之骄侈佚乐，言外见之。

《王建诗集》卷九《宫前早春》：

> 酒幔高楼一百家，宫前杨柳寺前花。
> 内园分得温汤水，二月中旬已进瓜。

又《晓望华清宫》：

> 晓来楼阁更鲜明，日出阑干见鹿行。
> 武帝自知身不死，看修玉殿号长生。

这两首诗,洪迈《万首唐人绝句》题为《华清宫二首》,题名更切。王建曾任昭应县丞,故有多首描写华清宫的诗。《新唐书·地理志一》"京兆府昭应县"云:"六载,更温泉宫曰华清宫,环山列宫室,又筑罗城,置百司及十宅。"两诗均从宫外写起,追想开元盛世情景,俞陛云《诗境浅说续编》评前诗云:"诗咏华清宫之盛,皆从宫外侧面写出,升平熙皞之象,自可想见。"后诗的前二句写景,后两句从"长生殿"立意,蕴含讽意,纳兰性德《渌水亭杂识》卷四认为"武帝自知身不死"二句,"有意而不落议论,故佳"。

《王建诗集》卷九《老人歌》:

> 白发歌人垂泪行,上皇生日出京城。
> 如今供奉多新意,错唱当时一半声。

这位老妇人曾经是位善歌的艺人,白发垂泪,在唐明皇生日的时候,被遣散出宫。如今宫中供职的歌人多出新意,不按老曲调歌唱,有一半声调唱错了。王建用今昔对比的艺术手段,表现中唐时代宫中歌人的演唱水平远不如从前,发出今不如昔的感叹。

《王建诗集》卷九《宫人斜》:

> 未央墙西青草路,宫人斜里红妆墓。
> 一边载出一边来,更衣不减寻常数。

宫人斜,是唐代埋葬宫人的墓地,在长安未央宫西。更衣,为休息更衣的处所,亦指在此侍候君王的宫人。《汉书·东方朔传》:"后乃私置更衣。"颜师古注:"为休息更衣之处,亦置宫人。"诗的前两句点出宫人斜的地点,描写它的周边景色,后两句措辞委婉,说死去的宫女刚刚车载出去,一边新的宫女已经进来,因为侍候君王的宫女不能减少,语含讽意。

《王建诗集》卷九《长门》:

> 长门闭定不求生,烧却头花卸却筝。
> 病卧玉窗秋雨下,遥闻别院唤人声。

前面已经谈到过《长门烛》,本诗写失宠的后宫嫔妃的命运,细致地表现出她们被闭冷宫后心灰意冷的心态,她们将常时插戴的头花烧掉,将常用的筝弦卸去,病卧玉窗下,不堪寂寞冷落。

以上这二十首绝句诗,虽然没有冠上"宫词"之名,然而,将它们与《宫词一百首》连类比照,可以发现,两者的题材内容是一致的,表现风格是一致的,可说它们是《宫词一百首》的姊妹篇,是没有"宫词"之名的宫词诗。从展示宫廷生活的意义上考察,这些诗起着拓展、补充《宫词一百首》的作用,是王建整个宫词创作中的有机组成部分,我们应该像珍视《宫词一百首》一样珍视它们,给予相似的评价。比如,《宫词一百首》,只写到上朝的礼仪,却没有写到百官列班的情景,《赠人二首》补出之;《宫词一百首》,只写到宫女的现实生活,没有写到她们死后的悲惨命运,《宫人斜》补出之;《宫词一百首》,只写到《圣寿乐》、《柘枝》舞曲的盛况,却没有写到过《霓裳羽衣曲》及舞的声容、舞态,《霓裳词十首》补出之;《宫词一百首》第二十三首,只说天子不让射生宫女射杀白兔,而《御猎》诗则补充说明天子教射生宫女只能射杀鸭子,而不能射杀其他猎物;《宫词一百首》重点描写大明宫、禁苑里诸多人物活动的情景,却没有写到华清宫,《霓裳词十首》、《华清宫二首》补出之;《宫词一百首》表现的是当前的宫廷生活,却没有或很少写到前朝的事,而《霓裳词十首》、《华清宫二首》都写到了唐玄宗时代的人和事。凡斯种种,都充分说明王建其他"宫词"作品拓展、补充《宫词一百首》的重要意义,特别是王建在这些诗里运用表现前朝人和事的写法,还开启了后代《宫词》作家描写前朝史事的风气,我们在前面的《王建〈宫词〉传承稿》中已经详细考论过,可参阅。

王建有一些律诗,也用宫词的表现手法写出,比如卷八《早秋过龙武李将军书斋》,金圣叹认为它是一首《宫词》,它在体式上是七言律诗,与王建的《宫词一百首》不同,但从描写龙威将军的生活内容看,却分明是一首描写宫廷中禁军将领生活的诗,金圣叹《贯华堂选批唐才子诗》卷四下评本诗:"分明便是《宫词》一首,因思天生作宫词人,虽不欲作宫词,不可得也。"

卷七《赠卢汀谏议》,金圣叹认为本诗描写卢汀的事迹,却用写作《宫词》的手法。《贯华堂选批唐才子诗》卷四下评本诗:"看他写出严净毗尼,亦只用宫词一手,妙。"

卷七《送司空神童》,金圣叹《贯华堂选批唐才子诗》卷四下评本诗云:"至于将欲写其趁蝶,而预取杏坛,拆开插放'花'字,使读者瞥然眼迷,此又其百首《宫词》之秘法也。"

卷七《送吴谏议上饶州》,金圣叹《贯华堂选批唐才子诗》卷四下:"一解送吴谏议上饶州,却如代吴谏议向饶州百姓前呈递脚色手本。此皆是其百首《宫词》千变万化之异样聪明,在先生只是轻轻开笔便成,在他人乃更精思十日未得拟也。"

以上四诗的评说,虽是金圣叹一家之言,但对王建《宫词》的文学价值的认识,却有重要意义。笔者认同金圣叹的观点,特在此表出之。

三、王建《宫词》的文学价值

王建《宫词一百首》的文学价值,历来论家意见不一。有人认为王建《宫词》"就事直书"(语见翁方纲《石洲诗话》卷二批评前人语),胡仔《苕溪渔隐丛话后集·王建》:"予阅王建《宫词》,选其佳者,亦自少得,只世所脍炙者数首而已。"潘德舆《养一斋诗话》卷一:"王建《宫词》百首,雅正而有余地者甚稀,选至廿四首,犹嫌其滥。"又云:"意境不高。"各类文学史较为重视王建的乐府诗,对《宫词》评价不高,一笔带过,语焉不详。

持肯定意见的论家也不少,宋释文莹《续湘山野录》:"建之辞(承上文,指《宫词》)自唐至今,诵者不绝口。"陈振孙《直斋书录解题》卷十九"王建集":"尤长《宫词》。"元王恽《跋山谷所书王建宫词后》(《秋涧先生大全集》卷七三):"唐人诗风雅意蕴凌跨百代,况建之宫体,为世绝唱,加以涪翁挥洒醉墨,宜其天章云锦为之烂然生光也。"辛文房《唐才子传》卷四:"《宫词》妙绝千古。"宋育仁《三唐诗品》卷二:"《宫词》妙绝时人,后来所祖。"陆时雍《唐诗镜》卷四一:"王建《宫词》,俱以情事见奇。"翁方纲《石洲诗话》卷二论王建《宫词》:"其词之妙,则自在委曲深挚处别有顿挫,如仅以就事直书观之,浅矣。"《删补唐诗选脉会通评林》卷五六周珽评曰:"按建《宫词》百首,有情者,有事者,有怨者,有刺者,指不一也。或概以情怨说《宫词》,误矣。"

笔者很不赞同尹占华先生在《王建诗集校注·论王建的诗(代前言)》中所表述的观点,他说:"《宫词》仅是直书其事,作者的态度是客观的,并无褒贬之意,更与朝政得失不相及。"又说:"《宫词》写法平实,意思明白,不求含蓄,缺乏余味。"为此,笔者从"文本"出发,以文学观特别是七言绝句的艺术特征,观照王建《宫词一百首》,细致地逐一剖析,并结合历代及近当代学者的评述,概括出王建《宫词一百首》的八条文学特征,对之做出比较符合实际的评判,希望能有助于读者真切地认识王建《宫词》的文学价值。

1. 气象恢宏

王建《宫词》很多地方描写皇家宫廷建筑的宏伟气象、帝王临朝的肃穆氛围和宫廷活动的热闹场面,使诗篇呈现出气象恢宏的审美特征。第三首:"笼烟日暖紫瞳瞳,宣政门当玉仗风。五刻阁前卿相出,下帘声在半天中。"宣政殿上熏炉里的香烟袅袅紫绕,日暖风和,旭日渐渐升起,照亮了殿宇。五更五点,朝廷的高官纷纷上朝,从宣政殿阁门款款走出。黄周星评曰:"此何等气象耶!"(《唐诗快》卷九)第一首:"蓬莱正殿压金鳌,红日初升碧海涛。开着五门遥北望,柘黄新帕御床高。"大明宫含元殿,巍然坐落在龙首冈上,前面正对着终南山。从五门向北遥望,皇帝的御座高高在上,禁军和仪仗列于殿庭,文武百官缨佩序立,华夷酋长仰望玉座。每年正月元日,唐朝皇帝受群臣和诸蕃朝贺,称为"朝元日"。诗写朝元日的盛况,亦是"何等气象耶!"第七首:"延英引对碧衣郎,红砚宣毫各别床。天子下帘亲考试,宫人手里过茶汤。"诗写皇帝在延英殿亲试制科举人的盛况,俞陛云《诗境浅说续编》二:"诗纪唐代试士之典,金銮载笔,玉座垂衣,极一时之盛。当日分曹角艺,人各一床,至尊亲手抡才,敕赐茶汤,由宫人捧递,想见恩遇之隆。殿廷考试,沿及千年,瞻顾玉堂,今如天上矣。"恩遇之重,盛况空前。第八十九首:"金吾除夜进傩名,画袴朱衣四队行。院院烧灯如白日,沉香火底坐吹笙。"诗写宫廷驱除疫鬼的仪式,描写宫廷除夜行大傩的盛大场面,四队人员戴假面、穿画衣,队伍整肃,鼓噪行进,灯火通明,香烟缭绕,真是"何等气象耶!"此外如第二十五首,描写皇帝幸鱼藻宫观竞渡的欢乐场面;第六十八首,写皇帝在宣政殿朝见百官的庄严场面;第七十一首,描写宫中妃子产儿的喜庆场面;第九十三首,描写宫中七夕乞巧节的欢乐场面,同样都表现出场景热闹、气象宏大的特色,读来令人愉悦欢快。

2. 时有讥语

王建熟谙诗教,常用婉而微之辞,表达讥刺时政的诗意。吴乔《围炉诗话》卷一云:"优柔敦厚,言之者无罪,闻之者深戒,诗教也。"此论之后,他引了四首王建《宫词》诗,阐发这个道理。王建《宫词》百首中,时有讥语,随便读过,看不出来,诚如周珽所言:"王建《宫词》百首,有情者,有事者,有怨者,有刺者,指不一也。"(《删补唐诗选脉会通评林》卷五六引)如第九十一首:"金殿当头紫阁重,仙人掌上玉芙蓉。太平天子朝元日,五色云车驾六龙。"诗写"仙人掌",既是写实景,唐宫亦有承露盘,杜甫《秋兴八首》(其五):"蓬莱宫阙对南山,承露金茎霄汉间。"又用汉武帝建金人承露盘以求长生的典故,讥当世帝王。又云"五色云车驾六龙",五云车乃是道家谓仙人所乘之车;皇帝驾六马,乘五辂车。全诗乃是讽讥天子好神仙。周弼编《三体唐诗》卷一引何焯评云:"此讥溺神仙而崇淫祀,失之目前,求之恍惚也。"黄生《唐诗摘抄》卷四:"此讥天子好神仙也,具其文而意自见。紫阁峰在终南山,与蓬莱宫相对。玉芙蓉,即金人所捧露盘,在南山之巅。庄雅浑沦,可废唐人早朝七律。二十八字中所用虚字几无,多是浑成句法,亦诗中稀有。人多以《宫词》为情诗者,非也。按王建《宫词》百首,有情者,有事者,有怨者,有刺者,各自不同。"朱之荆补评:"曰天子,又曰太平,皆皮里春秋。"第六首:"千牛仗下放朝初,玉案傍边立起居。每日进来金凤纸,殿头无事不教书。"吴乔《围炉诗话》卷一评此诗,非常深刻,云:"辞则庆幸升平,意则讥刺蒙蔽,皆措词之可法者也。"

3. 微露怨意

王建《宫词》,非《宫怨》也,但《宫词》一体中,也时时露出怨意。第十八首:"鱼藻宫中锁翠娥,先皇行处不曾过。如今池底休铺锦,菱角鸡头积渐多。"本诗的诗眼在一"锁"字上,宫女被幽闭鱼藻宫,便生出怨意,自知不能得宠,也就不必妆饰。周珽评曰:"望幸而不得其宠,故深知不必妆饰,即'庭绝王辇迹,芳草渐成窠。隐隐闻箫鼓,君恩何处多'之意。似感非感,似怨非怨,妙,妙。"(《删补唐诗选脉会通评林》卷五六)第五十四首:"私缝黄帔舍钗梳,欲得金仙观内居。近被君王知识字,收来案上检文书。"宫女私下缝制黄帔,欲要入道观,出家修道。然而近来被君王差来案头收检文书,入道观便成了空想,不胜怨愁。贺贻孙《诗筏》评本诗说:"且宫词亦何妨带怨,如王建'私缝黄帔舍钗梳'云云,此非宫词中宫怨乎!然急读不知其悲,非咏讽数过,方从言外得之,此真深于怨者也,不独'树头树底'一首也。"

4. 语兼比兴

王建《宫词》在叙事写景的同时,发扬我国诗歌的优良传统,灵活运用比兴手法,使诗意含而不露,耐人寻味。第九十首:"树头树底觅残红,一片西飞一片东。自是桃花贪结子,错教人恨五更风。"诗人用桃花纷谢而结子作为喻体,隐喻"先幸而后弃"的宫女,饶有情致。黄生《唐诗摘抄》卷四云:"语兼比兴,宫人必有先幸而后弃者,故用比体影其事。"朱之荆补评:"残红,色衰也;分飞,言君之爱弛。下二句不恨风,并不言色衰爱弛之当然,而反以'贪结子'自认其咎,忠厚之至也。风,喻君心之飘忽。"这首诗艺术性很高,难怪会受到王安石的爱赏,称赞它"意味深婉而悠长也"(《诗林广记》卷二引《陈辅之诗话》)。第三十九首:"往来旧院不堪修,教近宣徽别起楼。闻有美人新进入,六宫未见一时愁。"诗句描述宫人听说要建新楼,又闻知有进入的美人,引起宫人的忧疑心理,她们忧疑、怨恨君王喜新厌旧的德性。旧楼不修,别建新楼;旧人不用,新人进入,语兼比兴,婉曲写出宫女的怨望心态,含而不露。黄周星点评末句曰:"不得不愁。"(《唐诗快》卷十五)第七十九首与三十九首有异曲同工之妙,诗云:"春风院院落花堆,金锁生衣挈不开。更筑歌台起妆楼,明朝先进画图来。"此诗只写喻象,不写被喻之人。只写旧院不用,更筑新楼台,却不写旧宫人的忧虑,她们忧虑不用旧宫人,起用新宫人。黄生评本诗,一针见血,将王建暗喻之奥妙揭示出来,《唐诗摘抄》卷四云:"此讥人主好土木之工,旧者闭而不御,更起新者也。言外又为弃旧人、用新人之喻。"

5. 刻画深细

王建写意抒情,不采用直接表现的方式,却常用具体可感的细节描写的方式,通过人物的行为、动态来表达其心态和情感。王建《宫词》刻画人物心态,细致入微,便是运用这种艺术手段。第三十二首:"红蛮捍拨帖胸前,移坐当头近御筵。用力独弹金殿响,凤凰飞出四条弦。"前两句是"因",因为女艺人弹奏琵琶艺术水平很高,受到君王宠爱,所以移坐到靠近御筵的地方。后两句是"果",宫女用力弹奏琵琶,曲声响彻金殿,四弦上弹出《火凤》的琵琶曲声。黄周星《唐诗快》卷十五说此诗:"写得拨剌生动。"此评深得神髓,因为女艺人得宠的心态、神情,全在"用力独弹"四字的细节描写中被传达出来。宋顾乐《唐人万首绝句选》评本诗:"此写幸宠意入妙,语调亦高。"评语鞭辟入里,诗既写得含蕴深远,不露声色,所以说是"语调亦高"。第九十四首:"春来睡困不梳头,懒逐君王苑北游。暂向玉花阶上坐,簸钱赢得两三筹。"这首诗写宫女闲来无事,以"簸钱"打发无聊的时光。翁方纲认为此诗不是"就事直写",却能"其词之妙,能在委曲深挚处,别有顿挫,如仅以就事直写观之,浅矣"(《石洲诗话》卷二)。诗人先直说宫女"睡困"、"不梳头"、"懒逐君王",诗的后半首,将种种闲散无聊意态,悉数通过阶上簸钱的生活细节说出,深细地刻画人物的心态。所以,刘拜山评本诗说:"结句写出宫人无聊情景,最为细贴,意不在簸钱,更无动于胜负也。"(《千首唐人绝句》附)第四十四首:"御厨不食索时新,每见花开即苦春。白日卧多娇似病,隔帘教唤女医人。"有论家认为本诗不及花蕊夫人"厨船进食簇时新"一首,说:"二词纪事则异,造语颇同,第花蕊之词工,王建为不及也。"(语见胡仔《苕溪渔隐丛话》后集卷十四)而贺贻孙《诗筏》不同意此说,说:"余谓花蕊盗王建语,然不及王建远甚。"笔者完全赞同他的见解,那么,王建此诗的妙处在哪里呢?妙处全在王建抓住许多生活细节,写出嫔妃的心理状态,刻画深细。"不食"、"索时新"的动态,表现嫔妃娇痴厌饫之状;"白日卧多"的动态,传神地表现嫔妃"苦春"的状态;隔帘唤医的动态,表现她撒娇的状态,均生动可见,所以黄星周评得好:"宛转娇怯,如见其态,亦如闻其声。"(《唐诗快》卷十五)

6. 比衬对照

诗家有比衬对照的表现手法,通常有陪衬和反衬两法。陪衬,是通过描写其他事物,以凸显、衬托诗人所要表现的这一事物;反衬,指运用相反的诗歌意象,以对比、映衬主体意象。王建《宫词》百首中,也不时见到这两种表现手段,第五十一首:"家常爱著旧衣裳,空插红梳不作妆。忽地下阶裙带解,非时应得见君王。"诗的前两句,写嫔妃寂寞无聊的失意心态,诗人不作抽象描写,却通过"爱著旧衣裳"、"不作妆"的日常行为,表达她心灰意冷、不事修饰的慵懒心态。诗的后半首,诗意向前二句相反方逆转,突然写到"罗裙解",忽逢喜兆,难道君王有"非时"的召见吗?给她心底带来了莫大的希望。君王不可能召见,希望最终落空,然而,"自宽自解,亦是无可奈何"(黄周星《唐诗快》卷十五评)。诗人在比衬对照中,点出一线希望,凸显"怨"的主题。第八十三首:"教遍宫娥唱尽词,暗中头白没人知。楼中日日歌声好,不问从初学阿谁。"王建将唱歌者的荣耀和教曲人"头白没人知"的落寞,对照起来描写,唱歌者"日日歌声好",受到君王及听歌人的好评,得到宠幸,荣耀一时,哪有人知道教曲人"头白没人知"。富寿荪评曰:"此为教唱者的怨词,着墨不多,凄婉动人。"(《千首唐人绝句》)这种艺术效果,恰好是诗歌运用比衬对照的艺术手法所获得的。第九十九首:"步行送出长门远,不许来辞旧院花。只恐他时身到此,乞来自在得还家。"诗人以被放回家的宫人来反衬尚未放出的宫人,写唐朝放宫人的情事。别居"长门"的失宠宫人被放出,尚在宫中的宫女来送行,不让她去辞别旧时居住地的女伴。诗的后两句,用反衬法描写尚留宫中女子的内心活动,恐怕日后想起往事,不胜哀怨。

7. 运笔灵巧

王建《宫词》时出巧妙的诗思,盖运笔灵巧所致。如第二首:"殿前传点各依班,召对西来八诏蛮。上得青花龙尾道,侧身偷觑终南山。"唐朝帝王在每年的"朝元日",要在含元殿召见诸蕃。本年,唐皇召对西来的"八诏蛮"使臣。诗句描写使臣行进在含元殿前龙尾道上的情景。诗句不用一般的叙写方式"就事直书",却从南诏蛮使臣"侧身偷觑"的视角,来表现龙尾道正对南山的宏伟气概,诗思灵动,用笔巧妙,很有意趣。第六十九首:"宫人早起笑相呼,不识阶前扫地夫。乞与金钱争借问,外头还似此间无?"首二句写宫人一副憨态,第三句"争借问",也是憨态的延伸描写。从憨态中写出宫人长期深闭宫院的苦闷心情,运笔灵巧,深刻揭露封建统治阶级扼杀人性的残忍本性。黄叔灿《唐诗笺注》评曰:"一入宫中,内外隔绝,惊呼借问,情事宛然。"黄星周说后二句是"闲点缀"(《唐诗快》卷十五),其言不当。如此用笔,岂是"就事直书"?绝非"闲点缀",诗人用灵巧之笔,点化深刻含意,读者当善自领悟。第九十六首:"宛转黄金白柄长,青荷叶子画鸳鸯。把来不是呈新样,欲进微风到御床。"前两句,似乎是客观描写团扇的形制,金线宛转地绕在白玉的扇柄上,团扇上画着碧莲鸳鸯图,非常雅洁精致。第三句,转出诗的本旨,原来宫女不是用来"呈新样",她的真正目的是要为君王打扇,送进凉风,宛转却又很灵巧地写出宫人邀宠的深层心理,含不尽之意于言外。

8. 自然明快

王建绝句婉转流畅,自然明快,清新有致,他的《宫词》均为七言绝句,语言艺术同样具有写作绝句诗的长处。第十七首:"罗衫叶叶绣重重,金凤银鹅各一丛。每遍舞头分两句,太平万岁字当中。"诗人着力描写舞女的装束,绸罗衣衫,绣着金凤银鹅,她们的舞蹈姿态流动,集结成"太平万岁"的字样,场面十分壮观。富寿荪《千首唐人绝句》评其语言曰:"栩栩传神,而又自然明快,笔致特为灵巧。"第二十二首:"射生宫女宿红妆,请得新弓各自张。临上马时齐赐酒,男儿跪拜谢君王。"诗写射生宫女为要早早出猎,隔夜便妆饰好,领得新弓,各人调弦张弓,绷紧弓弦。君王赐酒,宫女行男子跪拜礼。写得明白流畅,《唐诗归》卷二七钟惺评:"爽而媚。"爽,便是指行笔之明快。宋顾乐《唐人万首绝句选》评曰:"景事、情词俱入妙。"用自然明快之笔写景写情,都能美妙。第五十八首:"风帘水阁压芙蓉,四面钩栏在水中。避热不归金殿宿,秋河织女夜妆红。"描写宫女避暑于水阁,信笔写来,自然真切。第六十首:"避脱昭仪不掷卢,井边含水喷鸦雏。内中数日无呼唤,揭得滕王蛱蝶图。"昭仪,为宫中统率嫔妃宫女的女官。宫女们避脱昭仪的管束,到井边含水喷在小鸭身上,又抽空去揭画,嬉戏自在,自由活动。诗人用明白晓畅的诗笔,描写宫女们难得的不受拘束时的心态,得天然之真趣。

　　浦江清先生说过:"观其描绘之细腻,遣词之新俊,用乐府通行之体制,寓史家纪事之笔墨,真一代之作家也。"(《浦江清文录·花蕊夫人宫词考证》)综观王建《宫词一百首》,人们徜徉在精美的文学殿堂内,领悟这些诗作的文学意趣,自然会得出王建《宫词》文学性很高的价值评判。

四、王建《宫词》的历史文化价值

　　王建运用清新谐和的诗歌语言,用短小精悍的文学样式,描绘、反映唐代的宫廷生活,全面地、集中地展现大唐盛世的宫廷文化的光辉,是中国传统文化中的重要组成部分,给华夏民族文化宝库增添了光彩。它们与王建《宫词》的文学价值相辅相成,共同构成王建《宫词》的历史文化价值。关于这个问题,过去的学者较少论及,本书将详加分析、阐说,彰显王建《宫词》的文化价值,形成正确的王建《宫词》价值观。

1. 宫廷建筑文化

　　首先值得我们瞩目的是,王建《宫词一百首》,展示出唐代宫廷建筑文化的辉煌。

　　唐代大量"宫怨诗",重在抒写宫廷女子幽闭压抑的生活境遇,抒写宫廷女子怨愁苦恨的内心情感,很少把笔墨放在唐代宫廷建筑的描写上,像刘皂《长门怨》"宫殿沉沉月欲分",但言宫殿,不以言殿名;白居易《后宫词》"夜深前殿按歌舞",但言前殿,亦不言殿名。唐人诗有写汉宫名代替唐宫名的。"长门"是出现最多的名词,如李白"月光欲到长门殿"(《长门怨二首》其一)、李益"共滴长门一夜长"(《宫怨》),其他如王昌龄《西宫春怨》"朦胧月色隐昭阳",昭阳,汉宫名。王昌龄《长信秋词》"金井梧桐秋叶黄",长信,汉宫名,汉班婕妤失宠后居长信宫。因此,这类诗缺乏宫廷建筑描写的真实感。

　　王建《宫词》却呈现出独异的风貌,他不仅细致、详尽地描写唐代宫廷建筑的真实面貌,而且用实地真名写出,完全符合古代地志如宋敏求《长安志》、程大昌《雍录》、徐松《唐两京城坊考》的记载,在唐宫早已毁废的今天,更有重要的文献价值。如第一首"蓬莱正殿压金鳌",写大明宫含元殿。第二首"殿前传点各依班",写含元殿前的龙尾道。第三首"笼烟紫气日瞳瞳",写宣政门、宣政殿。第七首"延英引对碧衣郎",写到延英殿。第八首"未明开着九重关",写到大明宫的银台门、麟德殿。第十首"丹凤楼门把火开",写到大明宫南面五门正中的丹凤门楼。第十二首"集贤殿里图书满",写到唐宫中收藏图书的集贤殿。第十八首"鱼藻宫中锁翠娥",写到禁苑鱼藻池中的鱼藻宫。第二十九首"琵琶先抹么六头",写到位于东宫的凤凰门门楼。第三十九首"往来旧院不堪修",写到宣徽殿。第四十八首"新晴草色绿温暾",写到禁苑内的望春宫、望春门。第五十五首"月冷江清近腊时",写到浴堂殿、浴堂门。第六十五首"内人相续报花开",写到位于东宫内的宜春院。第六十六首"巡吹慢遍不相和",写到宫廷内教习乐工、演奏乐曲的梨园。第七十首"小随阿姊学吹笙",写到位置近于学士院的金銮殿。第七十八首"禁寺红楼内里道",写到长乐坊安国寺红楼和夹城连通的兴福寺。第九十二首"忽地金舆向月陂",写到禁苑中的"月陂"。第九十三首"画作天河刻作牛",写到大明宫中的乞巧楼。以上《宫词》中写到的唐宫宫殿建筑,都是实实在在存在的,绝非文学虚构或想象出来的。

在唐代诗歌中，从来没有一位诗人的诗歌描写过如此繁多的唐代宫廷建筑，因此，王建《宫词》所描写出来的宫廷建筑，不仅可以与各种地志互相参证，还可以补出许多地志没有记载的建筑，甚至还可以纠正地志的错误。

第一首"蓬莱正殿压金鳌"，王建的描写和《旧唐书·地理志》、宋敏求《长安志》、《唐六典》的记载完全吻合，恰好证明程大昌《雍录》卷三"夫正殿者，宣政也"的记载是错误的。第八首"未明开着九重关，金画黄龙五色幡。直到银台排仗合，圣人三殿对西蕃"中的"三殿"，即麟德殿，诗句具体描写麟德殿周边建筑及方位，十分准确。宋敏求《长安志》："此殿（麟德殿）三面，南有阁，东西皆有楼，殿北相连各有障日阁，凡内宴多在于此殿。"《资治通鉴》卷二〇七"则天顺圣皇后长安二年九月"："癸未，宴论弥萨于麟德殿。"胡三省注："麟德殿在大明宫右银台门内，殿西重廊之后，即翰林院。是殿有三面，亦曰三殿。"程大昌《雍录》卷四："三殿者，麟德殿也，一殿而有三面，故名为三殿。""凡蕃臣外夷来朝，率多设宴于此，至臣下亦多召对于此也。"诗意与诸书记载，完全吻合，王建观察事物竟如此精确，描写竟如此细腻，真是令人叹服。第九十二首"忽地金舆向月陂"，任二北先生曾据《教坊记》、《新唐书·李适之传》、《太平御览》卷七三引《河南图津》，以为"月陂"在洛阳，他在《教坊记笺订》中说："王建《宫词》补篇'忽地金舆向月陂，内在接着便相随'，疑非唐人作。"疑此诗非王建作。然王建诗句恰恰证明长安宫苑中有"月陂"。宋敏求《长安志》卷六"禁苑内苑章"云："苑内有南望春亭、北望春亭、坡头亭、柳园亭、月坡、球场亭子。"徐松《唐两京城坊考》卷一："禁苑，苑中宫亭二十四所，可考者曰南望春亭，曰北望春亭，曰坡头亭，曰柳园亭，曰月坡。"王建诗与地志相合。任氏失考，致有此误。

王建《宫词》不仅描写出唐代宫殿建筑的宏伟雄壮、气宇不凡，还细致地表现出它们的方位、规模，写到各个宫殿不同的用途，甚至还写到建殿先看图纸的细节，"更筑歌台起妆楼，明朝先进画图来"（第七十九首），全方位地展现出唐代宫廷建筑的文明与风采，在唐宋宫殿早已毁圮的今天，王建《宫词》就愈益显示出它们的文化价值。

2. 宫廷礼仪文化

唐代的宫廷礼仪,在《唐会要》、两《唐书》之《礼乐志》和《仪卫志》中多所记载。王建《宫词》百首非常形象、细腻地描写了宫廷中多种多样的礼仪,给人留下深刻印象。

唐朝皇帝每年正月元日受群臣、诸蕃朝贺,最先在太极殿举行,后来改在含元殿。《新唐书·礼乐志九》:"皇帝元正、冬至受群臣朝贺而会。"王溥《唐会要》卷二十四"受朝贺"条云:"(建中)二年正月朔,御含元殿,四方贡献,列为庭实,复旧制也。"徐松《唐两京城坊考》卷一:"丹凤门正牙曰含元殿,大朝会御之。"以下王建《宫词》三首正是描写元日朝会的礼仪制度:

第一首:

蓬莱正殿压金鳌,红日初生碧海涛。
开著五门遥北望,柘黄新帕御床高。

第二首:

殿前传点各依班,召对西来八诏蛮。
上得青花龙尾道,侧身偷觑正南山。

第九十一首:

金殿当头紫阁重,仙人掌上玉芙蓉。
太平天子朝元日,五色云车驾六龙。

三诗都是描写正月元日天子受朝贺的盛况。王建另有《元日早期》(载《王建诗集》卷三)一诗,云:"大国礼乐备,万邦朝元正","六蕃陪位次,衣服各异彩",也是描写朝元日盛况的,可与《宫词》互参。

宣政殿是唐代帝王常朝所。朝日,殿上设黼扆、蹑席、熏炉、香案。百官朝见有具体的礼仪:百官由监察御史领入宣政门,殿东有东上阁门,殿西有西上阁门。文班自东门而入,武班自西门而入。宰相、两省官对班于香案前,百官班于殿庭左右,先一品班,次二品班,次三品班,次四品班,次五品班。每班,尚书省官为首。皇帝步出西序门,索扇,扇合。皇帝升御座,扇开。左右金吾将军一人奏"左右厢内外平安",通事舍人赞宰相、两省官再拜,升殿。朝罢,皇帝步入东序门,然后百官放仗。王建《宫词》第三首道:

> 龙烟日暖紫瞳瞳,宣政门当玉仗风。
> 五刻阁前卿相出,下帘声在半天中。

王建另有《赠人二首》(载《王建诗集》卷九):"金炉烟里要班头,欲得归山可自由。每度报朝愁入阁,在先教示小千牛。""多在蓬莱少在家,越绯衫上有红霞。朝回不向诸余处,骑马城西检校花。"这两首诗可为《宫词》印证百官朝见礼仪。

唐朝帝王于麟德殿召见、册封诸蕃,从右银台门到麟德殿,排仗森严,旗幡招展,威严异常,这既是一种礼仪,也显示出大国的尊严。程大昌《雍录》卷四:"三殿者,麟德殿也,一殿而有三面,故名为三殿……凡蕃臣外夷来朝,率多设宴于此,而臣下亦多召见于此也。"王建《宫词》第八首:

> 未明开着九重关,金画黄龙五色幡。
> 直到银台排仗合,圣人三殿对西蕃。

诗句描写凌晨宫门重重打开,仪仗队伍齐整地排列在右银台门到麟德殿的路上,金黄色的龙旗凤幡,迎风飘动,氛围庄重,充分表现出唐代君王召对西蕃的一片诚意。

排仗,是宫廷仪礼文化中一种很重要的程式和文化形态,起着礼仪、护卫的双重功能。王建《宫词》第六首:

> 千牛仗下放朝初,玉案傍边立起居。
> 每日进来金凤纸,殿头无事不教书。

诗中所说的"千牛仗",是皇帝的仪卫队伍,由左右千牛卫上将军各一人,掌侍卫及供御兵仗,以千牛备身、备身左右率属从执御刀、弓箭,排列在御座左右。《新唐书·仪卫志》详细描写这种仪卫制度:"有千牛仗,以千牛备身、备身左右为之。千牛备身冠进德冠,服裤褶;备身左右服如三卫,皆执御刀、弓箭,升殿列御座左右。"宫门外之仪仗队伍,还有立仗马。王建《宫词》第二十首:"五更五点索金车,尽放宫人出看花。仗下一时催立马,殿头先报内园家。"立仗马由马官牵管,马官戎服执鞭,立于马之左,掌其进退。《新唐书·百官志二下》载:"飞龙厩日以八马列宫门之外,号南衙立仗马,仗下,乃退。"王建《宫词》中多处写到这种排仗的仪式,第八首:"直到银台排仗合,圣人三殿对西蕃。"第十一首:"楼前立仗看宣赦,万岁声长再拜齐。"第六十八首:"未明东上阁门开,排仗声从后殿来。"可见唐宫中排仗仪式之频繁和隆重。

唐代帝王于每年正月,先荐献太清宫太庙,又赴南郊圜丘祭天,回宫后,又御丹凤楼,大赦天下。又于冬至日,至圜丘祭天。这种祭祀制度和礼仪,是非常隆重和肃穆的。王建《宫词》第十首:

> 丹凤楼门把火开,五云金辂下天来。
> 砌前走马人宣慰,天子南郊一宿回。

第十一首:

> 楼前立仗看宣赦,万岁声长再拜齐。
> 日照彩盘高百尺,飞仙争上取金鸡。

诗写"天子南郊",很简单,而王溥的《唐会要》卷十"亲拜郊"却有详细的记载:"长庆元年正月己亥朔,上亲荐献太清宫太庙。是日,法驾赴南郊,日抱珥,宰臣贺于前。辛丑,祀昊天上帝于圜丘,即日还宫,御丹凤楼,大赦天下。"两诗描写"宣赦"事,则比较详细,封演《封氏闻见记》卷四亦有记载:"国有大赦,则命卫尉树金鸡于阙下,武库令掌其事。鸡以黄金为首,建立于高橦之上,宣赦毕则除之。"《旧唐书·刑法志》、王说《唐语林》都有相关记载,与王建诗意完全一致。

公卿拜陵,是唐代的礼仪制度。王建《宫词》第十三首:

> 秋殿清斋刻漏长,紫微宫女夜烧香。
> 拜陵日到公卿发,卤簿分头出太常。

王建诗正是描写这种礼仪制度的。《新唐书·礼乐志四》:"太常约旧礼草定曰:'所司先撰吉日,公辂车、卤簿就太常寺发,抵陵南道东设次,西向北上。公卿既至次,奉礼郎设位北门之左,陵官位其东南,执事官又于其南。谒者导公卿,典引导众官就位,皆拜。公卿、众官以次奉行,拜而还。'"王建诗意与《新唐书》的记载,完全吻合。

唐代的殿试,始于武后,唐玄宗也多次亲试举人于含元殿、勤政楼,德宗、文宗还亲自出试题并阅卷,足见唐代君王非常重视通过考试选拔人才。王建《宫词》第七首:

> 延英引对碧衣郎,江砚宣毫各别床。
> 天子下帘亲考试,宫人手里过茶汤。

王建诗生动地描写了当代君王亲试举人于延英殿,敕赐茶汤,由宫人捧递的场景,其礼仪之重,旷世少见。这种礼仪制度,除了唐史有记载之外,唐苏鹗《杜阳杂编》、五代王谠《唐语林》多有记录,清代著名学者顾炎武《日知录》、赵翼《陔余丛考》还为之做过详细的考订,都可以与王建诗互证。

唐代宫廷中还有一项独特的礼仪,即宫女作"男儿拜"。王建《宫词》第二十二首:

> 射生宫女宿红妆,请得新弓各自张。
> 临上马时齐赐酒,男儿跪拜谢君王。

唐代妇女拜而不跪,只有宫廷中宫女拜见召王,作"男儿拜"。这种礼仪,延至宋代尚如此。孟元老《东京梦华录》卷七:"大抵禁庭如男子装者,便随男子礼起居。"清人赵翼经过考证,做出结论,曰:"盖家庭则舅姑,宫廷则君后,皆属至尊,自宜加礼,是以相沿至今,非此则仍肃拜也。"

3. 宫廷乐舞文化

我国历代帝王都非常重视音乐、舞蹈,将国家的政教、礼仪体现在乐章、舞节中,遇有重大庆典、朝会、祭祀、宴享,都需要奏乐舞于宫廷中。《旧唐书·音乐志》:

> 圣王乃调之以律度,文之以歌颂,荡之以钟石,播之以弦管,然后可以涤精灵,可以祛怨思。施之于邦国,则朝廷序;施之于天下,

则神祇格;施之于宾宴,则君臣和;施之于战阵,则士民勇。

王建《宫词一百首》,展现了唐代宫廷乐舞文化的方方面面,具体而细致,比史书的描述生动丰富得多。

唐代设置太常寺、内教坊、外教坊、梨园,以管理乐部并教习宫女歌唱和舞蹈。太常寺,专管雅乐。《新唐书·百官志三》:"(太常寺太乐署)开元二年,又置内教坊于蓬莱宫侧,有音声博士、第一曹博士、第二曹博士。京都置左右教坊,掌俳优杂技。自是不隶太常,以中官为教坊使。"《资治通鉴》卷二一一:"旧制雅俗之乐,皆隶太常。上精晓音律,以太常礼乐之司,不应典倡优杂伎,乃更置左右教坊以教俗乐,命右骁卫将军范安及为之使。又选乐工数百人,教法曲于梨园,谓之皇帝梨园弟子。"《宫词》第三十一首:"十三初学擘箜篌,弟子名中被点留。昨日教坊新进入,并房宫女与梳头。"诗写宫女新进入内教坊。第六十六首:"巡吹慢遍不相和,暗数看谁曲较多。明日梨花园里见,先须逐得内家歌。"梨花园,即梨园。诗写梨园乐工按乐的情景。"十三初学"句,描写宫中教习乐器,常选女孩子从小学习。

宫中教唱声乐的人,称为"博士",《新唐书·百官志三》:"有音声博士、第一曹博士、第二曹博士。"《宫词》第五十二首:"别敕教歌不出房,一声一遍奏君王。再三博士留残拍,索向宣徽作彻章。"王建诗中的博士,就是"音声博士"。

众多乐器中,琵琶是一种重要的、被广泛运用的乐器,王建《宫词》中多次写到它。《宫词》第四十七首:"移来女乐部头边,新赐花檀大五弦。缠得红罗新帕子,中心细画一双蝉。"此诗写到一种名贵的琵琶,用花檀木做槽、五弦,这位弹奏琵琶的宫女很珍视它,特地用红罗帕子缠起来,以为装饰。第三十二首:"红蛮捍拨帖胸前,移坐当头近御筵。用力独弹金殿响,凤凰飞出四条弦。""移坐"句,表现宫廷中的规矩,凡是技艺高超的教坊内人,可以坐在靠近皇帝的地方。本诗描写这位弹琵琶的宫女受宠后的得意心态。

唐代丝竹乐器合奏时起声有先丝后竹的制度,王建《宫词》第二十九首:"琵琶先抹六幺头,小管丁宁侧调愁。半夜美人双唱起,一声声出凤凰楼。""先抹",是说由丝乐器琵琶起声,依次是管乐器,"小管",

一种小型的管乐器,"丁宁",一种名叫"钲"的乐器,形状似钟而较小。蔡启《蔡宽夫诗话》说:"唐起乐皆以丝声,竹声次之,乐家所谓'细抹将来'者是也。"王建诗写的正是这种制度。其制宋时尚存,辛弃疾《好事近·西湖》:"前弦后管夹歌钟,才断又重续。"

唐代,歌与乐必须密切配合,同样,舞蹈与音乐也要密切配合,王建的两首《宫词》恰好形象地表现出歌、乐、舞三者的内在联系。第六十六首:"巡吹慢遍不相和,暗数看谁曲较多。明日梨花园里见,先须逐得内家歌。"歌唱者固然要按照乐曲的节奏、旋律去演唱,而乐工也要密切配合歌者的嗓音变化。王建注意到这种音乐表演中的细节,用诗句将它们描写出来,"先须逐得内家歌",是说梨园乐工要配合好歌伎的歌唱。第五十三首:"行中第一争先舞,博士傍边亦被欺。忽觉管弦偷破拍,急翻罗袖不教知。""破",是舞曲中的一个术语,由悠长之声突变为繁促之声,谓之入破。舞女应按乐曲的节拍跳动,一旦乐曲突变,舞女的动作也要随着突变,即诗中的"急翻罗袖"。王建能细致地观察三者的内在联系,又用诗句将它们描写出来,实在是难能可贵。

唐代宫中舞蹈的名目很多,王建《宫词》只描写过三四种著名的舞蹈,第十七首:"罗衫叶叶绣重重,金凤银鹅各一丛。每遍舞头分两向,太平万岁字当中。"这首诗描写了《圣寿乐舞》和《秦王破阵乐舞》的舞容。《圣寿乐舞》是文舞,象文德洽而天下安乐,唐高宗、武后所作。《旧唐书·音乐志》:"《圣寿乐》,高宗、武后所作也,舞者百四十人,金铜冠,五色画衣,舞之行列必成字。"《秦王破阵乐舞》是武舞,为唐太宗所作,舞者百二十人披甲持戟,象战阵之形,太宗曾对侍臣说:"然其发扬蹈厉,虽异文容,功业由之,致有今日,所以被于乐章,示不忘本也。""金凤银鹅各一丛",即《秦王破阵乐舞》之鹅鹳舞容,《新唐书·礼乐志十一》:"《七德舞者》,本名《秦王破阵乐》……左圆右方,先偏后伍,交错屈伸,以象鱼丽鹅鹳。"《宫词》第八十六首:"玉箫改调筝移柱,催换红罗绣舞筵。未戴柘枝花帽子,两行宫监在帘前。"这首诗细致地描写舞女跳《柘枝舞》的起始过程。筝琴移柱,说明声调改易,诗云:"玉箫改调筝移柱",再加上画鼓频频催促,表示演出要正式开始了。主管人催着舞女马上到红罗绣毯子上去。这两位年幼的女子,戴上柘枝花帽子,在两行宫监的监督下,马上要表现《柘枝舞》。《柘枝舞》是一种西域传来的舞蹈,很受唐代君臣、士庶的喜爱。郭茂倩《乐府诗集》卷五十六《柘枝词小引》引《乐苑》云:"此舞因曲为名,用二女童,帽施金铃,抃转有声。其童也于二莲花中藏,花坼而后见。对舞相占,实舞中雅妙者也。"

王建《宫词》也表现出舞者的生活细节,第八十首:"舞来汗湿罗衣彻,楼上人扶下玉梯。归到院中重洗面,金盆水里泼银泥。"舞女跳舞时,动作幅度大,很辛苦疲劳,所以"舞来汗湿",连罗衣都湿透。她自己已经没有力气下楼,得由人扶着走下舞合。她来不及在演出的地方卸妆,只是粗粗地洗了一下,要等到归回居住的院子里,才能重新洗去面上的油彩。这首诗,不仅反映出王建细致周到的观察力,也可以见出诗人带着同情心写下舞女的生活状况,不可忽视。

4. 宫廷服饰文化

王建《宫词一百首》,生动地描述了宫廷中各色人物的服饰,体现出宫廷服饰文化的特质。

王建写到帝王服饰的地方并不多见。《宫词》第一首尾句:"柘黄新帕御床高。"柘黄,帝王服饰的典范颜色;新帕,覆盖在御座上的罗巾。从五门遥望,含元殿内的御座高高在上,崭新的柘黄色罗巾盖在御座上,十分威严,表现出王者的气概。第三十四首:"粟金腰带象牙锥,散插红翎玉突枝。"参看《王建诗集》第九卷《御猎》诗,可见这位打猎归来的人,正是皇帝,他身穿猎装,腰束粟金带,外插象牙锥,极有富贵相。《宫词》第五十九首:"圣人生日是明朝,私地先须嘱内监。自写金花红榜子,前头先进凤凰衫。"皇帝明日有诞辰之喜,须穿"凤凰衫",所以传呼前头先进凤凰衫,以侍候皇帝服用。凤凰衫,即绣上凤凰的新衫。凤凰,鸟名,雄曰凤,雌曰凰。凡是帝王使用的物品,均可加凤。皇帝诏书,曰"凤诏";帝王的车驾,曰"凤辇";帝王用纸,曰"凤纸";帝座后屏风,曰"凤扆"。王建这首《宫词》明言帝王生日须穿"凤凰衫",在其他文献中还很少见到。

王建《宫词》中写得最多的是女子(包括嫔妃、公主、宫女、女艺人等)的服饰。先说说首饰和臂饰。第四十二首:"蜂须蝉鬓薄松松,浮动搔头似有风。一度出时抛一遍,金条零落满函中。"这位女子头上梳着"蝉鬓"的发式,眉毛像蜂的毛须,细长而弯曲,鬓髻上插着玉质蝉形的簪子,妆盒中满是金条脱。"金条",是金条脱的省称,乃为手镯一类的臂饰。从这些饰物看,王建描写的应是一位嫔妃。第六十二首:"玉蝉金雀三层插,翠髻高丛绿鬓虚。舞处春风吹落地,归来别赐一头梳。"这首诗描写宫中舞女的头饰,玉质蝉形的簪子,雀形的金钗,分三层插在高高的发髻上。第七十八首第三句"裹头宫监当前立",是说管理宫女的宫监头裹罗巾,花蕊夫人《宫词》:"后宫阿监裹罗巾,出入经过苑囿频。"胡三省解说裹头宫监是"冠巾"的"内人给使令者"。《资治通鉴》卷二三一"德宗兴元元年六月":"上命陆贽草诏赐浑瑊,使访求奉天所失裹头内人。"胡三省注:"裹头内人,在宫中给使令者也。内人给使令者皆冠巾,故谓之裹头内人。"

再说服装。第七十五首:"御前新赐紫罗襦,不下金阶上软舆。宫局总来为喜乐,院中新拜内尚书。"女官中"女尚书",可以服紫罗襦。普通宫女穿着隐花裙。第二十七首第四句写两位值夜班的宫女,"两人抬起隐花裙",隐花裙,花纹隐约的裙子。隐花,又称"隐体花"、暗花。第一〇〇首:"缣罗不著索轻容,对面教人染退红。"宫女不着"缣罗"制的衣服,却索要"轻容",染成粉红色,制成衫子。轻容,一种极为轻薄的丝织品。第三十首第三句"遥索剑南新样锦",唐代剑南道出产贡锦,崭新式样的锦称为"新样锦",为贡品,宫中的嫔妃可以求得,制成衣服。第八十四首"青楼小妇砑裙长,总被抄名入教坊。"诗写入教坊的女子,穿着砑裙。砑裙,用砑光罗制成的裙子,唐代还有砑光绫、砑绢,很常见,教坊内人、宫中宫女均可服用。罗虬《比红儿诗》:"君看红儿学醉妆,夸裁宫襊砑裙长。"唐代的宫女和宫中女艺人,常用红罗手帕。第四十七首第二句"缠得红罗新帕子",第四十五首第二句"旋拭红巾入殿门",可见唐代宫禁中女性常用红手帕。

王建《宫词》还描写到宫中女子的面饰。第四十一首第三、四句:"收得山丹红蕊粉,镜前洗却麝香黄。"宫女闷来无事,便洗却额头的黄色涂饰(称为"额黄"),再用山丹粉薄薄涂在面上,使面颊略带红色。

这种"额黄",是唐代妇女施于额上的黄色涂饰,用麝香的粉末涂成,黄色,香气浓郁。第六十七首写到"黄金合里盛红雪",第五十五首写到"公主家人谢口脂",唐代宫廷中有腊日赐口脂、面药、红雪的风尚,赐给近臣、诸王、公主等。"红雪",红色的药散,即化妆品,刘禹锡《代谢赐表》:"雕奁既开,珍药斯见。"

宫廷中男性的服饰,王建《宫词》很少描写,偶尔有之。第十六首:"新衫一样殿头黄,银带排方獭尾长。"新衫,内侍服用的新布衫,色黄,如殿头琉璃瓦的黄色一样。这位内侍,官居六品以上,故能服用银腰色。马缟《中华古今注》卷上"文武品阶腰带"云:"六品以上用银为銙。""排方",指腰带上排列着玉方。李贺《酬答》:"密装腰鞓割玉方",裁玉作方形,排列在腰带上。第九十八首第四句"衩衣骑马绕宫廊",衩衣,便服,药童地位低下,只能穿便服。

5. 宫廷游乐文化

唐朝宫廷中生活的各色人物,从皇帝开始,直到嫔妃、诸王、公主、内官、宫女和教坊艺人,除了从事政治活动、做好各自的职司以外,空闲时间就会从事各种游乐活动,丰富多彩,有些是历史上常见的、大家熟知的,也有一些是罕见的,带有时代特征。宫廷中游乐文化中很重要的一项活动,是观赏音乐、舞蹈,王建《宫词》中写到这些活动的诗比较多,所以,我们在前面单列一节"宫廷乐舞文化",另行详细阐述。

"打毬",在唐宫中非常盛行。第十四首:"新调白马怕鞭声,供奉骑来绕殿行。为报诸王侵早起,隔门催进打毬名。"第十五首:"对御难争第一筹,殿前不打背身毬。内人唱好龟兹急,天子鞘回过玉楼。"两诗描写马上打球的游戏,受到帝王、诸王的钟爱,他们早早起身,赶来毬场。诸王、贵族们与帝王打球,大家不能先将毬击进毬门,必让帝王争得第一筹,然后毬场边的宫女连连唱好,龟兹乐部的鼓声急急擂响,为皇帝喝彩助兴。这种游戏的生活细节,任何正史中都是见不到的,王建却将它们写得有声有色,体现出《宫词》不朽的文化价值。唐代宫廷中还有步行打毬的活动,称为"步打"。《宫词》第七十三首:"殿前铺设两边楼,寒食宫人步打毬。一半走来争跪拜,上棚先谢得头筹。"王建描写的是宫女步行打毬,男子也可以步行打毬,唐僖宗特别喜欢"步打",他曾说:"朕若作步打进士,亦合得一状元。"(孙光宪《北梦琐言》卷一)又有一种"白打"的游戏,与"马上打毬"、"步行打毬"不同,是一种踢毬的活动。两人对踢曰"白打",三人角踢为"官场"。焦竑《焦氏笔乘》卷三引《齐云论》:"白打,蹴鞠戏也。两人对踢为白打,三人角踢为官场。"宫廷中教宫女踢毬,优胜者可以受赐金钱。《宫词》第八十一首:"宿妆残粉未明天,总在昭阳花树边。寒食内人长白打,库中先散与金钱。"韦庄有《长安清明》诗云:"内官初赐清明火,上相闲分白打钱。"诗意与王建《宫词》相仿佛。

唐代宫廷中赏花、钓鱼是常见的事。《宫词》第三十首:"春池日暖少风波,花里牵船水上歌。遥索剑南新样锦,东宫先钓得鱼多。"宫中无事,太子及东宫群臣牵扯船赏花,水上行吟,垂钓得鱼,其乐融融。《宋史·礼志十六》:"雍熙二年四月二日,诏辅臣、三司使、翰林、枢密直学士、尚书省四品两省五品以上、三馆学士宴于后苑,赏花、钓鱼,张乐赐饮,命群臣赋诗习射。赏花曲宴自此始。"其实,唐代已有此等活动,王建《宫词》早已描述过。第二十首:"五更五点索金车,尽放宫人出看花。"放出宫人到后苑看花。第三十八首:"欲迎天子看花去,下得金阶却悔行。"皇帝春日赏花,宫女随侍。第六十五首:"内人相续报花开,准拟君王便看来。"禁苑花卉次第开放,君王准来赏花。

宫廷中豢养禽鸟以取乐,王建《宫词》有描写。第二十四首:"内人笼脱解红绦,戴胜争飞出手高。直上碧云还却下,一双金爪菊花毛。"本诗描写宫女放飞戴胜的情景。戴胜头顶有竖立着的五色羽毛,全身羽毛黄白相间,如菊花状,在飞中自由飞翔,非常可爱,所以宫女养之以为宠物。第七十六首:"鹦鹉谁教转舌关,内人手里养来奸。语多更觉承恩泽,数对君王忆陇山。"唐朝宫廷中多养鹦鹉,宫女教其学人语。天宝中,岭南官员献白鹦鹉,养于宫中,唐明皇、杨贵妃皆喜呼为雪衣女。朱庆余《宫词》:"寂寂花时闭院门,美女相并立琼轩。含情欲说宫中事,鹦鹉前头不敢言。"王建这首诗,描写宫女豢养的鹦鹉能言善语,颇受君王恩泽,"养来奸",正语反说,有乖巧、聪慧之意。

民间以五月五日为竞渡之戏,以纪念屈原。吴人则于端午竞渡纪念伍子胥。而唐代宫廷中的竞渡之戏,随时可以举行。《宫词》第二十五首:"竞渡船头掉彩旗,两边溅水湿罗衣。池东争向池西岸,先到先书上字归。"原先宫中竞渡的地点在兴庆宫兴庆池,到中唐时代,则移至鱼藻宫之鱼藻池。王建此诗所描写的竞渡戏,便在鱼藻池。帝王、嫔妃、宫女、太监,都可前往观看。竞渡舟船彩旗摇摆,急驰竞进,争标夺魁,非常热闹。

唐代宫女们闲着无事,以博弈为游戏,有多种多样玩法,有的赌金钱,有的赌樱桃,有的玩双陆,有的玩弹棋,有的玩簸钱,花样繁多。《宫词》第七十七首:"分朋闲坐赌樱桃,收却投壶玉腕劳。各把沉香双陆子,局中斗累阿谁高。"此诗说宫女们不再玩投壶之戏,转而玩"双陆"的游戏,以樱桃为赌注。第九十四首:"春来睡困不梳头,懒逐君王苑北游。暂向玉花阶上坐,簸钱赢得两三筹。"宫中流行着一种簸钱的游戏,又称"掷钱"、"摊钱",游玩时,参与者先持钱在手中颠簸摇动,然后掷在台阶上,依次摊平,以钱币正反面之多寡决定胜负。第九十五首:"弹棋玉指两参差,背局临虚斗著卮。先打角头红子落,上三金字半边垂。"弹棋之戏,汉代已有,唐代流行于民间,宫廷中亦效之。棋子双方各十二枚,黑白二色,或黑朱二色,置于棋局中,以手指弹之,或以巾角拂之。从"斗著卮"三字看,这种游戏以"著卮"为赌注,即是以喝酒为赌注。

《宫词》第六十首:"避脱昭仪不掷卢,井边含水喷鸦雏。内中数日无呼唤,揭得滕王蛱蝶图。"这首诗写得很有趣,宫女们闲得无事,她们不去掷卢,却到井边去含水喷鸦雏,又去揭描名画。嗣滕王的蛱蝶图,当时很有名,宫女们闲来便去揭描,以排遣闲情,这是一种很高雅的游乐活动。

6. 宫廷节令文化

我国人民每逢节气时令,都有各种适时的活动,或游乐,或宴饮,或馈赠,从而形成丰富的节令文化。诗人逢时过节,感发兴会,写成节令诗。北宋人宋敏求编过一本《岁时杂咏》,集汉唐人节令诗成书。南宋时人蒲积中又编过《古今岁时杂咏》,备见古人节令文化的丰富多彩。

唐代宫廷中的节令活动,有什么特色吗?王建百首《宫词》作过描写,生动有趣地反映了宫廷节令文化的多样性和独特性。

元日。农历正月初一,据《唐会要》记载,唐代朝廷在这一天要举行"元日大朝会",皇帝于此日升正殿,受百官和外国使节的朝贺。王建《宫词》中有三首诗,描写"朝元日"的盛况。《王建诗集》卷三有《元日早朝》诗,也描写该日景况,详参本章"宫廷礼仪文化"一节。

中和节。唐代本以正月晦日为中和节,自德宗始,改为二月一日,内外休假一天,百官宴于曲江。民间以青布囊盛百谷瓜果之种相赠。《新唐书·李泌传》:"泌请废正月晦,以二月朔为中和节,因赐大臣戚里尺,谓之裁度。民间以青囊盛百谷瓜果种相问遗,号为献生子。"王建《宫词》第十九首写道:

殿前明日中和节,连夜琼林散舞衣。
传报所司供蜡烛,监开金锁放人归。

因为宴会上要有舞蹈节目,故连夜散发舞衣。宫中还有中和节放宫人到大同殿与家人相会的习俗,尉迟偓《中朝故事》卷上:"每岁上巳日,许宫女于兴庆宫内大同殿前与骨肉相见,纵其问讯,家眷更相赠遗。一日之内,人有千万。"从王建诗、尉迟偓的记载中,可以见出唐宫于中和节、上巳日放宫人与家人相会的习俗。

寒食节。民间禁火三天,只吃冷食,因此也叫"禁火节"。唐代宫廷中也尚此俗。王建《宫词》第五十七首:

东风泼火雨新休,舁尽春泥扫雪沟。
走马犊车当御路,汉阳公主进鸡毬。

寒食日下雨,叫"泼火雨"。"鸡毬",食品名,寒食日进食,也就是"冷食"。王建《宫词》第七十三首还写到宫廷中另一种寒食节的活动,云:"殿前铺设两边楼,寒食宫人步打毬。一半走来争跪拜,上棚先谢得头筹。"诗句描写宫女在寒食节那天,进行步打球的游戏。

踏青节。春天到来,青草萌生,人们郊行踏青迎春。古代踏青节的日期,各地不同。蜀中以二月二日为踏青节,见《壶中赘录》。中原地区以上巳日为踏青节,《秦中岁时记》:"上巳赐宴曲江,都人于江头禊

饮,践踏青草,谓之踏青。吴俗则以清明日出游为踏青。"王建《宫词》第四十八首:

> 新晴草色绿温暾,山雪初消泸水浑。
> 今日踏青归较晚,传声留着望春门。

写宫中踏青节的景况,很生动,所描写的为中原的习俗。

七夕。七夕是我国民间传说中牛郎织女相会的日子,民间有穿针乞巧的风俗。唐宫廷中也流行这种节令风俗。王建《宫词》第九十三首:

> 画作天河刻作牛,玉梭金镊采桥头。
> 每年宫里穿针夜,敕赐诸亲乞巧楼。

从"敕赐诸亲"句看,本诗描写的是嫔妃、王亲的乞巧活动,王仁裕《开元天宝遗事》卷下:"宫中以锦结成楼殿,高百尺,上可以胜数十人,陈以瓜果、酒炙,设坐具,以祀牛女二星。嫔妃各以九孔针、五色线,向月穿之,过者为得巧之候。动清商之曲,宴极达旦,士民之家皆效之。"可与王建诗互为参证。

中元节。农历七月十五日为中元节,本为道家的斋日,民间多于节前或本日祭礼祖先,俗称"鬼节"。唐宫中于此日有一种很独特的活动。王建《宫词》第二十六首:

> 灯前飞入玉阶虫,未卧常闻半夜钟。
> 看着中元斋日到,自盘金线绣真容。

"真容",即肖像画。宫女在中元节斋日,自盘金线,绣作老子像。唐朝尊老子为太上玄元皇帝,曾敕令各州于开元观安置老子真容。王建诗描写唐宫中这一生活真实,很有价值。然而,唐代的老子绣像,今已不传,仅有宋代的老子绣像,民国时紫江撰《刺绣书画像》卷二"释道图像"中著录"宋刺绣老子像一轴",从中亦可依稀见到历史的陈迹。

腊日。唐代宫廷中有腊日赐物之习俗,详见下文"宫廷习俗文化"一节。王建《宫词》第五十五首"月冷江清近腊时",腊日在哪一天?腊日是古代祭祀之日,历代无固定日期,唐朝以冬至后第三个辰日为"腊日"。《通典·礼四》载三国曹魏时人高堂隆议腊用日云:"王者各以其行之盛而祖,以终而腊……土始以未,盛于戌,终于辰,故土行之君以戌祖,以辰腊。"《玉海》卷九九"建隆禘祭"条引和岘语云:"开元定礼三祭,皆以辰腊,应土德也。"唐代以辰定腊,与三国时人高堂隆的"土行之君以辰腊"的说法,完全吻合。后人将宗懔《荆楚岁时记》"十二月八日为腊日",定为其他朝代的腊日,不合规矩。

除夕。一年的最后一天,百姓家家贴春联,祭祀祖宗,吃年夜饭,围炉守夜,欢笑达旦。唐宫廷中当别有一番景象。王建《宫词》第八十九首:

金吾除夜进傩名,画袴朱衣四队行。
院院烧灯如白日,沉香火底坐吹笙。

傩,本是民间的一种迎神驱除疫鬼的仪式,早见于《论语·乡党》:"乡人傩,朝服于阼阶。"汉代亦尚其俗,张衡《东京赋》写道:"卒岁大傩,驱除群厉,方相秉钺,巫觋操茢,侲子万童,丹首元制,桃弧棘矢,所发无臬。飞砾雨散,刚瘅必毙,煌火驰而星流,逐赤疫于四裔。"到了唐宋时代,民间还流行着这种风俗,赵彦卫《云麓漫钞》卷九:"世俗岁将除,乡人相率为傩,俚语谓之打野胡。"王建诗描写了唐代宫廷中极为隆重的除夜驱傩的仪式,各殿院落灯火通明,殿前设火山数十,尽焚沉香,场面热闹,盛况空前。唐人段安节《乐府杂录》"驱傩"条、《新唐书·礼乐志》、钱易《南部新书》(甲)都详细描写了唐代宫廷"大傩"的景况,可与王建《宫词》参看。

7. 宫廷习俗文化

民众聚居,必然形成特定的土风、习俗,固有地域之差异,亦有古今之变易。唐五代各地的民风习俗,呈现多元化的格局。而唐代宫廷则有其独特的习俗,不同于民间。王建《宫词》详细地反映出宫廷习俗文化的独特面貌。

宫廷习俗中最能体现皇家气象的,就是"赏赐",君王对皇亲、群臣、太监、宫女的特别赐与,表现出君王的恩典。赐百官樱桃,是唐宫的旧制。武平一《景龙文馆记》："四年夏四月，上与群臣于树下摘樱桃，恣其食。末后于葡萄园大阵宴席，奏乐至暝，每人赐樱桃两笼。"（《太平御览》卷九六九引）可见赐樱桃之制，其来已久。王维有《敕赐百官樱桃》诗记其事："归鞍竞带青丝笼，中使频倾赤玉盘。饱食不须愁内热，大官还有蔗浆寒。"杜甫因友人送樱桃而追忆起任朝官时受赐樱桃的情景："忆昨赐樱门下省，退朝擎出大明宫。金盘玉箸无消息，此日尝新任转蓬。"（《野人送朱樱》）王建《宫词》第四首："白玉窗中起草臣，樱桃初赤赐尝新。殿头传语金阶远，因进词来谢圣人。"王建诗与前朝人的记载完全吻合。樱桃亦赐嫔妃、宫女，王建《宫词》第三十七首："因吃樱桃病放归，三年著破旧罗衣。内中人识从来去，结得头花上贵妃。"这位宫女因多吃了受赐的樱桃而生病，便被放归休息。

宫廷中又有赐钱、赐衣的习俗。王建《宫词》第七十一首写到赏赐洗儿钱的习俗，云："日高殿里有香烟，万岁声来动九天。妃子院中初降诞，内人争乞洗儿钱。"妃子生婴儿，君王要赐"洗儿钱"，洪迈《容斋四笔》卷六云："韩偓《金銮密记》云：'天复二年，大驾在岐，皇女生三日，赐洗儿果子、金银钱、银叶坐子、金银铤子。'予谓唐昭宗于是时尚复讲此，而在庭无一言，盖宫掖相承，欲罢不能也。"王建《宫词》又写到赐衣的习俗，第七十五首："御前新赐紫罗襦，不下金阶上软舆。宫局总来为喜乐，院中新拜内尚书。"因为宫中有女官新拜"内尚书"，受到君王新赐的紫罗衣，无上荣光。

宫廷中常有赐物之习俗。王建《宫词》第七十四首："太仪前日暖房来，嘱向昭仪乞药栽。勅赐一窠红踯躅，谢恩未了奏花开。"红踯躅，唐代一种非常贵重的花卉。洪迈《容斋随笔》卷十"玉蕊杜鹃"条云："物以希见为珍，不必异种也……润州鹤林寺杜鹃，乃今映山红，又名红踯躅者……王建《宫词》云：'太仪前日暖房来（略）'，其重如此，盖宫禁中亦鲜矣。"太仪，公主母的称号，所以她暖房之日，君王要赐以如此珍贵的花卉。唐代宫廷中又流行赐口脂面药等物给皇亲群臣的习俗。王建《宫词》第五十五首："月冷江清近腊时，玉阶金瓦雪澌澌。浴堂门外抄名入，公主家人谢面脂。"这是君王腊日赐口脂给公主的生动记载。"面脂"，当作口脂。腊日赐口脂面药的习俗，常见于诗人作品里,杜甫《腊日》:"口脂面药随恩泽,翠管银罂下九霄。"陈元靓《岁时广记》卷三十九引《提要录》云:"唐制,腊日赐宴及口脂面药,以翠管银罂盛之。"王建《宫词》第六十七首:"黄金合里盛红雪,重结香罗四出花。一一傍边书敕字,中官送与大臣家。"这是君王腊日赐口脂面药给群臣的生动记载。诗中的"红雪",乃为红色的药散,实即今之化妆品。瞿蜕园《刘禹锡集笺证》卷十二注《谢历日面脂口脂表》引杜甫《腊日》诗、李峤《谢腊日赐口脂表》、令狐楚表、刘禹锡《代谢表》,总结曰:"据此,红雪、紫雪盖药散之名。"

唐代宫廷中有"暖房"的习俗。王建《宫词》第七十四首:"太仪前日暖房来(上文已引录,略)。""暖房",古代祝贺乔迁新居的一种习俗,元陶宗仪《南村辍耕录》卷十一记载当时人的风尚:"暖屋,今之人宅与迁居者,邻里醵金洽具,过主人饮,谓之暖屋,或曰暖房。"此俗,唐宋时代已经流行,不仅民间崇尚,宫廷中也有这种习俗,王建诗足以证明之。

唐代宫廷中有"打毬"唱好的习俗。王建《宫词》第十五首:"对御难争第一筹,殿前不打背身毬。内人唱好龟兹急,天子鞭回过玉楼。"描写的是宫廷中打球唱好的习俗,打毬时,凡得筹,内人便唱好,也有三军唱好,并击鼓以示祝贺,很像现代观球赛时鼓掌喝彩一样。吴曾《能改斋漫录》卷六"打球唱好"条:"杨巨源《观打毬》诗:'入门百拜瞻雄势,动地三军唱好声。'"

唐代宫廷中,凡有新马进入,先由中官试骑,然后再驭以进给皇帝骑用,这种风俗,谓之过马。韩偓《苑中》:"外使进鹰初得按,中官过马不教嘶。"自注:"上每乘马,必阉官驭以进,谓之过马。"王建《宫词》第三十五首:"云駮花骢各试行,一般毛色一般缨。殿前来往重骑过,欲得君王别赐名。"诗中"各试行"、"重骑过",便是描写宫中的这种"过马"规矩。

唐代宫廷中还有"斗花"的习俗。王建《宫词》第八十五首:"水中芹叶土中花,拾得还将避众家。总待别人般数尽,袖中拈出郁金芽。"前二句,万绝嘉本、万绝万本、毛三宫本作"艾心芹叶初生小,只斗时新不斗花。"可见这是一首描写宫廷中斗花的诗,与长安民间风俗相仿。

王仁裕《开元天宝遗事》卷下："长安士女,春时斗花,戴插以奇花多者为胜。皆用千金市名花植于庭苑中,以备春时之斗也。"因为郁金香在九月开花,所以宫女从袖中抽出郁金香之芽以比胜。

本拟独立"饮食文化"一节,因王建《宫词》中写到宫廷中饮食的诗很少,所以将有关习俗附在"宫廷习俗文化"中加以叙说。王建《宫词》第五十七首:"走马犊车当御路,汉阳公主进鸡毬。"鸡毬,一种食品,寒食日食用。《新唐书·礼乐志四》"天宝二年,始以九月朔荐衣于诸陵。又常以寒食荐饧粥、鸡毬、雷车,五月荐衣、扇。"白居易《会昌元年春五绝句·赠举之仆射》:"鸡球饧粥屡开宴,谈笑讴歌间管弦。一月三回寒食去,春光应不负今年。"唐代民间盛行酒席间歌舞抛球、击鼓传花的习俗,宫廷中也流行。王建《宫词》第五十首:"尽送春毬出内家,记巡传把一枝花。散时各自烧红烛,相逐行归不上车。"王建诗前二句正是描写这种风尚的,任二北《敦煌典初探》曾对之有详细的描述:"(抛毬之戏,)大约用绣金小毬,上系红绡带二,带上缀小珠,毬飞,带尚可举。夜筵在灯下,昼筵在花下。先由伎歌舞,飞毬入席,席上方传递花枝。有中毬者则分数定,酒执事以筹记数,以旗宣令,客乃按律引觞,想为一极紧张热闹之酒令。《酉阳杂俎》续三有舞杯闪毬之令语,大概指此。"王建《宫词》还写到宫廷中筵席的豪华气派,第四十九首:"两楼新换珠帘额,中尉明朝设内家。一样金盘五十面,红酥点出牡丹花。"诗句描写宴席上摆五十面金盘,盘中食馔上点缀红酥酪做成的牡丹花,增添了筵席豪华富丽的气氛。

8. 外来文化

唐代政治、经济繁荣昌盛,与国外的文化交流日益频仍,促进了华夏民族与外域经济、文化的交流,给华夏文明注入了外来文明的新元素。而外来文化的影响,在唐代政治、经济、文化中心的都城长安,和当时最高统治阶级居住、生活的宫廷,表现得尤为集中和明显。唐代的史书(包括正史、野史、史料笔记)对之记载甚夥,而唐代诗人对这种外来文明也多有表现。例如李贺诗里便有很多反映外来文化的地方,《龙夜吟》:"卷发胡儿眼睛绿,高楼夜静吹横竹。"描写一名卷发、绿眼的胡人儿童吹奏竹笛的情景。《宫娃歌》："象口吹香毾㲪暖,七星挂城闻漏板。"写到一种名叫"毾㲪"的伊朗地毯。《南园十三首》(其十二):"谁遣虞卿裁道帔,轻绡一匹染朝霞。"写到一种由新罗国进贡的名叫"朝霞"的丝绸。其例尚多,不一一胪列。

王建的诗里,也累累写到这些外来文化。

《王建诗集》卷五《送郑权尚书南海》:"白氎家家织,红蕉处处栽。""白氎",布名,《史记·货殖列传》:"榻布皮革千石。"裴骃《集解》引《汉书音义》:"榻布,白氎也。"张守节《正义》:"白氎,木棉所织,非中国所有也。"木棉,本产印度爪哇,唐朝的岭南地区开始种植,所以王建诗里写到它。又卷九《霓裳词》:"传呼法部按霓裳。"霓裳,即《霓裳羽衣曲》,恰是西域音乐与中原音乐结合的产物,此曲原名《婆罗门》,由西凉节度使杨敬述讲,唐玄宗润色之。又卷一《凉州行》:"城头山鸡鸣角角,洛阳家家学胡乐。"效学外来音乐的时尚,在东都洛阳城市居民的各个阶层中广泛流行着。

唐代宫廷文化融入外来文化的地方比较密集。王建《宫词》既是集中展示宫廷文化的组诗,那么,《宫词一百首》中,必然有很多诗句反映出外来文化的影响。

先从唐代盛行"打毬"说起。第十四首:"新调白马怕鞭声,供奉骑来绕殿行。为报诸王侵早起,隔门催进打球名。"打毬,是一种马上打毬的游戏,与我国汉代盛行的蹴鞠之戏迥异。打毬源于波斯,约于初唐时由西域传入中国。封演《封氏闻见记》卷六"打毬"条云:"太宗常御安福门,谓侍臣曰:'闻西蕃人好为打毬。'"这种游戏,最早在长安宫廷中盛行,京城内有球场,受到帝王、亲王、达官贵人的青睐,军中马将亦嗜之。而唐玄宗善于打毬,封演《封氏闻见记》卷六记载玄宗为临淄王时,与吐蕃人打毬:"玄宗东西驰突,风回电击,所向无前,吐蕃功不获施。"《资治通鉴》卷二一一亦记载:"诸王每旦朝于侧门,退则相从宴饮,斗鸡击毬,或猎于近郊,游赏别墅。"所以有画家画一幅《明皇打毬图》,宋晁说之题了一诗云:"宫殿千门白昼开,三郎沉醉打毬回。九龄已老韩休死,明日应无谏疏来。"由于玄宗的倡导,帝王、诸王打毬风气很盛,王建《宫词》正好反映出中唐时代的这种风尚。

唐代音乐深受外来音乐的影响，这在宫廷中表现得尤为突出。流行于长安的西域音乐，则以龟兹部为特盛。唐代帝王、贵族阶级、士大夫对西域新乐，都非常推崇、倾倒。元稹《法曲》："自从胡骑起烟尘，毛氀氀毾满咸洛。女为胡妇学胡妆，伎进胡音务胡乐。大凤声沉多咽绝，春莺啭罢长萧索。胡音胡骑与胡妆，五十年来竞纷泊。"《春莺啭》，为舞曲，龟兹乐人白明达所进。诗中的胡音，即西域乐。《太平广记》卷二〇四"李謩"条引《逸史》："独孤生曰：'公亦甚能妙，然声调杂夷乐，得无有龟兹之侣乎！'李生大骇，起拜曰：'丈人神绝，某亦不自知，本师亦龟兹人也。'"可知李謩的笛艺传自龟兹人，乐曲必然有龟兹音乐的成分。王建《宫词》第十五首："对御难争第一筹，殿前不打背身毬。内人唱好龟兹急，天子鞘回过玉楼。"王建描写毬场边设龟兹部鼓乐，凡得筹，则内人唱好喝彩，龟兹乐之鼓声急促敲打，以示祝贺。龟兹乐的乐器中，各色鼓占的比例很大，所以球场上用龟兹部鼓乐助阵。

唐代的乐舞，同样也吸收外来舞蹈的音乐和舞容，段安节《乐府杂录》"舞工"条："健舞曲有《棱大》、《阿连》、《柘枝》、《剑器》、《胡旋》、《胡腾》。软舞曲有《凉州》、《绿腰》、《苏合香》、《屈柘》、《团圆旋》、《甘州》等。"健舞中的柘枝舞，即出自西域之石国，胡旋舞出于西域之康国。王建《宫词一百首》中，写到不少种乐舞。先说柘枝舞，第八十六首："玉箫改调筝移柱，催换红罗绣舞筵。未戴柘枝花帽子，两行宫监在帘前。"柘枝舞用二女童，衣五色罗衫，胡帽银带，帽上施金铃。开始时，女童藏于二莲花中，花坼开后，两童相对舞动。王建并未描写舞容，只写开舞前一瞬间的情况。第十七首："罗衫叶叶绣重重，金凤银鹅各一丛。每遍舞头分两向，太平万岁字当中。"这首诗，是诗人观看两种舞蹈后，综合起来描写的。"罗衫"句，写到《圣寿乐》舞的舞容。"金凤"句，写到《破阵乐舞》的舞容。（见本书《王建〈宫词〉札迻稿》）这两种舞蹈，前者为唐高宗、武后所作，后者为唐太宗所作，而它们的舞乐却杂用了龟兹乐。向达《唐代长安与西域文明》"西域传来之画派与乐舞"云："至唐，而坐立部伎之安乐、太平乐、破阵乐、大定乐、上元乐、圣寿乐、光圣乐，皆擂大鼓，杂以龟兹乐。"

唐代有一些舞蹈使用专门的地毯，如《骨鹿舞》、《胡旋舞》，专用小圆毯子。段安节《乐府杂录》"俳优"条云："舞有《骨鹿舞》、《胡旋舞》，俱于一小圆毯子上舞，纵横腾踏，两足终不离于毯子上，其妙如此也。"王建《宫词》第八十六首第二句云："催换红罗绣舞筵"，诗中写到的"绣舞筵"，专门用来跳《柘枝舞》。"筵"，本是垫底的竹席，故部首从"竹"。跳舞用的毯子，用丝毛织用制成。白居易《柘枝妓》："平铺一合锦筵开，连击三声画鼓催。"又，《青毡帐二十韵》："侧置低歌座，平铺小舞筵。"王建诗里的"绣舞筵"，与白居易诗里的"锦筵"、"小舞筵"，都是铺在台上的供跳舞用的丝毛织品毯子。"绣舞筵"由波斯进贡的羊毛毯制成，《唐会要》卷一二〇"波斯国"云："（天宝）九载，献大毛绣舞筵，长毛绣舞筵。"也有的是从罽国、米国、突骑施等国的君主进献到长安来的。

　　唐代宫廷中大量使用香料，有一些香料，本土自产，有不少香料，便是从域外进口或朝贡来的。王建《宫词》第八十九首第四句"沉香火底坐吹笙"，沉香，即是外来物品。王溥《唐会要》卷九十八"林邑国"云："先天、开元中，其王建多达摩又献驯象、沉香、琥珀等。"[美]谢弗《唐代的外来文明》第十章"香料"指出："唐朝人使用的沉香，或许大部分都是进口的，其中主要来自林邑。"王建《宫词》第九十七首："供御香方加减频，水沉山麝每回新。"水沉，即沉香，因为沉香的木质比重超过水的比重，置水中则沉，故名。山麝，麝香。唐代的"供御香方"，今已不传，但是刘宋范晔尝撰《和香方序》，提到香方中有"甘松、苏合、安息、郁金、奈多和罗之属。并被珍于外国，无取于中土。"宋人洪刍《香谱》中记及"蜀王用熏御衣法"云："丁香、馢香、沉香、檀香、麝香，以上各一两。甲香三两，制如常法。"唐代的香方，应该也含有以上这些外来的香料，像"蜀王熏御衣法"的和香用料，与王建《宫词》九十七首的描写比较接近。据谢弗的论说，苏合香，从拂林和安息传入中国；安息香，中唐时代从苏门答腊传入；丁香，从印度尼西亚进口。王建《宫词》第八十五首第四句"袖中拈出郁金芽"，郁金芽，即名花郁金香的"芽"。郁金香花，源出印度西北部和印度尼西亚，多年生草本植物，唐代初年，伽毗国献郁金香。赵希鹄《洞天清禄集》卷一记载贞观二十一年（647）"伽毗国献郁金香，叶似麦门冬，九月花开，状如芙蓉，其色紫碧，香闻数十步,华而不实,欲种取其根"。

唐代宫廷中使用的许多珍奇物种,同样多来自域外。王建《宫词》中写到的象牙、紫檀便是例证。第三十四首"粟金腰带象牙锥。"象牙,唐朝可以从"交广云南"等地获得,也从林邑、真腊、堕婆登、锡兰等地购买。李时珍《本草纲目》卷五十一引"甄权"云:"西域重象牙,用饰床座,中国贵之以为笏。象每蜕牙,自埋藏之,昆仑诸国人以木牙潜易取焉。"又引《真腊风土记》云:"象牙杀取者上也,自死者次之,蜕于山中多年者下矣。"唐人使用象牙的地方很多,用作高官手中的笏,镶嵌帝王的舆车,还用为雕塑品、装饰品,第三十四首《宫词》中写到的"象牙锥",就是帝王所穿猎装中的饰物。因为用途极广,需求量极高,所以必须从国外大量进口或则贡献。第四十七首第二句"新赐花檀大五弦",花檀,便是用紫檀木制成的琵琶,上面用珍珠、龟甲、琥珀镶嵌而成,故命为"花檀"。李时珍《本草纲目》卷三十四引苏恭的话说:"紫真檀出昆仑、盘盘国,虽不生中华,人间遍有之。"谢弗《唐代的外来文明》第八章"紫檀"还提到它们产自安达曼群岛和印度。可见紫檀木是一种极为珍贵的进口木材。唐代制成的紫檀木琵琶,在日本正仓院收藏着一把,极为珍贵。

王建百首《宫词》,形象生动地记录下唐代外来文化影响本土文化、与华夏文化融合的可贵踪迹,由此让人们更清楚地看出它们重要的历史文化价值。

王建百首《宫词》,全面反映出唐王朝宫廷的建筑、礼仪、乐舞、服饰、游乐、节令、饮食、习俗以及外来文化影响等多种文化的表现形态,具有丰富多彩的文化内涵,深刻地展示出唐代宫廷文化的历史光彩,具有较高的历史文化价值。

五、综　　论

王建百首《宫词》的创作,究竟应该怎样研究?应该如何评价?

研究王建《宫词》,首先要从"文本"着手,从《宫词一百首》的篇数、文字切入,对"文本"做出切实、精当的审定。如果"文本"有误失,则一切议论将成为无根之木、无源之水。王建《宫词一百首》在历代流传过程中,佚失不少,也掺杂入他人诗不少,从而造成王建《宫词》真伪杂陈的弊端。因此,我们学人的首要任务,就要清理哪些是王建诗,哪些不是王建诗,辨伪存真,保证研究对象的精确性。笔者首先考辨那些杂入王建《宫词》中的他人诗,为每首杂入诗找出它们的"老主人",即原来的作者。比如"银烛秋光冷画屏"一诗,被杂入王建《宫词》中,周紫芝《竹坡诗话》说:"此一诗,杜牧之、王建集中皆有之,不知其谁之作,以余观之,当是建诗耳。盖二子之诗,其清婉大略相似,而牧多险侧,建多平丽,此诗盖清而平也。"周氏从风格的角度,认定此诗为王建作。笔者找出许多证据,像《樊川外集》载此诗,题为《秋夕》;宋洪迈《万首唐人绝句》于王建《宫词》中未载此诗,却系之于杜牧氏名下;宋赵与时《宾退录》卷一辨王建《宫词》杂入他人诗时,就提到这首诗;明朱承爵《存余堂诗话》、毛晋《三家宫词》、陆鏊《问花楼诗话》都以为这首诗是杜牧诗而杂入王建《宫词》中。以上这些证据,足以证明"银烛秋光冷画屏"是杜牧诗,应当从王建《宫词一百首》中删除掉。笔者对杂入王建《宫词》中的九首他人诗,逐一考辨,还其本来面目,并写出《杂入篇辨》。笔者又依据洪迈《万首唐人绝句》、赵与时《宾退录》、杨慎《升庵诗话》、毛晋《三家宫词》等典籍,补辑九首诗入王建《宫词》中,仍合百首之数,并写出《补入篇证》,说明理由。

　　王建《宫词一百首》(《王建诗集》卷十),近人据南宋陈解元书籍铺刻本《王建诗集》为工作本,参校诸本,并于1959年由中华书局上编所排印出版(以下简称"中华本")。中华本所据参校的本子,时代较后,没有将宋代收录王建《宫词》的其他典籍,如洪迈《万首唐人绝句》、计有功《唐诗记事》,也没有将宋、元笔记中征引王建《宫词》的文字,如吴曾《能改斋漫录》、陶宗仪《南村辍耕录》等,同时参校,所以中华本《宫词》校语还未为尽善,不仅有些明显的讹文未予校正,还有许多很有参考价值的异文没有列入校语中。笔者因取计有功《唐诗纪事》,嘉靖本、万历本洪迈《万首唐人绝句》,毛晋《三家宫词》,朱彝尊《十家宫词》,《全唐诗》,并取宋、元、明时代著名学术笔记、诗话等书中所征引的文字,同时参校,写成《王建〈宫词〉校识稿》。本书校记,尊重版本,不轻改文字,列出异文,供研究者参考。通过校勘,校正南宋陈解元书籍铺刻本中不少错字,如第四十九首"五十面",原作"五千面",设宴用金盘,五十面较合式,因据万绝万本、万绝嘉本、毛三宫本改。第六十首"避脱昭仪",原作"避暑昭阴",误,据纪事本、朱十宫本校改;第七十七首"分朋",原作"分明",误,据汲本、胡本、纪事本、万绝万本校改。做好王建百首《宫词》的校勘工作,"定其字"。

欲要评论王建《宫词》的价值,必先"明其义",对整个《宫词》的题材内容有明晰的理解,因此,诠释百首《宫词》显得十分重要。笔者在做好名物典章、宫廷礼仪、宫廷习俗等方面的注释过程中,重点做好"决疑"、"辨析"、"说明"、"订误"、"补苴"等五件大事,帮助大家正确理解王建的诗旨。《宫词》第十四首写到"打毬",第七十三首写到"步打毬",第八十一首写到"长白打"。同样是"打毬",却有三个名目,是否它们同物而异名?其实,这三种宫廷游戏,不是一回事。"打毬",是一种马上打毬的游戏,源于波斯,唐初传入中国。封演《封氏闻见记》卷六云:"开元、天宝中,玄宗数御楼观打毬为事,能者左縈右拂,盘旋宛转,殊可观,然马或奔逸,时致伤毙。"王谠《唐语林》卷七:"宣宗弧矢击鞠,皆尽其妙。所御马,衔勒之外,不加雕饰,而马尤矫捷。""步打毬",步行打毬,或称"步打"、"击毬",与马上打毬迥然不同。《资治通鉴》卷三、孙光宪《北梦琐言》有记载。"长白打",是宫中另一种游戏,焦竑《焦氏笔乘》卷三引《齐云论》云:"白打,蹴鞠戏也。两人对踢为白打,三人角踢为官场。"通过辨析,将这三种宫廷游戏区别清楚,很有必要。不少宫廷生活与人们的日常生活不一样,大家很少接触,我们为之作注,要详加说明,加深大家的印象。如《宫词》第八十九首"金吾除夜进傩名",描写宫廷中进傩的场面,十分壮观,平民百姓很少见到,因此笔者详尽引录段安节《乐府杂录》、《新唐书·礼乐志》、钱易《南部新书》、孟元老《东京梦华录》的记载,将宫廷中驱傩的仪式和场景,详尽地呈现给大家,给读者以丰富的感性认识。

进入评估王建《宫词》艺术价值的阶段,笔者先考察王建《宫词》在后代接受和传承的力度,发现它们对宋、元、明、清诗人产生了深远的影响,人们纷纷效尤,写出不同时代的《宫词》,反映出许多代王朝的宫廷生活。继而,笔者又专门评价了它们的文学价值和历史文化价值,这种价值观,恰恰与后代诗人们不断写作《宫词》的传承事实相对应,有力地证明王建《宫词》具有相当高的艺术魅力。笔者还详细考辨王建的生平、历仕,逐首辨析王建《宫词》的题材内容,发现许多"古人所未及就"(顾炎武《日知录》语)的见解,道前人所未道,驳正了前人的误说和偏见。可以从以下四个方面说明问题:

首先,详考王建先后任职的时间、官职以及这些官职的掌管职司,详考王建密切交游的朝中官员,探知王建诗歌和《宫词》创作厚实的生活基础,有力驳正前代许多记载如范摅《云溪友议》、计有功《唐诗记事》、葛立方《韵语阳秋》、辛文房《唐才子传》等书的失误。

其次,对照唐代"宫怨"诗的特征,发现王建《宫词》具有扩大描写对象、拓展题材内容、提高表现功能三个显明的艺术特质,与唐代传统的"宫怨"诗有着重大的差异,从根本上改变王建《宫词》只写宫女生活、《宫词》等同"宫怨"诗的旧说。

再次,笔者从"文本"出发,以文学观观照《宫词一百首》,细致体味它们的文学韵味,并参考历代论家的评述,归纳出王建百首《宫词》八个文学特征,充分肯定它们的文学价值,有力地纠正前人"就事直书"、"缺乏余味"的偏见。

最后,详尽辨析王建《宫词》所反映的多样的唐代宫廷生活,细致考察这些题材内容的文化意蕴和历史背景,充分肯定了它们的历史文化价值,从根本上扭转了轻忽和片面评估王建《宫词》的态度。

综而言之,笔者将王建《宫词一百首》放到我国诗歌发展、华夏民族历史文化的广阔背景中加以考察,清楚地看到它们全面、生动地展现出唐代宫廷生活的文化内涵,开创出百首组诗表现丰富生活内容的诗歌新体式,文学造诣很高,具有较高的文化价值和历史文化价值,在我国诗歌创作中产生过深远的影响,足与王建乐府诗创作的艺术成就相媲美。